范小青

与谁同坐／朋友／交朋友／来客／人在旅途／行之有效／茶余饭后／酒酣胸胆尚开张／醉酒的感受／以肥为美／头头是道／穿小鞋／镜花水月／肚兜的遐想／收藏／棋牌乐与胜负心／我与体育／不懂名牌／做做梦也好／口味／喜新厌旧／花钱买什么／信念／眼泪／看耍猴

中华散文珍藏版

范小青散文

人民文学出版社

图书在版编目（CIP）数据

范小青散文/范小青著.—北京：人民文学出版社，2015
（中华散文珍藏版）
ISBN 978-7-02-010815-2

Ⅰ.①范… Ⅱ.①范… Ⅲ.①散文集—中国—当代 Ⅳ.①I267

中国版本图书馆 CIP 数据核字（2015）第 047715 号

责任编辑　杜　丽
装帧设计　刘　静
责任校对　常　虹
责任印制　王景林

出版发行　人民文学出版社
社　　址　北京市朝内大街 166 号
邮政编码　100705
网　　址　http://www.rw-cn.com

印　　刷　三河市鑫金马印装有限公司
经　　销　全国新华书店等

字　　数　220 千字
开　　本　880 毫米×1230 毫米　1/32
印　　张　9.75　插页 3
印　　数　1—10000
版　　次　2015 年 12 月北京第 1 版
印　　次　2015 年 12 月第 1 次印刷

书　　号　978-7-02-010815-2
定　　价　32.00 元

如有印装质量问题，请与本社图书销售中心调换。电话：01065233595

作者像

第 三 章

　　自鸣钟敲过七点，三弦和调唱开篇，坐在劳劳厅后面一进的书场里琵琶弦子闲拨起来。乔老先生摇把蒲扇，笃悠笃悠，从过道上穿过去。花场小票书"来英烈"，日场大书"英烈传"。乔老先生全听得起迹，依样画葫芦一遍，保证一句不偏一字不错。听书听到这种程度，乔老先生仍旧是一句不肯脱的。表先生闲起来，到书场里私私闲话谈谈道，否则就在小天井里听小青弄唱三话四有意思。乔老先生自己吹善吃书，他是不肯听别人吃。

　　劳劳厅后一进，是全市仅存的纱帽厅。这种纱帽厅，从平面图上看，是纱帽形状，所以叫作纱帽厅。也说是说书先生经常讨封的状元

出 版 说 明

为了全面展示20世纪以来中华散文的创作成就,我社于2005年4月编辑出版了《中华散文插图珍藏版》系列。到目前为止,已经出版了四辑五十位现当代文学大家的散文集,其目的是要将"五四"新文学革命以来近百年间的中华散文做一次全方位的展现和总结。为此,该系列书也成了"人文版"散文的标志性出版物,在作家、读者和图书市场中产生了极大的影响。

这套《中华散文珍藏版》是在此基础上的精选,宗旨是进一步扩大散文的社会影响力,优中选优,精益求精,为读者,特别是青年读者提供一套散文阅读范本。

人民文学出版社一直秉承读者至上、质量第一的出版原则,但愿这套书的编辑出版,能为多元思潮中的人们洒下一捧甘霖。

人民文学出版社编辑部

目　录

与谁同坐 …………………………………… 1
朋友 ………………………………………… 3
交朋友 ……………………………………… 6
来客 ………………………………………… 9
人在旅途 …………………………………… 17
行之有效 …………………………………… 22
茶余饭后 …………………………………… 27
酒酣胸胆尚开张 …………………………… 32
醉酒的感受 ………………………………… 37
以肥为美 …………………………………… 41
头头是道 …………………………………… 45
穿小鞋 ……………………………………… 50
镜花水月 …………………………………… 54
肚兜的遐想 ………………………………… 60
收藏 ………………………………………… 64
棋牌乐与胜负心 …………………………… 67
我与体育 …………………………………… 71
不懂名牌 …………………………………… 76
做做梦也好 ………………………………… 79
口味 ………………………………………… 81
喜新厌旧 …………………………………… 83

花钱买什么	87
信念	89
眼泪	91
看耍猴	93
童年记忆	95
1966年夏天或者冬天	98
五七干校	104
世间桃源	107
考高中	110
永不忘记	115
插队	118
铁姑娘	121
在乡下演戏	124
牵手	127
旧藤椅	129
旧家具	131
速不求工	134
写信	136
不像作家	138
快不过命运之手	141
体验	143
乡下	146
时间	149
棋缘	155
照片	158
老屋	163
五元钱过个年	169

寻找长白山 ·········· 171
坐在山脚下看风景 ·········· 174
女人与烟 ·········· 176
失眠 ·········· 179
病中吟 ·········· 182
倾诉 ·········· 186
平常日子 ·········· 189
家是什么 ·········· 192
做嘉宾 ·········· 194
今天的茶馆和昨天的茶馆 ·········· 197

到平江路去 ·········· 199
梅花驿站 ·········· 205
苏州小巷 ·········· 208
师俭堂 ·········· 210
看茶去 ·········· 213
感悟江南 ·········· 215
永远的故乡 ·········· 219
今日相逢 ·········· 223
唯见长江天际流 ·········· 227
人生 ·········· 233
思想的湖 ·········· 236
回家去 ·········· 239

灵山的夜晚 ·········· 244
从善卷洞出发 ·········· 249
老街 ·········· 252

在水开始的地方 …………………………………… 255
坐火车 …………………………………………… 258
一个人的车站 …………………………………… 263
以花之名,幸会武进 …………………………… 266
深呼吸 …………………………………………… 270
我们到李市干什么 ……………………………… 273
生田游园如梦 …………………………………… 276

与谁同坐

在世事烦人的时候,想独自一人躲到一个什么地方去,并不知道去干什么,只是想去。

只是,总也找不到那样一处地方,世界之大,竟没有一处是能够躲人的,无论你的环境是宽松还是拥挤,无论你走到天涯海角,你总在别人的眼里,躲不开。

我曾在一座僻静的小园林,看到一个年纪很轻的女孩子,纵身跳入水池。虽然园林里人少,救人的人却到处都会有,女孩子被救起来了,她浑身湿漉漉地坐在茶室门前的石凳上,并不哭,也不笑,只是盘了双腿练起功来。园林的工作人员和过往游客不停地过去看她,问她,推她,她只是闭着双眼,一言不发,有人劝她进茶室坐,她不答理,有人给她端一杯茶去,被她打翻在地。终于有人有些愤怒了,赶她走,她无动于衷,不走。

我不知道这女孩子是疯了,还是练功走火入魔,或者另有什么原因,但有一点我想我能感觉出来,她不愿意大家去打搅她,她要逃避。

我不知道女孩子要逃避什么,但是我知道,她逃避不了,我想,我们所有的人,也许都和这个女孩子一样,我们逃避不了,出于好心,或者出于别的种种目的,世界总是在关注着你。

于是想,我们不能在现实的生活中为自己找一处空间,那么,我们就在自己心里为自己留一块地方罢。

这是一处真正属于你的地方,谁也看不见你。

可以是远离尘嚣的一间小屋,也可以不是,就在你的拥挤的家中,在孩子的吵闹声中,在弥满了一屋子的油烟里;

可以是偏僻乡间的一团呼吸得到却捉摸不到的清新空气,也可以不是,只在那一片农田上,农人们手把青秧插满田,低头便见水中天;

可以是香烟缭绕的佛门净地,虔诚的信徒说我内心安详,也可以不是,在万众哄闹的足球场,谁的内心都有一万只足球在狂奔;

可以是幽静的小园林,天有些阴郁,下着小雨,"留得残荷听雨声",也可以不是,在令人眼花缭乱的服装城,职业妇女们从繁杂的人事关系和繁忙的工作圈中走出来,在这里寻找到一片宁静一片安逸;

可以在高雅的音乐厅,也可以在喧嚣的街头大排档;可以去沧浪水边濯缨,也可以在自来水龙头下淘米;可以在舞池里,也可以在书桌前……

在自己的心里,为自己找一块空间,心里烦的时候,便到那里去,去干什么?也不干什么,只是坐一坐,歇一歇。

与谁同坐?明月清风我。

朋　友

　　常常很羡慕别人有很要好很要好的朋友，为了一次小小的感情波折，一个电话就能把朋友从千万里之外叫来，陪你一起掉一回眼泪，骂一回负心人；或者朋友有了什么麻烦，能够毫不犹豫扔下自己的也许是很重要的事情去为之奋斗，比自己的事情还认真。想想我自己，有没有这般好到莫逆刎颈程度的朋友，实在不好意思。其实，朋友也是有一些的，见了面也是很开心的，知心的话也是要说说的，不见面也是有点想念的，但是信来信往的不多，也不打电话，甚至几年不通音讯也是有的，突然间得到他或她的好消息会兴奋不已，听到他或她的不好的事情会很伤心，或一日在报纸上看到他或她的行踪也忍不住向往一二，偶尔在梦中也会相遇相逢，就是这样了。

　　这就是朋友？这也是朋友？

　　我想当然是的。

　　朋友有各种各样的交法，只要是真心真意交朋友，淡如水和黏如漆其实只是一种形式罢了。只要是诚心诚意待人，叫不叫朋友都无关紧要；只要是从善良的本性出发，朋友靠你很近离你很远你都一样。即使我在很困难的时候身边没有一个朋友我也不会因此沮丧因此觉得自己很不够哥们儿因此认为自己很丑陋。我常常想着，假如我遇到了麻烦，哪怕是天大的麻烦，我能让我的朋友在没有立足之地的火车上挤一夜赶来看我？更何况她的孩子也许正嗷嗷待哺，或者他的事业正碰到挫折，我想我是不能。也许，我的这种多虑恰恰证明我没有很要好很要好的朋友，或许是我对自己交友的想法的一种自嘲罢了。

一味地讲究平淡讲远距离也会有错失之时，我对一个朋友的永远的歉疚也许正是我的这种交友方式给我带来的。他叫邹志安，陕西作家，曾经和我一起出访过苏联，我们成了很好的朋友，相约过互访，但偏偏我和他却是差不多的脾气，更愿意在心底里记念着对方。三年过去了，他也没有到苏州来，他有他的许多困惑和苦恼，他一个人写文章挣钱要养活六口人；我也没有到西安去，我的境遇要比他好得多，但我总是想会有机会的，会有机会的，今年年初突然得到他去世的消息……这是我的朋友观给我留下的永远的痛悔和终身的遗憾。

有一种朋友我也是很喜欢交往的，那就是从来没有见过面的朋友。我们的交往只是靠信件，信件并不一定很多很稠密，但是一根牢牢的纽带。有位朋友，在南京从读我的作品开始认识了我，起初从信的笔迹语气上看我还以为是一位异性朋友，读"他"的信有一种深深的但很热烈的感觉，于是回信时候小心翼翼，措辞造句无不再三斟酌。后来才发现这是一场误会，大家一笑，很开心的。从此以后，她每看到我的一篇或几篇小说，就会写一封信来，并不谈别的，只谈我的小说。我可以说，她对我的小说的理解甚至比我自己理解得更准确更透彻些呢，不仅使我感动，更使我惊讶，我不能明白，这世上还有人比我更了解我自己，但是真的就有这样的人，这就是朋友。今年夏天最热的几天里，她每天到图书馆看我的小说，我多少次在信中告诉她我一到南京就给她打电话，她也给我留下了电话号码，但是每次到了南京，我却终是鼓不起勇气来给她打电话，为什么？也许我觉得现在这样的状态恰是最好的状态？这就是我的交友方式？我不知道，但有一点我是能够明白的，那就是她的想法，她也和我一样，对"见面"这样一种形式并不很在意,这就是我的朋友。
　　热如火也好,淡如水也好,人活世上,有朋友,真好。

交 朋 友

写过一篇朋友的文章,又写了篇交朋友。朋友是写我的朋友,交朋友是写我丈夫交朋友,两码子事。

我的朋友多神交,凑到一起喝酒聊天极少,多半写写信,通通电话,甚至信也不写,电话也不通,只在心里记着便是。几年以至更长时间不见面也是有的,也仍然知道是朋友。我丈夫的朋友却是实实在在,生龙活虎,随时随地都能在我们的生活中冒一下,又冒一下,绕之不去。

我丈夫交朋友,出了名,算不得什么好名声,倒也不臭,有人闻着还挺香的呢。这"人"当然不是我,是他的朋友。对做老婆的来说,丈夫善交朋友,虽不能说是什么坏事,却也多多不妙。若异性朋友交得多,难保不移情别恋,若真的移情别恋,像我等死要面子的人,只有哑巴吃黄连。若交同性朋友,虽无此等危险,却也有个与丈夫的朋友争丈夫的嫌疑,我怕又是争他们不过,也是无奈。

我丈夫交朋友,一等是在酒席上,感情深一口闷这么闷来的。一等是在工作中,歪打正着,便着了道儿,无心插柳柳成荫,结成了一片友谊长青树。也有在随随便便之中就交上的,慕名前来交朋友的大概不多,抢上门去结拜的好像也没有。说到底,夫妻是缘,朋友也是缘,有缘便交上了,无缘便交不上,形式却是无所谓。

既是做成了朋友,名堂便多起来。朋友结婚,当然要去做傧相。孩子满月了,请去吃满月酒。小姨子要调工作,来求帮忙。大舅子转业了,也引来一见。发奖金了,与朋友共乐。圣诞之夜,和朋友一起过外国年。朋友谈生意,拉着一起去交际。朋友家庭不和了,有责任前去劝解。实在没有什么名堂想出来,便说,好久不见了,怪想念的,凑到一起,喝。

朋友多,家里有什么事了,一声呼唤,呼啦一下全来了,真让人感动。或者,你出门办事,走到东走到西,到处有人说,我认得你们某某,这也挺过瘾。若再有些赞词,骨头也轻起来,像赞了自己似的。交朋友,真好。我家的灯,是朋友给装的;我家的镜子,是朋友给安的;我家的电视天线,是朋友给接的;我家的房子,是朋友帮着装修的。碰到什么麻烦,我给我丈夫的朋友打电话求助。我来了客人,我丈夫的朋友开着车子接他们。我的打印机出了问题,我丈夫的朋友替我打印文章。我要出门,丈夫的朋友替我买车票。朋友交到这份上,也算一绝。

常常有我的朋友远道来看我,结果却将我撇在一边,和我丈夫热乎上了,我的朋友变成了他的朋友。算什么呢,算他会交朋友吗?大家告诉我说,你丈夫,对人真心实意。天晓得,这叫什么话,难道我对人都是假心假意呀!又说,你丈夫直爽,那是,树直用处多,人直朋友多,难道他便是直的,我便是歪的吗?

朋友多了,三教九流,各色人等,酒肉朋友,患难之交,一大早就往他的办公室里去。领导心想,这是机关,不是自由市场呀。或者,家里有事等着他,却被朋友拖得不知去向,独守空房的事也常有发生。老婆心胸多狭窄,嘴巴多啰嗦,那边却振振有词,道,叫花子还有三个穷朋友呢!真是"莫愁前路无知己,天下谁人不识君",自我感觉挺良好。

在人际关系复杂的机关工作,潇潇洒洒有几个知心朋友,倒也未必是坏事,挺滋润。尽管老婆颇有怨言。老婆是实用主义,用的着朋友的时候是要用的,知道朋友好。用不着的时候,便伤心地想,他不要老婆要朋友了。

没办法,女人就是这样,目光短浅。

来　客

在春天的温馨和秋天的潇洒中,常常有客人来。

我说的是远方的客人,或者不一定很远,但是至少不是和我住在同一座城市。住在同一处的人来,当然也是客人,但是一般不用那么郑重其事,只是朋友,随便的来聊聊天,喝茶,并不一定要选择季节和时间,轻轻松松,想来就来,打一个电话或者也不打电话,自行车一蹬,就那么过来,敲敲门,就进来了,也许是在苦夏,也许是在严冬,实在是很随意。

远方的客人就不是这样,他们在来之前多半有一封信或者一份电报,后来更多的是打一个电话,懒得写信也懒得上电报局,也是十分方便。这样我也就有了精神准备和物质准备的余地,我比较害怕的是一些不速之客,突然地到了我们的火车站,或者从天而降似的站在了我的家门口,真是叫人措手不及的。

接待客人的程序并不很复杂,一般有两三步过程也就完成了,一是接站,如果是熟识的,没有话说,出站的时候他或者是她还在东张西望,多半我已经抢先迎上前去,可是另外有一些客人我并不认识,或者多年来只是神交而从未谋过面,或者甚至是第一次接触,连性别年龄也不清楚的,那就要事先约好接头地点和接头暗号,地点当然是在车站出口处,暗号却是丰富多彩,有以穿着认人的,也有以手中持物作辨别,最实在最简单也是最可靠的是举一块牌子,上写被接人的名字,这基本上可以做到万无一失。对上暗号,握过手,这第一步就算胜利完成。

当然也不是没有意外,接不到站的或者说来又没有来的也是有过的,还有一次来了这样一份电报,说:我的朋友某某次车某某日抵苏请接站。既不知道"我"的朋友是谁,也不知道"我"是谁,让人哭笑不得。

请吃饭是待客的一个重要内容,高潮什么多半在这里掀起,虽然大家明白菜是次要的,吃的是一份感情一份真诚。但是每有客人来,我丈夫总是要认真地做几个菜,接着又很豪放地陪客人喝几杯酒,以至于许多人本来是来做我的客人的,结果倒和他成了好朋友(酒友),我实在也是有一点嫉妒,其实我很明白,他对人的一分爱心和一分责任心,我是自愧不如。

现在我的许多朋友都知道我丈夫做得一手好菜,其实我也不是不会做菜,我实际上也是很愿意为我的远方来的朋友客人做一些好吃的,只是我丈夫嫌我做的菜没有水平,剥夺了我的这一权利,他也许是想把我塑造成一个懒婆娘的形象来吧。懒婆娘也好勤快婆娘也好,客人总是不断。

再就是走走苏州园林什么,我在早几年就已经把苏州的虎丘之类走得很厌很厌了,以这种情绪去陪客人游玩,多半不会有什么好的兴致玩出来,无论春花有多美,无论秋风有多爽。最聪明的做法就是恕不奉陪。你去玩你的,你没有来过苏州,你对苏州园林有兴趣或者仅仅是有一些新鲜感你就自己去感受吧,我负责给你解决交通工具,负责给你指明大方向,保证你迷不了路,误不了事,你自己去。

我心安理得地在家里喝茶。

我真是很没有人情味,真是的,每次在客人们走了之后,我是要后悔的,想想人家千里迢迢,投奔而来,实在有些是不应该,很有些不应该。

我是在后悔吗?当然是的,但是千万不要以为我后悔了下次就会改变自己,如果你来到我这里作客,我还是不陪你去玩苏州园林,要去你自己去。

到我家来得最多的当然还是本埠的客人,朋友,同学,熟人,或者不太熟的,甚至也有根本不认识的,是经过了我们的朋友谁谁谁介绍来的,反正林林总总,各式各样,客人总是不断。我们家几个人中,谁的客人也不比谁少,本来大家都觉得我是吃写作饭的,外面交往应该很多,家中如果是我的客人最多这也正常,但是事实上我父亲和我丈夫他们的客人也不见得少到哪里去。找我父亲的,大凡有这样几种,棋友,老的少的都有,一来就是大半天,倒一点也不烦人,他们在父亲的屋里你争我斗也好,做谦谦君子也好,与我们一无影响。我父亲的客人中还有许多他从前的老同事,老朋友,一来之后,不光父亲要陪着,我们做小辈的也要上前见过,也要待在一边坐,听他们说说我们小时候这位老伯伯是怎么抱我们的,那位阿姨还带我上大街玩过,倒也不失为一种愉快的追忆。再就是乡下出来的办事情的农民,乡镇企业的厂长什么,他们都是我父亲的朋友,过来随便坐坐,也或者有什么事情相求,也或者没有什么事情相求,带一点乡下的土特产来,若在饭前,当然是要留饭的,他们倒也不是在乎吃这一顿饭,总觉得乡下人到城里还有人请饭那是很开心也很有脸的,虽然他们现在到处有饭吃,他们若是去上馆子,吃多少也不愁没法报销,但是他们还是愿意留在我家里,简简单单的几个菜,弄一点白酒啤酒,喝得脸红脖子粗,十分的惬意,送他们走的时候我们嘴上都说着欢迎下次再来的词,其实心里多少是有点烦的,决不是舍不得花不多几个钱弄几个不像样的菜,主要是精力和时间有些耗不起。相比之下我丈夫的客人更是多得多了,真可以说各式人等,一应俱全,各条战线,各个部门都有他那么几个朋友,政府有政府的人,公安有公安的人,经济部门人来人往更多,也有新闻界的朋友,也有文艺界的来宾,还有他心爱的体育事业上的同志,城里的熟人多,乡下的朋友也不少,总之哪一天我们家若是没有个把客人上门,一家人就会觉得少了些什么似的,或者觉得有什么事情没有完成似的,心老是悬在那里。找我丈夫的人有许多是托他办些什么事情的,我丈夫脾气好一些,比较耐心,对人也还算真诚,倘是朋友托办事情,他多半是要尽全力去办起来的,于是名声传出去,大家都知道他有办法又热心,都蜂拥而来。大学毕业分配工作,孩子考高中,考初中,甚至报名念小学,上幼儿园,部队干部转业安排,自己的工作调动,爱人的工作不理想,还有解决夫妻分居两地调动的事情,还有想和单位说说要停薪留职的,还有报户口的,农转非的,办驾驶执照的,办工商营业执照的,或者是执照被没收了要想取回来的,甚至还有办出国护照的,公证什么事情的,打官司的,犯了什么事情被局里抓了要想放人的,住房困难想分房子的,生活困难想要补助的,生了病要找个好医生的等等等等,真是举不胜举,甚至有同单位领导闹了矛盾的也来说说,或者老婆在单位关系搞不好的也要来谈谈,夫妻之间有了矛盾的也来诉诉苦,和别人相处不好的也来讨教讨教,好像我们家就是一个百管部似的,好像我们家就有着一种万应灵药似的。有人来了看到我丈夫在写东西,走上去就说写什么写,玩玩,玩玩,于是放下手里的笔就是吹牛,也有的时候隔夜没有休息好,第二天中午想小睡一会,客人进门一问说是在睡觉,返身就走的也不是没有,但多半是要喊起来的,于是就起来,做什么,还是吹牛,于是一天天就在这许多说说谈谈中过去,友谊也就是这么建立,时间也就是这么耗去。虽然他们并不是来找我,可是我也常常被弄得心烦意乱,但又不能对别人怎么样,即使是我自己的客人,也不好直截了当地请人开路,只好说说自己家里人,说我丈夫好胃口,好人缘,好脾气,不是反话正说,就是正话反说,极尽冷嘲热讽之能事。我丈夫也不是听不出来,可是就算听出来他又能怎么样,他也不能站在门口用身体挡住门对朋友说你不要进来了,他也不能站起来拉开门对客人说你走吧。从我自己来讲也是有许多客人的,但是多半不是来托我办事,大家知道我除了写写字别的本事实在也是没有什么,虽然名气有那么小小的一点,但是办实事的本领和为人民服务的自觉性却远远不如我丈夫,找我办什么事也多半是办不成的,所以有一些人本来是要找我办事的,了解我的特点又了解了我丈夫的特色之后,干脆就直接去同我丈夫说,千斤重担由他去挑起来,我这真有些转嫁危机的意思呢,也乐得我轻轻松松自自在在地写我的字儿。来找我的人大都是与文学有些关系的,或者来聊聊文学,也或者来谈谈对我的某个作品的看法,这是很好的事情,多听听别人的总是有益无害,也有的是拿了自己的作品来请我"指教",我则谦虚地说指教谈不上,互相学习取长补短罢了,然后就随便地说说文学,说说文坛上张三李四的近况,说说一些朋友熟人的事情,最后请他把大作留下一定负责推荐云云,推荐当然是一定要推荐的,要不然不好向朋友交代。但是推荐以后的前途我一般不能保证,比起我丈夫那种对人负责到底帮人帮到底的精神,真是自叹不如。

　　客人的来来去去,既是家中一烦,又是家中一乐。有些客人实在是让人哭笑不得,屁大一点事情,本来可以打一个电话,三五句话就能说明了的,偏偏要上门来,说不定还要小小破费一下,提些水果什么,一坐下来,先没有正题可谈,天南海北吹一通,待绕到正题,已是晚间新闻的时间,把正题说了,还没有走的意思,继续喝水,或叙旧,或展望未来,总之是有说不完的话可说,全不问主人家的想法,听到主人家的邻居卡拉OK响了一些,也要批评几句,看到电视有什么新闻再跟着议论一回,好像从来就不知道客去主人安这句老话似的,对这样的人我真是拿他们没有办法,实在忍受不住,只有一个办法,不再给他的茶杯添水,待他把茶杯的水喝得干干,看他还能坐下去,其实他当然还是能坐下去,或者就不再喝茶,说话继续,也或者自己站身去拿水壶来加水,并且十分主动也给主人的杯续满,始终也不能明白主人一次次暗示,若说你放心吧,这事情我们一定想办法,暗示你可以走了,他就说上一大堆已经说了几遍的感激的话,若是看钟看表什么,他就说还早呢,我在家里不到某某点是不上床的,真是刀枪不入,水火不攻。这样的客人固然是烦嫌,但是因为他能滔滔不绝地提供话题,有时听他聊聊虽然浪费时间,但也不是全无收获。另一种客人更让人头疼,那就是徐庶入曹营,一言不发,来也来了,坐也坐了,也不是不认识不熟悉的,但就是不肯开金口,你若是说话,他就听你说。你若不说话,他也没有什么感受,陪着一起坐,任你怎么诱发,怎么启示,他高低没有什么话说。问他有没有什么事情,头摇得拨浪鼓似的,绝对没有事情,只是来坐坐罢,你也不知道他心里到底在想什么,也不知道他到底要做什么,你别无选择,只有干坐着陪他。有一次大夏天晚上来了一个人找我丈夫,两人坐在没有电扇的屋里,只听我丈夫偶尔有几句话说,没有听到那人半点声响,就这么汗流浃背地坐了几小时,这样的好性子真让我佩服得五体投地,恐怕也只有我丈夫这样的脾气能应付这样的人呢。

除了临时突然而至的一些客人,我们家也是有许多常客的,我自己也常常受到一些固定的来访者的拜访,比如有一位退休老工人,是爱好文学的,常常收集了一些有关文学创作的剪报来给我,见面必称我为师,弄得我很不好意思,年龄比我大出一倍以上,人生的路走得比我远去了,被他称作为师,我真是无地自容的,于是就比较热情地接待,当然也只是比较热情而已,泡茶,递烟,请坐,陪坐,洗耳恭听,陪着说话,于是以后就常常的来,一来一坐就是半天,向我要我的作品看,我手头没有复印件,就把唯一的一本刊物借给他,很担心一去就不能再返,其实这担心倒是多余,下次来必是要带来还的,倘是一本书,还会给我包上书皮,即使是一些复印件,也即使我说过不用再还,他也是要带了来还的,说我看过了,笔记也记下了,还是还给你,你要派大用场的,就是这么一位老人,这么一位客人,你说我能怎么对他。还有一位是大学的老师,也是常常来,坐坐,聊聊,借一堆书去,过些时来还书,再聊聊,有时候看出我的一些不耐烦,就说,我老伴说的,人家作家很忙的,你怎么老是去打扰人家,可是,他说,我也没有老是来打扰你对吧,我一个月也来不了一次的,你说是不是,我这一次倒有几多时间不来了呢,我说是,好久不来了。在苏北乡下还有我的一位常客,是一个年轻的农民,确确实实是爱好文学的,自己也写文章,基础也还可以,灵气也是有一些,只是苦于发表不了,经济又是相当的困难,常常四处走码头打工,做泥水匠什么的,每次到苏州,必到我家,总是带着一个又破又脏的蛇皮袋,装的是他的行李什么,来了先说说对我近期的一个什么作品的看法,谈得也是很上路的,再就是说说他自己最近写了一个什么东西,大体的内容是什么,手法上有哪些变化,自己的感受如何等等,然后就向我要一些三百格或者五百格的稿纸,他说他穷得连买稿纸的钱也没有,或者从蛇皮袋里拿出几本新书,多半是现代派作品,说,我的钱都买了书,现在我没有钱买车票了,你能不能借我一些钱,我当然不能不借,也明明知道这是有借无还的。他回去以后,会写一封信来,说借钱的事他一直放在心上,以后一定会还的,让我别把这事放在心上云云,我虽然不是大富翁,但也不会把这几十块老是搁在心上,只是到了下一次他又上门的时候,他早已经忘记了上一次的钱了,又提出同样的要求,借些钱应急,我怎么办,我也不知道该怎么办。他确实不是一个骗子,他对文学的见解远远高于一般的刚刚起步的文学青年,他的文学功底也是不弱,他就是那样一个人,我的一个客人。

　　有时候很愿意客人来,也有的时候很怕客人来,一个人独处孤独时,希望有人来解解闷,或者生了病而病情又有所减轻正寂寞难耐时,也愿意有客人来在你的床前坐坐,发生过一件什么事情,有满肚子的话要向人说,偏偏家里人又没有时间或者没有心思听你说。于是觉得来个客人跟他说说也是很痛快,写作正写得酣畅淋漓,思如泉涌,听得有人敲门,那真是要命。好容易有了一个一家团聚的机会,梳妆打扮一番,孩子在一边欢呼雀跃许久,正准备上动物园去玩玩,开门的时候,见客人赫然立于门前,那味道也是不怎么样。一部惊险电视剧正看到紧要关头,凶手正在露出真相,忽报有客上门,于是起身相迎,终不知那凶手何许人也,遗憾多多。总之家里的客人就是这样,让你喜欢让你愁,其实生活不也是这样么。

　　从前说秀才不出门,能知天下事,这对搞创作的人来说,从来都是要力避的,不出门你能了解社会了解人生么,不了解社会不了解人生,你能写得好文章么,闭门造车能造出什么好车来呢,那是当然,不过,有时候我想想,像我这样家里客人不断的,各种各样的信息,生活的浓浓的气味,世界的大大小小的事情,时代或快或慢的发展,都随着我的客人涌进了我的家门,也涌过了我的心里,所以我说一句感谢客人,也是真心诚意的。

　　客人来多了我嫌烦。

　　没有客人来我寂寞。

　　就是这样。

人在旅途

我这个人是不是注定要过平平淡淡的生活,我常常这样想。

平时居家,日子就过得平淡,我的家就像一汪静水,难得掀一点点小的波浪,很快就被大家的谦让所平息。我在同事朋友之间,也是推重君子之交,所以也不会有什么大的波澜起伏,这日子过得真是,有的人羡慕我,说你会过日子,也有的不以为然,认为这样的生活索然寡味,要让我自己说,我这日子到底怎么样,我就会说,该怎么样就怎么样,惬意也好,寡味也好,是怎么样就怎么样,你看我就是这样的温吞水。或者这是苏州人的特点,其实苏州人也有不温吞的,但是我确实是有些温吞。

居家平淡,这也许算是自己创造出来的,而我这人就连出门在外,也很少碰到些惊险意外,最多不过什么汽车抛锚、火车晚点这样的小事情,实在也是说不出口来,这大概就是定数了。我决没有嫌自己的旅途不够刺激的意思,也不希望自己的旅途中有什么惊险故事,惊险故事虽然作为往事会给人一种永久的甚至是很温馨的回味,从前的噩梦到后来总能让人咀嚼久久,但是作为现实毕竟是可恶可怕的。人要出门,别人都要祝他一路平安,大概不会有人说你去遇点惊险吧,即使是漂流长江,攀登珠峰,也是如此。我有几位文友说起他们的西藏遇险,真是有些万劫不复的味道,一脸大难不死的余幸,叫听的人一起跟着后怕。

但是人出门在外,不管是无惊无险,还是有惊无险,困难曲折总是会有一些的,人在旅途,防不胜防。

如果单身旅行,去的地方又不熟悉,那么最重要的是要有人接站,有时候到目的地的时间是晚上,一出车站,黑压压的人群,黑压压的天空,陌生的广场,陌生的城市,真是两眼一抹黑,很容易让人产生出恐惧。此时你站在这一片不属于你的土地上,记事本上没有这个城市的任何一个电话号码,也不知道会议安排在哪一个旅馆下榻,再仔细想想,你在这地方居然也没有一个朋友相好,当然你根本也没有想到在每一个地方最好都有几个朋友相好,因为你把一切都寄托在接站的人身上,你按时给他们发了电报,说明了到站日期时间以及车次并且强调了"请接站",你以为这是万无一失,心中自然是坦然的,只等着看那一块写着你的名字,或者写着接待单位的寻人招牌就是,可是你一找再找,就是看不到那招牌,满眼都是陌生的脸,满耳都是陌生的声音,你于是有些局促,心里不再坦然,你在想是不是电报发错了地址还是送报员没有及时送到,或者是别的什么原因,但是不管什么原因,接站总还是应该接的吧,你到现在还觉得会有人来的,也许是路上堵了车,也许是有什么事情耽搁了,于是你耐着性子等了又等,怀着希望看每一个人的脸,抱着信心向每一个注意你的人示意,可是所有的人都从你身边走开了,你始终只是一个人,始终没有人来接你。你在火车上曾经担心会晚点,因为这是常有的事情,你已经做好准备代铁路部门向接站的人道歉,他们也许在寒风中,也许在烈日下等你等了很长时间,虽然造成这状况的责任不在你,但他们到底是为了接你的站才吃这苦头的,所以你觉得你实在应该道歉,也或者火车在凌晨抵达,接站的人被闹钟从美梦中叫醒,睡意蒙眬赶来接你,你当然也觉得很过意不去,表示谢意完全是情理中事,也许你还想好了一些见面词等等,但是现在这一次都成为泡影,什么话也不用你说,什么歉也不用你道,根本就没有人来接你。你茫然地站在车站广场,不知如何是好,脚边还放着沉重的行装什么,心里就有一种被抛弃被冷落的孤独感,突然觉得人生原来是很可怕,突然发现,世界原来是很荒谬。

其实你并不孤独,世界也不见得就荒谬。这时候会有一位老师傅或者一个年轻的汉子朝你走来,他们走向你的时候也是充满希望,就像你对每一个人都充满希望一样,他们问你要到什么地方,是坐三轮车还是小轿车,他们上前帮你拿行李,你完全能感受到那一种真诚,但是你对他们并不放心,或者你对接站的事情还没有完全失望,你还想再等一等,再找一找,于是他们就站在一边耐心地等你最后的决定,一直到你觉得接站的事情已经完全没有可能,你开始向他们打听某地址,他们会告诉你放心地上车便是,于是你在很不放心的情况下上了车,忐忑不安地一路看着马路两边的商店行人,其实你是看不到什么的。你要去的地方一般都不是在一个城市很知名的地方,你多半是去一个刊物杂志社或者出版社,再就是作家协会文联什么,这样的单位车夫们不会很熟悉,但是他们会按图索骥,他们就是吃这碗饭的,最后你终于安全抵达你要找的地方,当主人握着你的手连连说对不起,一边向你解释什么的时候,你难道不觉得你应该感谢那位车夫的要比付他几块钱十几块钱的车费更多一些吗。

接不到站的事情我也遇到过几次,有一次我到北京找沙滩北街中国作协,一位老师傅拖着我找了半天,他看得出我神色不安,便一路安慰一路用别的话来打岔,到了大院门口,门卫却不让进,那一次我是因为出国到北京的,带的东西比较多,守着一大堆行李在大院门口我真是没有办法。老师傅说,你去给里边打电话,我帮你看着东西,于是我就去打电话,终于找到了应该去接我的人,我回过来看老师傅果真在原地帮我看着行李,真是不知说什么好,对自己藏于心中的种种不应该的想法真是很惭愧。接我的人从他的办公室里出来向我说着没有接到我的原因,我倒没有说什么,却被那老师傅当头一喝,说,你这个人,说好了要接站的,怎么不接,把人家一个女同志扔在车站你也真是。说得那位误事的脸一红一红的,我也跟着不好意思。

另一次没接到站是在南昌,大热的天气,我一个人在车站广场等人怎么也等不到,心里难免烦躁不安,最后只好叫了车子,一问地点,却原来离车站并不远,只是有一道铁路线横着,车子不能走,若是要坐车,就要绕很大一圈,若是步行,走十来分钟就到,于是那师傅帮我背着包,送我步行到了出版社,我是愿意按绕道的线路付车钱,可那师傅他没有要,说一点点路,给两块钱吧。我给了两块钱,心里真是感慨多多,他既是做这一行的,绕一点路,用车子把我送过去,赚些车钱,理所当然,也合情合理,但是他没有这样做。常常听说有车夫蒙骗外地人的事情,明明很近,偏说很远,这也是常有的事情,我出门在外碰上的大多是真诚老实的车夫,不知是因为天下到底是好人多,还是我的运气不错。

在家靠父母,出门靠朋友,其实人在旅途,更多的靠的却不是相识的朋友,而是陌生的朋友,这一点,我是有些体会的,虽然说不上很深很多,但是多多少少有些感想。想起从前的一件事,至今仍在心头,那是我跟着父母住在乡下的时候,家在农村,自己却在离家很远的一个小镇的中学读书,每次放假回来,真是又高兴又担心,因为从轮船码头到我家,要走一个多小时的乡间小路,常常怕在路上碰到坏人。有一次我在去学校的路上,发现后面跟着一个男人,我走得快他也快,我停下来他也停一下,始终保持那么一段距离,我很害怕,但是又没有别的办法,只好硬着头皮往前走,越走越怕。后来到了一个村子,我终于鼓起勇气走进一家人家,我还记得,那人家有一对中年男女,他们问我什么事,我说我是去前面的镇上坐船到另一个镇上上学的,后面跟着一个人,他们马上就明白了,那中年妇女对我说,你放心地走,我们一定把这人拦住,到你差不多走到镇上那时候我们再让他走。于是我就放心地大胆地上了路,走出一段,回头看,那男人果真没有再跟着,一直走到小镇上也没有再见那人,我不知道那家人家是怎么把他留住的,以什么为借口,我也不知道那个跟着我的男人到底是好人还是坏人,是无辜的还是确实存有歹意,我早已记不清那一位中年妇女的形象,我也始终不曾有机会去谢谢人家,但是素昧平生的这件事却永远永远地留在了我的记忆中,再也抹不掉。

这些事情说起来真是算不了什么,但是它们既然能久久地留在我的记忆里,我把它们写下来,也完全是心意所致,也许别人会觉得有些小题大做的味道,我不这样想。和许多饱经沧桑的人比,我只有一个平平淡淡的人生,基本上没有什么大的经历,曾经沧海难为水,但是我想,没有经历沧海的人,也可以说说自己对水的感受。

行之有效

我不骑自行车，出门的时候楼下也没有小轿车等着，多半是安步当车。其实早些年我也是骑自行车的，那时在学校工作，每天要上班，不骑车子很不方便的，所以也和许许多多的上班族一样，买了自行车来骑，只可惜车技实在太差，常常要被人撞个跟斗什么，也有自己摔下来的事情，也有撞人的时候。不过撞了几次都是撞的小孩子，人家孩子好好的在过马路，我突然地就去撞人家一下，真是罪过，虽然不是存心有意，但也是很可恶，好在我的力气也不是很大，车速也不是很快，撞得也不是很重，并且每次都是我自己一同倒地的，当我很狼狈地从地上爬起来，来不及扶自己的自行车，要紧先问被撞的小孩子撞痛了没有，那些小孩子真是好，看着我只是笑，摇头，说不痛不痛，没事没事，也不去告诉家长来找我算账，虽然如此，我的心里总是很过不去的，仔细想想，小孩子好好的走路，自己怎么会撞上去，怎么也想不明白，总是车技太差，经验太少，关键时候忘记刹车什么，现在再回头想，真是有些害怕呢，也还算额骨头高一些，没有去撞了骨质松脆的老太太或者是蛮不讲理的什么人，所幸也没有去和汽车亲个嘴什么的。可是有一天就出了一件事情，说小不小，说大不大，早上上班时被人撞了倒在马路上不知人事了，后来有人告诉我，说是围观的人一大堆，那场景一定很壮观，我的样子一定很悲惨，但是我并不知道，我只知道自己的衣服上有好多血。我被两个巡逻的交通警送到医院，在手术台上处理完了伤口才醒过

作者和哥哥

知青时代(右一为作者)

来,觉得什么事情也没有,根据昏迷时间的多少定为轻度脑震荡,好像没有后遗症,至少十年以后的现在,没有什么不好的感觉,平时常常有的头昏什么,那是职业病颈椎不好的缘故,这我知道。但是不管这脑震荡是很轻还是很重,家里人是再不让我骑车,尤其是我母亲,她胆战心惊,每天我骑车出去,她在家里度日如年,时辰难挨,在她生命的最后几年里,她挣扎在病痛之中,更多的关注却是在她的一双儿女身上,至于我自己,也是一朝被蛇咬,十年怕井绳。从此告别了自行车。

　　出门有小车坐,那当然是好,没有小车面包车甚至大客车大卡车什么也都行,总比劳累自己的脚要好得多,但是事实上却没有那么好的事情等着我,开会什么的来接车也不是没有过,但那实在是很少的事情,更多的时候我出门就只能是靠自己的脚了。有时想想坐小车速度太快世界太平衡容易晕车,或者想想步行就是散步,散步就有许多的健身功效,又想到现在城市交通的拥挤,大家常说坐车不如骑车,骑车不如走路,这样想想,也很快活,当然这些也只是阿Q自己罢了。说到底也是没有办法人才会劳累自己的脚,安步当车,这基本上已经是退到最后一步了,再往后就是不能行走的残疾人,那当然是更没有办法。

　　既没有小车坐,又不敢骑自行车,出门办事,常常要去挤公共汽车,现在的公共汽车越来越多,线路也是不断的增辟,车辆也是不断的增加,但是仍然跟不上人的增长速度,公共汽车的拥挤,早已经成为一种不可改变的事情,抱怨的人也越来越少,不是没有怨言,是抱怨得够了,懒得再说,再说也是没用,不说也罢。其实挤一点还不是很大的问题,在公共汽车上被挤坏的人也许并不很多,而等公共汽车等不来被气得差不多的倒是不少,我也尝过个中滋味,由于种种原因,公共汽车总是不能很均衡地工作,要么一来一大串,要么等死了它也不来,上班的人迟到了要扣奖金,赶车的人迟到了要误事,也有患了急病的,性命交关,也有要约会的,事关重大,总之等车的多半不会是无事生非,在那里等着玩的,总是有事才去挤公共汽车,车不来,真是心急如焚。我有一次到市里开一个讨论会,排我的发言排在第二个,结果就是等车等僵了,一直等到开会时间到了车还没有来,只好走去,几乎是一路小跑赶到会场,第一位发言的人正好讲完,一头大汗的我,坐下来来不及喝一口水,擦一把汗,就糊里糊涂把言发了,电视台的灯光强烈地照着我,大家看着,十分好笑。这样的事情在我来说并不少见,我又是个时间观念比较强的人,说是几点开会就是要几点到的,早退倒是有的,迟到却是不习惯,于是就常常要受公共汽车的气了。想想每天要上班下班的人,那真是要气饱了,也许正因为已经气饱也就再没有什么气了,一切已经这样。我到过别的许多城市,大体上也都这样,也许算作中国特色;外国我只去过苏联,他们的公共汽车实在是空得很,也不知人都到哪里去了,反正在公共汽车里人很少很少,他们的地铁则更是方便。在地面上坐小车要半个小时的路,到地下转三趟地铁也不过十来分钟就解决问题,地铁入口处一边是一排十来架硬币兑换机,另一边是一排十来部电话机,确实处处给人提供便利,在莫斯科坐一趟地铁只有五个戈比,坐一站坐十站都一样。我决没有外国的月亮比中国的圆那样的意思,但是他们的城市交通比我们好,这是事实。

正因为挤公共汽车很困难,所以我平时出门,只要目的地不是很远很远,大多是步行。步行虽然劳累自己的脚,但是也有些别的好处,比如一路走去,看看大街小巷风俗民情什么的,有人争吵,也可以过去听一听,或许能从中发现一些写作素材什么,碰到熟人停下来说说话,说说你我,也说说张三李四,说不定又启发了什么创作灵感之类,像我们这样的靠写别人的生活过日子的人,多在外面转转总是不会吃亏。

再不然就是由我丈夫用自行车带我走,这种行路方法,受限制比较大,首先要看我丈夫是不是有空,最好又要天不下雨,走哪条路也要事先想好,哪条路上交通警少一些,哪条路车流弱一些,都是要考虑好的,一上路也就开始提心吊胆,万一被发现,罚三五块钱事小,还丢人脸面,争争吵吵之际如果有个熟人路过那更是难堪了,或者和别人和别的车子有个什么碰碰撞撞,不管责任在谁,自己只有先说对不起,谁让你车上还带个人,说到哪里也是自己先违了章,占不了便宜。

其实就城市交通来说,也还有许多可行之路,比如可以坐三轮车。在我们这个小城,三轮车也算是源远流长的了,经过1966年前后的全军覆灭的最低潮,以后又慢慢地复苏,到了改革开放以后,发展眼见着又快了起来,说起来也是奇怪,改革开放发展的应该是轿车之类,同时其他的城市三轮车都在逐年递减,比如上海,最高峰时三轮车队伍浩荡八万,只剩下四十辆,真是盛极而衰,但是我们苏州小城的三轮车却是随着开放的大潮不断上涨,和小车的发展基本上也是成正比的。这是不是说明我们的改革开放容量的大、范围的广都是出乎想象,我想应该是的。坐三轮车确实有坐三轮车的好处,价钱不贵,一般的人也能坐得起,当然天天上班的人是不可能坐着三轮车上班,那一月的工资恐怕也不够付车费,我只是说不常外出的,或者碰到尴尬事情的人,坐一回三轮车也是一个很好的解决办法,三轮车多起来,常常在一些公共汽车的站头上就停着好些车子,对一些有急事的等公共汽车又等不来的人,实在是救星,我在站头上等公共汽车时,也常常看到有人跳上三轮车走,我觉得这也很好。以前些年的眼光看,好像坐三轮车总应该是老弱病残,或是随身携带着东西的人,倘若一个人年轻力壮,且两手空空,坐在三轮车上晃荡二郎腿,别人会怎么看呢,一直到现在我自己也还多多少少抱有些这样的想法,所以有时候明明可以坐三轮车,但是一想到年纪也不大,手里也没有什么东西,好像找不出该坐三轮车的理由似的,我这思想,恐怕真是抱残守缺了。

行路也难,行路也不难,行之有效,这不仅仅说的是行路吧。

茶余饭后

中国是茶国,中国的茶是茶的老祖宗,我看到很多文章这样写,也听到很多人如此说,我没有考证过,也没有研究,不知道究竟是不是,不敢妄加评判。只是知道古时就有比如像《茶经》《茶赋》《茶录》等等的文章,我没有读过这些文章,看了介绍知道这是专门写茶的,或者写别的方面内容的文章里一再地提到茶,当然更是常有的事,像"武阳买茶"、"烹茶尽具",像"商人重利轻离别,前月浮梁买茶去",像"从来佳茗以佳人"等等都是和茶有关系,大概有许许多多的东西可以证明中国是一个茶的国家,中国人喝茶的风气是多么的广泛普及,中国人喝茶的习惯是多么的深入持久,中国人喝茶的历史是多么的悠久长远,中国人喝茶的品位又是多么的高雅得道。喝茶,不仅仅对茶的要求很严,还要看水之质地(最好是从前收藏的雪水),茶具的优劣(要小巧精致),烹煎的火候(恰到好处),以及喝茶时的心境情绪什么,都是很有讲究的,可惜这等讲究我等现代之人是不能明白的了,即使是潮汕一带的有名的功夫茶,恐怕也是今不如昔的了。

以我自己的体验,我们现在喝茶,是谈不上品位的,比牛饮强些罢了,现在的人实在是比从前忙得多,没有那工夫品功夫茶。当然,即使是有工夫,要想细品名种,恐怕也是难以如愿,诸多的条件,符合要求的恐怕不多,茶只是一般的茶不说,炒制得马马虎虎,水是自来水,有漂白粉的,茶具是一只玻璃杯,一眼能看到底,没有沉积也没有浓郁,也有随身带着出差去的,那杯子大得吓人，真是牛饮驴饮之具。

确实现在我们已经没有从前那喝茶的品位，没有古人那许多雅兴，没有那样的水平，但是对许多人来说，恐怕也已经是离不开茶的了，文职人员尤甚。就像我，早上起来没精神，喝一杯茶能提神；外出奔波一天，下晚回来喝一杯茶，疲劳顿消，浑身真是说不出的惬意；如果苦苦思索，文路中断，不妨拿茶来诱导一下，说不定马上思路大顺；如果心境不好，郁闷烦躁，也可以喝茶解闷。茶瘾大的人，一天半天没有茶喝，就会神思恍惚，坐立不安，像生了大病似的；也有生了病的人喝茶没有了茶味，痛苦不堪，一旦身体复原，再喝茶时，茶味复然，简直如神仙般快活。在喧闹的尘世，或许茶能为你留出一片属于你自己的清净，在宁静的他乡夜晚，以一杯清茶代酒，寄淡淡的忧思于茶中，三五朋友相聚，喝茶聊天，那是最快活不过的事情。对于茶的需要，平时居家时也许并不以为然，想喝就喝，没有什么特别珍贵的感觉，一旦出门在外，喝茶不那么方便，这时候你才会真正体会到茶对你的重要和珍贵。我最深的体验是在出访苏联的时候得来的。

早在出访之前，就已经知道在中国之外的别的国家的旅馆，一般都没有开水供应，绝对没有服务员会在一大早或是下晚的时候拎着两瓶开水走进你的房间，苏联当然也不例外。面临十五天没有茶喝的可能，我们多少有些担忧，有些惶然，商量着是不是去买热得快电热杯什么，后来被翻译小刘劝阻下来，他的理由有三：一是苏联的旅馆里虽然没有热水瓶，但每一层楼都有茶炉子，要开水可以请服务员烧；二是说苏联旅馆不允许使用热得快，再说是即使买了热得快，却不知道那里的插座是什么型号，你买了圆插头，他那是扁插座，白搭。最后他说，如果需要，在苏联也可以买热得快。

在苏联旅馆里，果真大都有茶炉子，是用电烧的，烧起开水来倒不算太麻烦，麻烦的是楼层服务员的作息时间和我们的活动时间大致相同，我们早上出去，他们来上班，我们晚上回来，他们下班了。麻烦之二，没有热水瓶，即使你一大早烧上一大壶开水，到下晚回来，当然是凉开水了，这样喝茶总是不能让人很称心的。为了喝茶，还要留一点心机，比如要注意服务员的作息时间，更要留心服务员的交替换班。一天早上我去请值夜班的服务员烧开水，这是一位五十上下的妇女，我刚走到门口，她正好出门下班，我做了个手势，她明白了，返回值班室为我烧开水，我因为耽误了她的下班时间而不安，回房间拿了一块真丝绣花手帕送她，她很高兴，连连"斯巴斯巴"（谢谢）。茶烧好后，她往我房间送了一大壶，然后就下班了，而我正想泡上一杯茶，美美地享受一下，出发的时间已经到了。到下晚回来，这一壶水早已凉透，得找服务员再烧水，那当然已经是另外的一位了，我好像又得送上一件小礼物才能安心似的。天知道我可没有带上几打真丝手帕，几打香木扇，几打指甲钳呢。何况苏联旅馆的服务员，大都是四五十岁的中年妇女，在我看来，样子都差不多，胖而且穿着比较艳丽，如果昨天我已经给其中的一位送过些小礼品，第二天我肯定是再也认不出她来的，所以如果再送些小礼物也是很有可能，说不定有的人一件也没有拿到，有的人却拿到了好几件呢。常常我们在一个地方最多只住两三天，又要转移到别的地方，每到住处，首先想到的不是住宿条件怎么样，而是有没有茶炉子。我们去俄罗斯北部的沃洛格达州，那里的旅馆是一座像迷宫似的建筑，整个旅馆大而空旷，我们在那里住了两个晚上，既没有看到茶炉子，也没有看到一个服务员，我们代表团总共六个人却被分在四个不同的楼层，拆得七零八落，我是幸亏同苏联方面的一位女翻译嘉丽亚同住，才撑了些胆子。到了房间，我坐下来，叹了口气，嘉丽亚问为什么叹气，我说我想喝茶。嘉丽亚笑了，她从旅行包里拿出一只杯子，里边有一只热得快。我很奇怪，不知道嘉丽亚怎么会带着它，嘉丽亚告诉我，她陪过好多中国团,知道中国人喜欢喝茶,所以常常随身带着。就这样我们犯了一点小小的纪律,用热得快烧开水泡茶喝。总之在苏联喝现成茶是比较难的,也许正因为来之不易,那茶也就喝得格外的香。苏联人基本上不喝茶,偶尔要喝,就把绿茶放在茶炉子上煮透了喝,这当然也是一种喝法,只是我们不以为然,正如他们对我们抓一把茶叶放在杯子里冲一杯开水就喝的方式也不习惯一样。我们到一位女作家家中做客,女作家出去买菜未回来,她的女友负责接待我们,我们一到就希望有茶喝,但那位女友看上去对茶不大明白,来请教我,我很起劲,跟着进了厨房,她拿出一只大壶,问我能不能往里面加开水,我一看那壶里,吓了一大跳,里面是一大堆长了毛的什么叶子,反正不像是茶叶,至少我没有见过这么大的茶叶,我连忙摇头,她把那发了霉的叶子倒掉,洗净茶壶,然后拿出茶叶,下面的事情就全由我来办了,我把茶叶分撒在杯子里,烧开了水再泡,她对这种做法表示奇怪,不停地笑。我烧了一大壶,很快就被大家喝完,又烧第二壶,又喝完,还没有过瘾,我再去烧第三壶,结果倒是我这最馋茶的人,没有喝畅,便又一次体会到家庭主妇实在是一个吃苦在先享受在后的角色。当然,能为大家做一点小小的牺牲,也是心甘情愿。

有茶喝的时候,也许并不觉得茶有多么的了不起,只有在喝不到茶的时候,才能真正的更深切的明白茶的好,其实,不仅是茶,许多东西都是如此。

因为爱喝茶,所以平时对一些有关茶的介绍文章也就愿意格外的留心,于是慢慢地对茶的了解也多了起来,知道我们的茶文化它的内涵是多么的丰富,它的精神又是多么的深邃,它的流传是怎样广远,也知道茶是有药疗作用,是你身体的护士,你若消化不良,茶帮助你消化,你若内火攻心,茶为你去火化积,茶给你提供你身体需要的种种元素。同时,茶也是你精神上的卫士,你情绪低落,茶就是兴奋剂,你烦躁不安,茶就是舒乐安定。总之,茶与人生真是有着千丝万缕的联系,人生有如茶之涩苦浓严,人生有如茶之甘甜耐品,人生有如茶之清绝淡泊,以茶的品位,以茶的风格,以茶的性情,以茶的温柔与坚韧,完全能够陪伴你走你的人生之路,茶不是孤立的。人之谈茶,不仅是谈茶,谈茶就是谈人生,谈茶就是谈世道,谈茶就是谈七情六欲,谈茶就是谈五湖四海,谈茶又可以谈到从前,沧桑茶馆,纵横酒楼,谈茶也可以谈到风土民情,今昔对比,意味深长。或者拿茶与酒对比,说酒是热烈的象征,茶则如同细细的溪流般的思绪;再拿茶与烟对比,茶是良药,烟是毒弹,凡此种种,不一而足。只可惜我之于茶,却是没有什么水平,也没有很多很丰富的联想,既不通茶道,也不懂茶艺,对茶文化甚至说不上有一知半解,对于茶的品位更是浅尝辄止,我的喝茶仅仅只是停留在我喝茶我便舒服,我不喝茶我便不舒服这样一种水平上,见山就是山,见水就是水,初级阶段。所以我来谈茶,真是有些不自量力,难免贻笑大方。

不过,话说回来,茶余饭后,见茶就是茶,这也挺好。

酒酣胸胆尚开张

何以解忧,唯有杜康。这似乎已经成为千古绝唱,如唐诗宋词,便是反反复复吟唱着以酒解忧的主题,东篱把酒黄昏后,浊酒一杯家万里,醉里且贪欢笑,但愿长醉不复醒,与尔同销万古愁,凡此等等,杯中世界,壶中日月,酒中乐,酒中趣,酒是快活的神仙,酒又是知心的好友,酒又是严冬的暖炉,酒又是炎夏的凉风,酒又是什么什么,暂凭酒杯长精神,一杯在手万事休,千百年来,真是唱尽唱绝,谁不知何以解忧唯有杜康这道理,只可惜也有可怜的人儿,酒也是喝了,醉也是醉过,愁却是未消,忧还是忧着,午醉醒来愁未醒,三杯两盏淡酒,怎敌它、晚来风急,今宵酒醒何处,杨柳岸,晓风残月,这又是一路,以酒浇愁愁上愁,也不是没有。

认真地想一想,何以解忧唯有杜康也好,以酒消愁愁更愁也好,看起来说的是酒,其实并不,这里的主题是愁是忧而不是酒,酒在这里只是一种方式一种工具而已。其实如果把酒当作方式和工具,那么,除了解忧消愁,酒也许还有更多的作用,还有更大一些的意义呢。

忧愁的人要喝酒,快活的人也要喝酒,今天开心,中了奖,发表了文章,儿子考 100 分,中国队胜了,总之是很开心,弄些酒来喝,人生一百年,欢笑唯三五,此为有喜致醉;一人悠悠独处,闲居寡欢,窗外细雨连绵,心中却是空空,既无痛苦,亦说不出有什么快活的事情,只因闲得无聊,也拿酒来喝,对雨独饮,试酌百情远；身在异乡为异客，思乡之情愈浓，到酒杯里找一找故乡的明月，花间一壶酒，独酌无相亲，举杯邀明月，对影成三人；送朋友远行，是要喝酒的，劝君更进一杯酒，西出阳关无故人，金陵弟子来相送，欲行不行各尽觞，都是说的送别酒；有朋友来，或者到朋友处去，也是要喝酒，对酒心自足，故人来共持，开轩面场圃，把酒话桑麻；也有向朋友讨酒喝的，松叶堪为酒，春来酿几多；或者本来并无喝酒的念头，只是路过酒家，突然就想喝了，那总是有酒瘾的，倘是在我的家乡苏州，也确实常常会路见酒家，从前说，小巷十家三酒店，豪门五日一尝新，酒家真是多，新鲜的吃食也真是多；也有劳动辛苦，工作紧张的，下班回来喝一口酒，解除疲劳，放松情绪，也有耳朵根子软的人，明明是不大能喝酒，却经不起别人的哄劝，说不喝酒算什么男子汉，又说不喝酒就是不够朋友，再说说不喝下这杯酒就怎么怎么，于是就喝，有的人要面子，明明只能喝三两酒，喝到酒酣，偏要和别人争个高下，便也不顾后果，拿酒当白开水来喝，当然酒毕竟不是白开水，喝到肚里他会明白这一点；还有以酒御寒，或者竟有人生了病，口中淡味，喝些酒来开胃也不是不可能，总之，种种的人，因为种种的原因喝酒，于是酒的作用，就大大超过"解忧"，也大大超过当初酒的发明者或少康或仪狄或别的什么人的本意了。

多多少少有一些功利目的的喝酒，实在是算不上真正的爱酒，真正爱酒的人，就是平白无故喝酒。在我们苏州小城里，现代的大酒家也是有了不少，小而精致的酒馆当是更多，只可惜囊中羞涩的平民百姓不敢问津，但是平民百姓爱好酒者自有自己的喝法，你在下晚时，到我们的小巷来看看，许多人家门前，放一方小桌，桌上一碟小菜，老人们自酌自饮，小葱拌豆腐就行，年纪轻些的，牙好的，买些鸡脚鸭头啃，都是很有滋味，日日如此，一边抿酒一边说话，旁边有谁就和谁说，旁边没人就和自己说，因为有了些酒气，自己和自己说话竟也有十分的意趣，并不在乎菜的好差，人的多少，从来不逼着别人喝,也用不着别人来劝酒,不必用什么感情深一口闷之类的话来激将,不需要猜拳玩酒令,也不考虑酒之优劣,有得喝就好,酒量大亦好,小也无所谓,喝一辈子不长量的也有,喝一辈子不尽兴的更多,酒已成为人生的必需,成为生命的一部分,这样的人,也许才称得上是真正的喝酒人。

我有时候也喝一点酒,但究其原因,想来想去,总不在以上所述的范畴,我喝酒,好像与伤心无关,也与快活无关,伤心的时候我只伤心就是,喝酒做什么,快活的时候我只快活就是,喝酒又做什么,疲劳了我就休息,无聊时我看武侠书,出门在外我看看电视,一人在家就写写文章,总是和酒沾不上的。我的喝酒,说起来真是不好意思,那就是因为不好意思,不好意思不喝,就喝酒,这就是我喝酒的原因。这是真的。我的喝酒的历史不长,只有三年多一点,在这之前我真是滴酒不沾的,也不是对酒有什么意见,有什么想法,只是不喝罢了,偶尔弄一口抿抿,实在不是味道,实在没有什么喝头,也没有一点点的乐趣能喝出来,也不知别人怎么能在那里面喝出神仙的境界来。对于一个女人,不喝也就罢了,别人也不会来勉强你,大家知道保护妇女儿童,也知道尊重妇女,酒也是要劝的,话也是要说的,实在不喝也就作罢,这就是尊重。随意自在,这正是我的本意。可是后来我却违背了自己的本意,喝起酒来,起因是什么,就是不好意思,就是因为感激别人,总之是因为别人对我好,或者是为我做了许多事情,或者是帮了我的大忙,我感激,要想表示,却没有别的更好的办法来表达,话又是不大会讲,甜言蜜语尽管心里也想着,但是说不出口,于是就喝酒,我一喝酒,应该被我感谢的人他们真是很开心,他们并不是要出我的洋相,也不知道我是能喝还是不能喝,只是看到我喝,便高兴,又劝酒,我只能再喝,这就开始了。比如有一次,我陪两位北方来的女同志到一个县里去买些北方很难买到的苏州丝绸,县委的同志,不仅陪着我们到厂里挑挑拣拣，又将折扣打得很低，事后又请我们吃晚饭，他们对我，当然是一无所求，吃饭的时候，四位陪客都是男同志，且都爱喝酒，而连我在内的三位客人都是女的，都是不能喝酒，席上就形成一面倒的局势，主人自己和自己喝，喝不出高潮，也喝不出兴致，这我知道，我想劝我陪同的两位女士应酬一下，可是她们一听说喝酒，连连摇头摆手，没有办法，只有我自己上战场，以一对四，事后想想，真是连自己都很佩服自己的勇气。那一次当然是喝得微醉，大家都很高兴，兴致都起来了，我看他们喝得开心，我心里总算是平复了一些，胃里却是大闹天宫了。还有一次，我到一个乡里办事，也都是求人的事情，多多麻烦了乡党委书记，乡党委书记不仅不嫌烦，还送了土特产，还让买了些出厂价，招待吃饭弄了两瓶茅台，我知道他是很喜欢喝酒的，于是舍命陪君子，那一次是大醉了。

　　哪一次是开始的那一次，我已经记不清了，反正只要是有了第一次，就有了以后的无数次，或者有人会觉得我太掉价，一点点土特产，几块布料子就把自己给卖了？我不这样想，我感激的不是那一点点土特产的出厂价，我虽然没有很高的身价，我虽然没有很多钱，况且那一点土特产的钱我还是能出得起，但我感激的是他们对我的一份真情，一份爱心，我也要用自己的真情和爱心去回报，我很傻是不是，我偏颇是不是，难道感谢别人非要喝酒、非要喝醉才算真诚才算到位？当然不是，各人有各人的想法，各人有各人的办法，我没有别的办法，我就喝酒。

　　并不是以后我每一次喝酒都因为感激，但是我在开始沾酒的时候确确实实是出于这样的原因。既然喝开了头，以后的喝酒原因就要复杂得多，喝酒生涯也要丰富得多。在我的三年多的喝酒生涯中，我为招待朋友喝酒，我为应酬场面也喝酒，老同学聚会时喝酒，参加接待外宾也喝酒，如果我的领导要我向谁谁谁敬酒我也不能不敬，如果谁谁谁一定要来敬我的酒我也不能不喝，开始的时候我还是作为秘密武器后发制人,那日子要好过得多,在别人喝了七八成的时候我站起来略表心意,那真是恰到好处,锦上添花,而且受到普遍赞扬,有了许多话说出来,比如什么酒席上防三种人,老人病人女人,我就是要防的三种人中的一种罢,又说什么女人要么不喝酒,要喝起来准是海量,我也就一定是海量等等,尽是些外行话,我听着心中好笑,但也很开心,不管怎么说,以少胜多总是让人快活得意的。但是后来不行了,秘密武器终于暴露,臭名气传出去,成为众矢之的,群起而攻之,有时真是招架不住,多多受罪,想想也是自己活该。

喝酒喝得好,能使人生增添几分乐趣,喝酒喝得不好,就会给人生带来一些痛苦,我不知道我是喝得好还是喝得不好,反正有时候我是很快活,那总是在酒饮微醺时。也有很痛苦的,过了量,喝坏了胃,那就不好。比如我,胃就有了些病,当然不能全怪罪于酒,酒却也不能逃脱一定的责任,现在每天喝着三九胃泰,想着昔日酒席上的威风,胸胆开张,大江东去,真是好笑。

说了许多关于酒的废话,就像个真正的酒鬼似的,我的一位朋友曾经劝过我,说你应该戒酒了,我听了真是很感激,同时也窃笑一番,其实我于酒,从来也没有什么好感,我实在是不喜欢喝酒,我也决不会成为一个真正的酒客,酒仙、酒徒、酒鬼,我都没有资格,真的没有资格,不管我的酒量有多大,不管我喝酒的次数有多少,我永远没有资格,因为我不爱酒。并不是为了维护我的淑女形象才这么说,许多人知道我文静,我生活的这个古老而幽静的小城,就是培养大家闺秀的好地方,可惜我不是,也许我有一个淑女的外表,却没有生就一个淑女的灵魂,矛盾的统一,就是我。

统一于种种的矛盾之中,就是我的平平常常的生活。

醉酒的感受

醉酒的感受，真是滋味多多。

各人喝酒有各人的说法，各人喝酒有各人的喝法，各人喝酒又有各人的醉法，看酒桌上种种人相世态，那真是多姿多彩，千奇百怪。有人喝酒，只顾自己喝，并不在乎别人怎么样，多喝少喝，真喝假喝，与他无关，他只是喝自己的酒，任别人闹去；也有的人，自己喝也非带着别人一起喝，别人不喝他这酒就没有了味道，于是想出种种办法让别人也喝，逼的，哄的，逗的，骗的，激将的，玩花招的，猜火柴梗，转调羹，划拳，好言相劝，好话说尽，恶语相加，坏话说完，虽然不至于掐着你的脖子，却多少有些强行灌入的意思，真是不择手段，看别人喝他就高兴，自己也能多喝一些，看别人不喝他就不高兴，自己也没有兴趣，这也是一种；还有的人，自己不怎么喝，却要别人喝，手法自然也是多种多样的，这是有本事的人。被劝酒者，也有盛情难却就爽爽气气地喝，既然说感情深一口闷，就闷了它，有一定酒量的人可以这样。也有不胜酒力的，或者酒量不小，但是因身体啦因夫人的警告啦因别的种种原因不能多喝的人，就想出许多对付的办法，说只要感情深不管假与真，如果说这样的话通不过，那就再来动动手脚，比如用白开水冒充白酒，自从有了雪碧，也有了用雪碧代替的，只是雪碧有气泡，常常被戳穿，这把戏其实也不是现代才有，三国时就有韦翟因酒量小而以茶代酒之事。或者也有喝进嘴里含着，乘人不备吐在餐巾里，甚至吐回酒杯的也有，这种做法好像有点那个，但是想想不能喝酒的人被逼得没有办法，才会出此下策，这样想想也就不觉得什么了。还有手脚动作幅度比较大速度比较快的，拿一杯酒往嘴里用劲一洒，其实酒早已经洒到身后的墙上或地上去了，也是一法。反正办法多多，只拿来用便是，一旦被发现，也不过大家一笑，最多说你不够什么什么，也不至于就把酒席上的做假就当作你的为人了，明天酒醒，你还是你，我还是我，平时是怎么样的现在还是怎么样，不会因为喝了一杯假酒就被人瞧扁了去的，认为你品质怎么怎么，更不会影响你的前途提升什么，尽管放宽心就是。

　　我在成为众矢之的以后，也是常常碰到不能不喝的难题，但是我从来没有喝过一杯假酒，没有做过一次手脚，这倒是和我父亲和我丈夫都很一致的，我父亲有一天说，我这一辈子写过假文章，假话也不敢保证没有说过，但是我没有喝过一杯假酒，我相信这是真的。我父亲酒量并不大，但是他会自我控制，所以我父亲每次喝酒都能让自己也让别人喝得很开心，但是醉酒很少。我丈夫的酒量稍许大一些，但也不是很大，他身体比较好，又爱交朋友，好像和朋友在一起喝酒，要是谁谁谁喝假酒这很扫兴，所以他也是不喝假酒不做手脚的，因为酒量大一些，多半也能应付过去。我却是不行，我既没有我父亲自我控制的能力，又没有我丈夫的酒量和豪情，我似乎没有资格不喝假酒，但是我确实没有喝过假酒。这和品质没有关系，我不喝假酒决不是因为我品格高尚，实事求是，这才是真正的品格高尚。我不喝假酒也不是因为我爱酒，只是因为胆子太小而已，怕做了手脚被人发现，被人发现我会觉得很丑，仅此而已。也许我大可不必有这样的想法，因为以这样的想法去喝酒，最后只是醉了我自己。假如说这是一种苦，那也是自找的。如果说在苦中也有些乐，那也是自得其乐。

　　醉酒的世界那真是很丰富，以我这一点点的经历，就看到过各种各样的醉态，无不可爱之极，哪怕是一个平时最最不讨人喜欢的人，一旦他醉了酒，会变得讨人喜欢，哪怕是一个最最老成的人，喝了酒，他会像孩子一样的天真起来，一个吹胡子瞪眼的老头，就和蔼可亲，一个高高在上的领导，马上稀松随和了。我见过喝了酒哭的，有放声大哭，也有哀哀低啼，或者笑的，放声大笑，嘻嘻窃笑，有连哭边说连笑边说，也有只哭不说只笑不说，有说人好的，把人捧上了天，有骂人的，把人骂得如臭狗屎，动作粗野也有动手打人，那是要小心防着一点，动作优雅的说不定搂住你来一个吻别什么的，也是叫人受不了；我还见过一人，喝了酒就拼命给人发烟，发了一支又一支，也不知要干什么；也见过当场就吐的，弄得一塌糊涂，不堪入目。也有的人平时不怎么会说话，喝了酒口才竟然发挥得想不到的好；也有的人平时一张嘴不肯停息，好像全世界只有他一张嘴，不说话这世界就没了声音的，喝了酒反而一言不发了；有的并没有真醉，只是有几分酒意，便借着这酒意做一些平时不敢做的事情，说一些平时不敢说的话，别人也不会很在意，比如他不喜欢的人，他就可以不认识人家，不理睬人家，大家只会说，醉了醉了。关于酒醉还是不醉，许多人有这么一条标准，认为凡是说自己醉了的人那还很清醒，没有醉；倒是说自己没有醉还要喝的人，已经到了水平，这种说法也不是没有一点道理，但却不是绝对的，因为喝酒以及喝醉酒的表现实在是太多太多，很难弄出一个放之四海而皆准的标尺。

有人是世人皆醉我独醒，也有人是世人皆醒我独醉。

喝了酒还能写作的人我很佩服，喝了酒能写得更好的人我更佩服，我是不能，喝了酒只知道难受，只知道在心里发誓下回再不喝酒，发的誓管不管用那是另一回事情。我父亲喝多了酒话多，这时候你得顺着点他，稍有不同意见，嗓门会大起来。我丈夫则是睡觉，打呼，不一定要躺到床上，坐着能睡，站着也能睡，坐在马桶上还能呼一会，真所谓"饮酣昼鼓如雷"。我喝了酒，感觉最不好的是胃，翻江倒海，折腾不已，感觉最好的是大脑，腾云驾雾，飘飘欲仙。

其实醉酒的感觉并不是千篇一律,每回和每回并不完全一样,这要看喝酒时的心情。情绪好时,酒量多半会增大些,情绪不好,大家管这叫喝闷酒,是容易醉人的。喝酒和酒的优劣也是大有关系,好的酒你喝了只管开心就是,不好的酒喝了便会有许多不好的感受,所以现在有许多人对酒的品质是比较讲究的,喝酒本来是为添乐,喝不好的酒只能给自己添些痛苦,还是不喝罢。再就是看你的酒量和喝下去的数量比率怎样,也就是看你醉酒的程度。在我的体验,一般喝到五分左右是最舒服的,最好的状态,心情愉快,五脏舒服,从灵魂到肉体没有一处不好,神态也是自若,谈笑风生,或微微笑着,无不正常;若喝到六分,话就多起来,举止也比平时更有些激情,自己并不觉得,但是旁人已看在眼里;有了七分模样,便是醉的开始,正是想喝的当口,这时候如果再喝下去,多半是要醉倒,如果到此为止,也就是个半醉,胃里有些闹腾,但不算很厉害,这时候要是有些什么活动,比如跳舞唱歌什么的,那状态会很好,平时僵硬的舞步这时候会很潇洒,平时只是低吟浅唱,现在尽管放开喉咙来,能博得声声叫好;再下去就是八九分的味道,我也算是尝过的,那已经是洒脱不起来的状况了,想吐又吐不出,想说话也说不动,唯一的愿望就是睡,睡着了什么难受也不知道,就是这样。喝酒喝到十分的醉我是没有过,但是我能想象,正如古人所说,"酒极则乱,乐极则悲"也。

酒有酒的好,酒也有酒的不好,酒之不好,伤人身体,乱人神志,坏人名声,误人大事者无所不有,同样,酒的好处也是很好,不说别的,就说在苏南乡镇企业的发展中,酒的贡献即是不可否认,其实又何止是苏南,又何止是乡镇企业呢。

酒之妙,酒之不妙,成也萧何,败也萧何,成败之间,自有奥妙,是成是败,只在你自己。

大学夏令营

1974年与高中同学(左一为作者)

以肥为美

好像是说汤加人以肥为美,报纸上介绍过,还有没有别的什么地方什么民族和汤加一样以肥为美,想来总还是有的,世界之大,无奇不有。其实不说别人只说自己,我们在唐朝的时候也是以肥为美,这众所周知,盖因有了一个杨玉环。在过了一千多年以后,林芳兵为演好杨玉环,硬是把自己吃胖,增加体重二三十斤。我真是很钦佩这种为艺术牺牲的精神,却又难以苟同,林芳兵的气质本来就在于她的那种纤瘦的风格,吃胖了的林芳兵已经不再是她自己,而仅仅是一个杨贵妃,一个假的杨贵妃,林芳兵不值得。这也许是我对艺术的偏见狭隘和无知,但却是我的真实的想法。林芳兵吃胖以后的样子我在报纸或电视上看到过,我真为她惋惜,还不知她的杨贵妃到底成功与否。后来又有消息说林芳兵演完杨贵妃,又开始减肥,希望她能够恢复成原来的林芳兵,只是不要在胖过之后又瘦的过程中折腾坏了身体或者折腾出许多皱纹。当然,最爱惜林芳兵的只能是林芳兵她自己,相信她会有办法,所以也希望我的所谓的担心和惋惜,不过是杞人忧天罢了。

这就说远了去,以肥为美确实是有,但是现在我们不,现在我们都是以肥为丑的,大家喜欢苗条的女人,男人最好也不要太肥,所以有了种种的减肥要求,苗条霜,减肥茶,针刺疗法,腹泻疗法,饥饿疗法——应运而生,大赚其钱,大发其财,许多伪劣冒牌东西也纷纷出笼,再就是运动减肥,也很时尚,健美操,呼啦圈,迪斯科,气功减肥,太极拳减肥,应有尽有,总之在当今我们的地方,人心向瘦,胖子的日子不好过,即使自己不怎么在意,觉得人之胖瘦本来有很多天生成分,强求不得,你想坦坦然然对待自己的肥与瘦,但是你看看社会的眼光,你就会明白,你原来是一个社会的你,许多事情由不得你自己,哪怕是你的想法,别人看不见摸不着的,也是不能让你自由驰骋的。

　　大家以瘦为美,连猪也要喂得瘦瘦的,没有肥肉,尽是瘦肉,叫作瘦肉型猪,不知对牛对羊是什么态度。猪们也真是可怜,完全被扭曲了自己,猪本是以肥为美,肥猪肥猪,猪当然是越肥越好,农民养肥了猪赶到集子上去卖,大家看了,都知道能卖个好价钱,说,好肥的猪,怎么养的,给猪吃什么了,尽是羡慕的口气。现在却是反了,要说,哇,好瘦的猪,怎么养的,真是好本事。把猪养得瘦瘦的,当然不是为了让猪参加选美什么的,也不是让猪和人类有一个一致的审美标准,把猪养得瘦,完全是为了人,这毫无疑问,养猪是给人吃的,从前养肥猪是如此,现在养瘦猪也是一样,人且怕肥,猪焉能不怕,胖人没有人喜欢,肥猪没有人要,真是达到了高度的一致。人吃了肥猪肉自己也要肥起来,为了不让人肥起来,大家不要肥猪肉,顺理成章。在菜场上有卖不掉的肥肉搭配的事情,也就有了许多争争吵吵,恩恩怨怨,关系好的人,斩肉师傅自会刀下留情,只管拣瘦的切下,不搭界的人,向斩肉师傅要瘦肉,斩肉师傅说,一只猪总是有肥有瘦,你们全把瘦的要了去,这肥的怎么办。顾客说,我不管,反正我不要,我们家没有人吃肥肉,斩肉师傅说,你也不要,我也不要,这肥肉叫我卖给谁去。

　　其实可以卖给我。我是要吃肥肉的,我们家的人也多半喜欢吃肥肉,我家的菜是我丈夫买,他和菜场的斩肉师傅熟,斩肉师傅说,你来了,有一块好瘦肉给你留着,我丈夫说,用不着,肥的也行。斩肉师傅说,哪能呢,肥的哪能卖给你。任我丈夫怎么说,越说人家越是以为他客气,便越是要挑上好的瘦肉给他,真是没有办法的事情。

肥肉味之妙那真是别的任何美味佳肴都难以与之相比,宴席上的东坡肉,乡村农户的扣肉,公共食堂的粉蒸肉,平常人家的红烧肉,还有我们苏州陆稿荐的有名的酱肉,等等,这些若是选用纯瘦肉来做,那真是想象不出能有什么味道吃出来。我在平时,基本上是不吃瘦肉的,总是觉得瘦肉吃与不吃都无所谓,吃也没有什么美的享受,不吃也不觉有什么失落和遗憾,瘦肉对于我,虽不能说是味同嚼蜡,至少也是食之无味。让我吃瘦肉,我是宁可吃蔬菜或别的什么菜都行。在我们家,桌上两天不见肥肉就很馋了,所以即使肉丝肉片什么也都是要用肥肉来切成,肉粽子也是要用肥肉来裹。就是这样,很不合潮流的。

我喜欢吃肥肉不知算不算是遗传,我的外婆是要吃肥肉的,这是娘家系统,我父亲也吃肥肉,这算是父系的因子,总之,自我记事起,我就一直要吃肥肉,并且百吃不厌,我在中学读书时,有一次下乡学农,中饭的菜每人是一块大肥肉,苦煞了我们那些女同学,却是喜煞了我也,她们把肥肉一块一块地往我碗里让,我那满嘴的肥油,让好些女生看了直反胃,那情那景,至今还历历在目。只可惜我的儿子现在他不吃肥肉,再小一点的时候倒是要吃的,那时我心中很乐,以为又多了一个知音,却不知稍大了一些,却不肯再吃肥肉,并且假模假式地见了肥肉还打恶心,真是作怪。但愿他再过些时候还是能回到我所希望于他的方面来,使我们家的队伍再增添新的力量,也好让小小的他多尝一份人生的乐趣。

吃肥肉,真是人生一大乐趣。

其实肥肉的好吃,并不需要我特别的说出来,相信许多的人都知道,也都喜欢吃,只是因为种种原因想吃而不能吃,想吃而不敢吃,那真是很遗憾的事情。或者是怕胖,或者是已经很胖,或者是身体原因,胃不好,胆囊有病,也或者是心理作用,比如怕血脂怎么样,血压怎么样,还有动脉问题什么,总之是顾虑重重。总之是不吃肥肉。

不能说不吃肥肉人生就没有乐趣。既然吃肥肉是某些人人生的一种乐趣,那么不吃肥肉就应该是另一些人人生的一种乐趣,这才是正常,才是科学,只是科学的目的在于使人生过得更好,更自由一些,而不是对人生有所束缚,我认识一位老同志,辛辛苦苦工作了一辈子,除了喜欢抽烟,别的什么嗜好也没有,大家从他的身体考虑劝他戒烟,他说,我一辈子也就这么一点点的乐趣,如果再被剥夺,我的生命还有什么意义呢。这话说得真是叫人说不出话来,是继续劝他戒烟,还是让他保留一点点自己的乐趣呢,我真是不知道。好像在科学和人生乐趣之间断了一座沟通的桥梁似的。就像我父亲,也是常常两为其难,许多上了年纪的人都这样,即使是年轻人,也会有相同的感觉。常常有人提出这样的问题,是少活几年,让生命的质量高一些,乐趣多一些,还是多活几年,把这质量和乐趣拉长稀释,我回答不出这个问题,也许这问题本身是不科学的,但却很真实,很具体,也很实际。

以肥为美,还是以瘦为美,这里面没有一定的规矩,吃肥肉好还是吃瘦肉好,也没有绝对的道理,我想,一切还得从自己的实际出发,就像我,以吃肥肉为快活,但是因为胃病,吃虽然还是要吃,却不能像从前没有节制,真是好汉不提当年勇。

头头是道

有一天一位女友对我说,我发现你有一个特点,对鞋不怎么讲究,对头倒是比较注重。每次见到你,头发总是弄得好好的,可是鞋却没有什么好鞋,有的人注重鞋,几百几百地往脚上穿。我笑了。这话说得正是。顾头不顾脚,都说野鸡是这样,我没有亲眼见过,也不敢说是不是。其实对鞋也好,对头也好,对浑身上下什么,恨不得都好才好,人总愿意自己十全十美,希望自己什么都好,但是不可能,便退而求之,舍卒保车。像我这样,脚且已大,对于鞋,想讲究也讲究不起来,想重视也由不得自己。鞋既不得讲究,那么对于别的什么,注重一些也是应该,比如头面什么的,倘若鞋且邋遢,再蓬头垢面,真是体无完肤。所以平时为了保持头面的基本水平,也添出生活中一烦,虽说事情不大,但也不是很容易做好的。或者是上理发店受人摆布,也或者在家里对着镜子自己摆弄,总之是相当的烦人,想来想去,已经舍去卒子,再不保车,那恐怕是不行的了,于是也只有不厌其烦。其实于脚于头,本都是同一根生,哪能分出卒车主次,只是老话说了许多关于头重脚轻的道理,总是有一定的根据,姑且就算是重头轻脚吧。

好像是从去年开始,琳琅满目的年历中,出现了一种黑白的好莱坞明星年历,据说很受欢迎,我们家今年也挂了两本,每天看着气质非凡风采迷人的明星,实在是一种美的享受,我看那女明星的头发,真是千姿百态,万种风情,无论长发短发,无论烫发直发,也不管是扎得紧还是放得松,是梳得高还是编得低,千丝万缕,丝丝恰到好处,缕缕锦上添花,真可谓头头是道。

头头是道,这道,也就是好看罢,好看有好看的道理,这种发型在女明星头上就是好看,你服也得服,不服也得服,但是放在你头上真是气死你,就像假发店里的假发,放在模特儿的头上都好看,金色长发,黑色披肩发,各有各的好,但是你若买了来戴,横竖总是不自在。道理在哪里呢?

想起严羽《沧浪诗话》中说,学诗有三节:其初不识好恶,连篇累牍,肆笔而成;既识羞愧,始生畏惧,成之极难;及其透彻,则七纵八横,信手拈来,头头是道矣。这话说得真好,说诗是如此,拿来说说头发希望也是一样的道理。透彻二字,是一种高度的概括,要说明白却是不易,或者本来就是只可意会,不能言传的不透彻罢。在我看来,照片上的好莱坞女明星真是透彻的,英格丽·褒曼的长发,奥黛丽·赫本的束发,玛丽莲·梦露的金发,伊丽莎白·泰勒的短发,无一不是信手拈来,头头是道。我不怀疑,这都是因为透彻。我也想透彻,对诗的透彻和对头发的透彻,我都要,但是我应该怎样去透彻,我却不知道,怎么才是透彻,我也不能很明白,努力是在努力着,进步也是在进步着。当然努力和进步的并非只有我一个,人人都是这样,时代就是这样。

从小翘辫子开始的我的头发的经历,在走过了二十六七年的自然状态之后,第一次被人工改变是在我上大学三年级的时候,随同学一起去做了一个叫作半烫的造型,所谓半烫就是把辫子梢卷一下,仅此而已,照照镜子,竟已经觉得十分的洋气,心中不免忐忑,怕政治辅导员多看几眼。再过些时,晓得去把前刘海烫一烫,也只是半烫,一直到我大学毕业参加工作以后,才做了第一次的全烫,把头发连根带梢都改变了一下。烫了回来,母亲说,哎呀,老了十岁。呜乎哀哉。

许多人都有过我这样的经历,但是烫发的生意却是越来越好,做各种发型的人也越来越多,理发店的工作越来越忙,个体的理发店老板越来越有钱,有人说女人过了三十岁不能不烫发,这话真是很有道理。直发类的自然发型只属于青春,三十岁以后的女人要在不断的变化不断的改造中抢回自己的青春,这是规律,也是许许多多过了三十的女人的共同体验。于是就真的有了变化,有了创造,有了再创造,也有了全新的世界。

小女孩梳小辫子,到少女时代扎成"马尾巴"很舒展,或者也可以剪短发,从前叫作童花头。又有叫游泳式的,现在把这种带着点男子气的实际上很青春气息的发型叫作什么我已经不大清楚,我记得的是有一种短发,大家称之为"柯湘式",起因很明白,后来这种以名人名演员或者以某一位家喻户晓的剧中人的发型为美为崇尚目标的风气也越来越盛行,就像衣服也一样,来了马科斯夫人后,全中国的女人一夜之间都知道原来肩膀耸那么高竟是那么的美,于是中国的妇女也都穿上抛袖衣服,把肩耸得高高。电视台放过《上海一家人》,大街小巷很快就看到许多若男发型,青春秀美,味道好极了。同李若男相比,另外一个剧中人赢得的观众也许更多些,那就是刘慧芳,但是却不见有人剪个慧芳式,这大概属于另外一个话题,在此不赘。

追随时尚,做一个很时新的发型,本来无可指责,但是有一个简单的道理却是不能忘记,那就是,发型是为脸而做,为人而做,而不是为发型而做。我是常常提醒自己,同时又是常常忘记,于是就常常的后悔。我做过一个叫作爆炸式的发型,把头发剪得很短,烫得根根朝上,走出去先是家里人吓了一跳,哑口无言,想说又不大好说似的,后是朋友熟人惊讶不止,议论纷纷,说,你怎么弄得像个黑人,海曼就是这样的头。也有的说,你是不是觉得你自己太软弱,弄个炸弹头来改变形象,还有说别的许多话,总之大家都觉得这个发型做得不错,可惜放在我的头上不伦不类。我后悔不迭,却没有补救的办法,唯一的办法就是等头发自然长长,再改变发型,这等待,不也是一种成熟的过程吗?

人就是在这样的无穷无尽的循环往复中,慢慢地进步,慢慢地发展,慢慢地明白,慢慢地透彻。

我烫过很多次头发,化学药水和高的温度使我的头发变软变黄,新型的护发用品又使我的头发发黑发亮,我做过很多种发型,有的发型使我变美,也有的发型使我变丑,我快活过很多次,也后悔过很多次,有过许多教训,也明白了许多道理,那么我现在是不是透彻了呢,当然没有。我现在关于头发,是不是也能信手拈来,头头是道了呢,当然不能。

透彻,这是一种很高的境界,也许我们这样的凡夫俗子一辈子也是透彻不了的,但是我们只要是在努力了,只要是在向着那个目标进步,我想这也就行了,有很多时候,意义不是在于达到,而是在于行动,生命的意义如此,头发的意义也是如此,即使你有一天终于达到了你的目的,那时你又会觉得,我达到的原来并不是我的目的,我的目的还远着呢。

这就是进步。

我认识一个开个体发廊的女老板,做了几年,赚了不少钱,她不知足,总是要想有所发展,先是到上海去学习美容,学成归来,增加了面部按摩、烫眼睫毛等服务项目,再发展下去,就觉得国内的天地太小,想往外去了,仅仅就是凭着这样一个想法,别的比如海外的亲戚担保人什么也没有,居然给她办成了出国,我实在是钦佩她的这种精神,虽然我不能对她的行为作出评价,是上策是下策我说不出,我也无法猜测她出去以后的发展会怎么样,更不能预测她的前途她的未来,不知道她是会发了大财衣锦还乡,还是会落了魄回来,或者甚至就再回不来。我是为她担心的,离开丈夫和小小的孩子，只身远走他乡，她不懂外语，到外面举目无亲，两眼一抹黑，等待她的是什么，我不知道，但是我知道她努力了，她付出了代价。无论别人怎么看，无论她的结果怎么样，对于她来说，她的人生的价值就在这些行动中体现出来。至于这些价值，在别人看来是有价值还是根本无价值，是值得还是不值得，这只是别人的事情。

  我曾经在她那里学到许多关于头发的知识，这其实也是学习透彻的一个过程，弄头发对我来说，至少在目前仍然还是一种负担，而不是一种享受，剪了短发嫌脸大，留了长发又嫌脸小，因为我还没有透彻。

  希望有一天不再觉得弄头发是一种负担，更希望有一天也能像女明星们那样，信手拈来，头头是道，怎么弄都好看。

  我不知道会不会有这一天，我希望有。

穿 小 鞋

我的手大。不知道人的身材与手的正常比例是怎么回事，反正我的手大概是超出比例了，一般的人，都能看出我的手大，不直说而已，如是纤纤小手，那总会有人说说。但是不说不等于不存在，我的手大，这是事实，不说也大，说也大，所以有时候我就自己先说，我先说了，别人也会跟着说，大都是说大手好，大手是弹钢琴的手，或者不说手大，只说手指长，十指长长，会做针线，也是好的，可是我十指虽长，针线却不会，钢琴更是无缘。为了这手我也难免有过一些想法，当然也不是很过分的想法，至多不过是想想为什么我的手就这么大，别人的手就那么小，或者再想想我的手为什么会这么大，是不是遗传，还是手在发育的时候营养过剩或者是劳动锻炼促成，因为我在长身体的时候，十三四岁正在乡下做农活，插秧割稻什么，都是用手，做得有滋有味，不知疲劳，手上磨出血泡长起老茧，也许这样手便大了起来。关于手大，也不过就这样想想罢。有一次看到介绍说好莱坞一位世界著名女星，美貌超群气质非凡细腻无比，偏却生就一双大手，为此烦恼，于是想出办法，用手套掩饰，共有各种各式手套一千多副，叹为奇观。可惜我是既无女星的相貌气质，亦无用手套的良好习惯，不说是春夏秋季，即使是在冬天，出门也常常不戴手套，直到冻得生痛，才想起家里原来是有手套的。

或一日在席上，有一朋友坐在我旁边，于吃饭间突然看着我的手发愣，看得我直想把手藏起，又怕有些不打自招的嫌疑，正在尴尬时间,朋友说,你的手好。我连忙回答,我的手大。朋友一笑,说,就是,好手,好相。女人生成男人手,好相。反过来男人生成女人手可不是好相。我说那是。朋友又说,你的好,就好在这手上。我听了心中真是有些窃喜,恨不得再补充一句,我的脚也不小,但终究是没有好意思说出来。

手大,脚也大,这倒是很般配。手大有手大的不好,也有手大的好,别的不说,只说相好,那真是百好不如一好的好,那么脚大呢,自然也是有好有不好的罢,只说走路,脚大的总要比脚小的走起来便利些许,我是有些体会。我的走路,许多朋友知道,是很快的。从前住校读书,和同学一路外出,别说是女同学,就是男生,也有跟在我后面一溜小跑的。走路之快,当然和性格也是有关,脚小一些的人,也不是没有脚底生风的,也不是没有风驰电掣的,但是一般来说总不能走过脚大的人罢。这应该说是大脚的快活。大脚的苦恼,也有许多,其中最甚者,我以为是鞋的欺压和禁锢。于这一点,我真是体验多多。

这就说到了鞋。本来是要说鞋,却先说了手,又说了脚,再说到鞋,迂回曲折,虽然啰嗦一些,却也是笔法的一种,《诗品》称"委曲"者,即此也。

脚之受鞋的欺压与禁锢,又以现代女性为最,说有某国女郎半路猝死,究其原因,竟然是死于高跟鞋,真是骇人听闻。穿鞋能把人穿死,这无疑是很少很少,绝无仅有,但是受鞋折磨的事,却是很多很多,不知凡几,大脚尤甚。不知道有没有认为脚大也是好相的,如果有,我会很得意,但是如果重新给我一个机会,让我在小手小脚与好相之间选择其一,我会选哪一种,我也不知道。

脚且已大,受鞋之罪已是不可避免,况且现在的人,都愿意把鞋做得窄窄的,尖尖的,跟又是高高的,细细的,以此为美,以此为上品,于脚较为宽大的人,穿这样的鞋真是受苦受难,磨出血泡磨破脚皮,那些都是小意思罢,脚上的老茧恐怕也是层层叠叠罢,别人的脚我不敢说,自己的脚我是有自知之明的。其实既是受罪如此,还不如不穿尖头高跟鞋也罢。但是偏偏又不能,实在是因为抵挡不住美的诱惑。于是想到,美究竟是什么,美原来就是诱惑我们受罪的什么呢,一笑。话说回来,穿上高跟鞋,不一样就是不一样,感觉良好,这是最要紧的,虽然不能说趾高气扬,高人一等,但至少也是昂首挺拔,如郁郁葱葱蓬勃向上小树苗一棵。为了美,为了有如此的效果,受罪也只能受罪,痛苦也只好由它痛苦去,削足适履的事情现在是不会有人做的了,至于用小榔头敲鞋之类的事情我倒是有过,也有将新鞋的跟请鞋匠锯掉一截的,只是不敢对人声张,也许怕人笑话,或者觉得有失体面,后来忍不住和要好的女友说起来,女友好像完全不当回事,说,这有什么,我也用榔头砸过鞋,又说,我出门时,脚上都是要贴创可贴的,又说别人也都这样,这有什么,本来就是这样么。我说,怎么,你们穿鞋也受痛苦么,脚也疼么。女友笑了,说,我们也是人,怎么会不疼。我说,那我怎么看你们不出来。女友又笑,说,那我也看你不出你的脚在疼呢,看你谈笑风生,脚底生风,还以为你舒服着呢,我于是大笑,好开心,我们一起看街上那些姗姗而行的女孩子,她们中间也许有好些都在受着鞋的压迫和折磨,受着痛苦呢。要声明的是我可决没有幸灾乐祸的坏心,只是觉得有了陪绑,同甘共苦罢。

　　从前的人,对我们苏州城里的街路是很赞赏的,比如有人说,姑苏城街洁净天下第一,又说,苏城街,雨后着绣鞋,等等,反正我们小城的小街,从前大都是砖街或石子路面,以上好的青砖或是精选的石子,精心加以铺砌而成。宋朝时就有船只"出必载瓦砾"的规定,真是大兴土木。以砖或石子砌街,平整一端朝上,排列镶嵌,整齐致密,爽水,防滑,雨不沾泥,晴不扬尘,讲究的还要砌出各种图案花纹,雨后着绣鞋可真不是吹的。砖街石子街对于现代人来说,自然已经落后,对高跟鞋,也是不能很适应,砖街石子街的缝隙,正好嵌入高跟鞋的细跟,于是笑话多多。只是如今小城里的砖街石子街也是越来越少,为此振奋也好,为此惋惜也罢,这是趋势。

并不是没有平跟鞋,以目前的流行看,平跟时装鞋已经全面铺展,遍地开花,女孩子们穿着,轻轻松松,随随便便,配什么衣服都行,实在潇洒,可惜像我们这样已经过了穿什么都好看的年龄,不是随随便便就能潇洒起来的了。从前的时候,穿黑的人说高雅,穿白的人说秀气,现在不行了,穿黑的显老,穿白的显黑,不得已也要挑挑拣拣,左顾右盼。穿平跟鞋,人矮去一截,全无女孩子的那份精神,留给我们的,也只有羡慕别人的份。

穿鞋尚且如此,别的事情更是多去了,有时候我们的生活环境也像是一双小鞋,那么,你是改变自己的脚或者说委屈自己的脚,去适应生活这双小鞋,还是你改变生活,让鞋适应你的脚,让环境适应你呢。每一个人都有自己的活法,别人并不能强求统一。无可奈何穿小鞋还是不甘屈服不穿小鞋,命运掌握在你自己手里。有一个将军带领军队上战场,敌众我寡,胜的希望极小,士气亦不足,将军拿出一块古币,看天意,古币朝上则我胜,古币朝下则我亡,结果士兵看到古币朝上,于是士气大振,一举大胜。这故事的意义在于将军的古币两面都是正的。

镜花水月

女孩子稍大一些,就晓得要漂亮,其实男孩子也一样,我是从我儿子那里明白了这一点。我儿子小小的人在穿了新衣服去照镜子时那神态那表情,真是使我的自以为能生出花来的妙笔黯然失色。但是小孩子们的漂亮,多半只是由大人作出评价罢,也多半是受大人的摆布,有主见的孩子最多不过在购买衣服时提出自己的看法,被采纳的有多少,恐怕也不多,小孩子的看法有好多都是没来由,现代派,超现实主义,或者就是看别的孩子样,他有圣斗士,我也有圣斗士,你有神乌龟,我也有神乌龟,一派盲目。前不久看到广告有新产品,全套的儿童化妆品,有口红胭脂眉笔增白粉什么,和大人也差不多,真是感叹于时代的进步。感叹之余也有些别的想法,这些想法有多老派有多陈旧,不说也罢。只是想到我在开始晓得要漂亮的时候,家里经济比较拮据,买布也要票证,只要哪一年家里添了新被子、衣服什么,就只能去买些不要布票而且比较便宜的土布来做。不能说我就是穿了那些土布衣服长大起来,也不是说我小的时候就没有穿过一件好衣服,相信我的母亲她是会尽自己最大的努力让女儿穿得好一些,只是我已经记不很清。却是那些土布衣服给我留下比较深的印象,现在在我的记忆中,别的衣服都没有了,只有土布还保留着。这也是奇怪。记得土布有格子的,也有本色的,更便宜些,买回来,母亲自己动手染成蓝色红色或是别的什么颜色,再做成衣服。后来我跟着父母亲下放到农村,在我们那地方,家家都有自己的纺线车和织布机。我于是知道并且也学习过怎样纺线怎样织布。也晓得了那些很粗糙的土布原来也是要经过千丝万缕的织造,晓得平平常常粗茶淡饭的生活也是来之不易。我穿的第一件绒线衣,红色细绒线织的,是我母亲结婚前穿的,这衣服一直穿到我自己有了孩子。我在农村中学读书时有一位女同学,她住在农村,可她的父亲却不是农民,他给她买了一双高统的套鞋,是宝石蓝的,穿着来上学,我真是眼红,我那时候真是不敢相信套鞋还会有宝石蓝色。我的女同学告诉我她另外还有一双新的套鞋,是黑的,如果我要,她可以转让,于是为这双八块钱的套鞋,我回家和母亲做了多少天的斗争,终于如愿以偿。那双套鞋一直陪我走在乡间的小路上,这乡间的小路通向哪里,我并不知道,但是我一直在走,一直在走,没有停下,后来我又走进县中,在那里毕业,到乡下插队,然后又考上大学,大学毕业又留在学校教书,一直到做了大学教师,我还穿着那双套鞋。套鞋早已经磨损,前后都已经修补过,但是只要天下雨,我还是穿着。我不是一个很懂得勤俭持家的人,现在作为一个家庭主妇,我当家实在是当得很不节俭,我的手并拢起来,手指间的缝隙很大,人家说这样的手漏钱,事实真是如此。但是那一双套鞋穿那么长的时间这是怎么回事,我确实也是不能明白。我曾经在一本小说中也写到过这样的情节,但是我仍然不能明白。有一天病中的母亲说,不能再穿了,去买一双新的吧。我去买了一双新的套鞋。现在我们的生活条件是好得多了,只是我的母亲她已经长眠。我们所能为她做的只是每年清明在她的坟前烧一些纸钱罢,我想,对于母亲,也许已经够了,母亲的生前况且就没有什么奢求。

　　服饰对于一个长大了的女孩子,那真是生命中的一部分,佛是金装,人是衣装,这道理女孩子大都能明白。从前说女为悦己者容,现代女性即使为了自己也是要打扮得漂漂亮亮。像我这样以写作为职业,更多的时间只是在孤芳自赏,看别人和让别人看的机会要比从事其他职业的妇女少一些,即便如此,平时居家,在穿着上也是要说得过去,免得让镜子把自己的自信心自尊心抹得全无,明明晓得镜子里的我不是真我,但是骗骗自己也没有什么不好,良好的感觉振奋的精神多半从镜子里出来。我说的是我自己的体验。如果这体验能有一些代表性,我会很开心。

对于服饰的审美,一个时代有一个时代的标准,我也是经历过以旧为美以破为美的时候,也有过以穿绿军装为最美的体验,对于那时候所做的一切,也不觉得有什么可笑,即使有人做出一些诸如把新衣服剪破,把花衣服染黑那样的事情,也是正常,就像现在大家对时装趋之若鹜,也是无可指责。我也一样,对于时装,总是喜欢,即使不买,看看也是开心。

因为喜欢服装,于是女人爱逛商店。逛商店也是一门学问,这大家多半也承认。可是我对这门学问却是了解不多,只是在自己的实践中慢慢地摸索,慢慢地有一些体验罢。买服装和看服装都是很有讲究的,相信许多过来人都会有同感。在国营的大商店,也许能够得到不至于上当受骗的安全感,但是与此同时或许会失去做"上帝"的愉悦,平平淡淡的公事公办的气氛,会让人觉得事情原来不过如此,想象中的购买服装的兴奋真是不过如此。尽管明智,但是仍然不会放弃必要的挑剔必要的比较必要的询问,以及许许多多存心中的关于服装的问题。得到也罢得不到也罢,遭受白眼也好,不予理睬也好,总不能放弃应该做的努力,这算什么,这就是明知故犯,是犯傻。但是如果有人说人的一生就是一次大的明知故犯,谁又能说不是呢。我们还是继续买衣服。当你踏进装修得豪华高雅的个体服装店,你面对的也许是一些让人心惊肉跳的天文数字般的价码,其实你大可不必就此吓倒,退出舞台,你的戏还刚刚开始。女友告诉我,第一出戏是杀半价,并且随着时间的进步杀半价也已经成为小意思、小戏。现在的个体户老板都知道讲经营作风生财之道，一般不会对你杀半价翻白眼或者出口不逊，更不可能大打出手，所以你尽管大胆往前走，当然在讨价还价上那些笑脸相迎的小老板们自然也是寸步不让，一直到双方都达到某种比较接近的心态，既委屈又满意，这时便可成交。其实无论你怎么杀半价，最后你还是被斩，这毫无疑问。问题是这时候你已经心甘情愿，斩也斩得你舒心愉快，明明是对衣服的质地有所怀疑，对做工也有微词，但是这些都已经不在话下。这是小老板们的本事，也是你自己的远见，你穿一件与众不同的一两年甚至更长的时间也不会觉得过时的衣服，你的女友说，哇！你又从你的男友眼睛里读出更多更深一些的意思。走在街上你使大家的精神为之一振，使大家的眼目为之一亮，这多好，这时候你多半不会有做了"冲头"的懊恼，不是吗。当然在个体户的店里上当受骗的事情也不是没有，也不是不多，即使是在国营的大店也不能完全杜绝。我也是常常碰到，甚至衣服刚买到手，人还未走到家就已经开始后悔这样的事情也是有的，或者要怪小老板的花言巧语，又怪自己抵挡不住潮流的诱惑，又是发誓下次再不上当，但是下次仍然上当，不为别的，只为我们都是些平平常常的人，不能有记性，也不能免俗，所以，常常有些烦恼也是应该。只是这种为了一件衣服所产生的懊恼，实在是人生中的小事一桩，生活中的一个小插曲罢。

逛商店，和谁一起去逛，也是一个很有意思的话题。我喜欢和我丈夫一起上街，也喜欢和女友去，那味道自然是不一样。我丈夫比我有主见，也比我有耐心，对服装的审美，他的眼光比我的更好一些，也许他可以从男人的角度去看别的女人的服装，从而作出评判，面对一件衣服，在我未作出评价时，他常常说出他的看法，我是耳朵根子很软的人，多半会被他说动了心的，但是如果我的评价在先，或者是我已经将衣服买回来，那么无疑会受到充分的肯定和高度的赞赏,就像他看我写的小说,没有一篇是不好的,这里面当然会有一些不切实际的内容,但是更多的是一份爱心,这不用怀疑。和女友逛街,更多的精力是花在对商品本身的评价以及讨价还价上,那也是一种乐趣,是在别的地方难以感觉到的乐趣,我很珍惜。有一次我和一位女友上街转了大半天,结果什么也没有买成,不是我看中了她看不中,不同意我买,就是她看中了我觉得不怎么样,劝她别浪费钱,就这样两个人嘻嘻哈哈笑着,空手而归,心里却装得满满,那是一种用金钱买不到的东西。再有就是带着儿子上街,那就什么也由不得你,你可以跟他说上一大堆的道理,一路开导启发,你先问他妈妈对你好不好,当然是说好,你再问他你要的东西妈妈是不是都给你买了,回答说是,你再问他希望不希望妈妈穿一件漂亮的衣服,希望,那么好,妈妈买衣服时你闹不闹,不闹,真是言之凿凿信誓旦旦,可是还没有走到服装部就已经出尔反尔,不是要去看玩具就是要去买吃的,或者干脆说要回家什么,黄口孺子,你能拿他怎么办,只能是无可奈何笑骂而已,心想下次看我还带你出来逛商店,但结果每一次都是重蹈覆辙。儿子在商店的哈哈镜前哈哈大笑,我想小孩子真是,每次都来看,每次都哈哈大笑,也不知这有什么好笑,但是我却不知道在我看衣服的时候,我儿子是不是觉得妈妈每次都要来看衣服,这衣服有什么好看。

买回衣服,对着镜子穿起来,这才是真正的自我欣赏,有了时间的余地和空间的范围,用不着因为有人围观而出汗,从容不迫,游刃有余,并且又可以拿出各种可以与之配套的来配套,哪怕是一双鞋也是可以换了又换,直到充分协调,这才走出房间,充分展示。所以是需要一面好镜子,不能走形,把一张五官端正形容姣好的脸照成歪瓜裂枣不行,把一个苗苗条条的身体照得肥硕也不好,当然有一种走形是可以容忍,那就是朝好的方面走,谁都知道镜子里是假我,但谁又都希望这假我就是真我,甚至愿意这假我比真我更美一些。我也一样。镜子里的我若是很好看,我必然很开心,决不会劈头盖脸对着自己呸一口,说,这是假的,你快活个屁。若那样,我也许要去看看心理科精神科的医生。

女人常常做成衣装的奴隶,也做成镜子的奴隶,想想真是何苦,再想想又觉得应该,只要女人生活着,或者做衣装镜子的奴隶或者不做奴隶,二者总居其一,本该如此。镜花水月,虚幻影像,明知镜子是空,怎么镜子又那么好销。

谢秦《诗家直说》曰:"诗有可解可不解,不必解,若水月镜花,勿泥其迹可也。"

女人之做成衣装的奴隶,"勿泥其迹可也"。

肚兜的遐想

在我很小的时候,我是不是也戴过肚兜那样的东西,我已经不能知道,能够告诉我这件事的两个人,我的外婆和我的母亲她们已经归去,我的父亲他却是说不出来,我甚至怀疑什么是肚兜他也弄不清楚,就像他一直没有弄懂咔叽、棉布、的确良、涤卡、混纺、全毛那些是什么一样。所以不仅是我小时候的穿着什么他说不出来,就是连他自己的穿着什么,到现在也还是马马虎虎,丢三落四,常常也闹一些笑话出来让我们一乐,但是他却能在他自己的事业上做出不可抹杀的成就,同时也给予我的事业以最大也是最好的支持,这,就是父亲。关于肚兜,我也是偶然地想起了这一个话题的,没有别的什么意思,只是想说说罢。我小的时候到底有没有戴过肚兜,我想也许从前曾经是知道的,但是后来忘记了,我的记性不好,常常为此弄出一些尴尬的事情,或者张冠李戴南辕北辙什么的,其实说到底这也没有什么,在许多年以后突然在一张报纸上看到一篇小文章,说是英格丽·褒曼说过,健康的身体加上不好的记忆,会让我们活得更快活。我看了这话真是很快活。

在我儿子小的时候,我倒是给他戴过肚兜,这我还记得。不过那也算不上是什么肚兜,只是用一块大手帕,系上两根带子罢,在大夏天,往儿子的小肚皮上一系,遮住肚脐眼,还有照片留着。我并不擅长手工活、针线什么的,做起来还不如我爱人,我爱人基本上可算是打篮球出身,那手之粗大也是可想,他况且能把小小的针线做得比我好,我真是惭愧。但是给儿子做这样的小东西,我都是自己动手,尽管针脚粗疏,但是儿子他并不知道,即使他知道,想起来他也不会笑话他的母亲,儿不嫌娘丑。

不管我有没有戴过肚兜,也不管我儿子戴的那算不算肚兜,在我们家乡这一带,肚兜却是很多,用花布或深色的布做成,并在滚边绣上花卉之类,以红绒线和银链条系在颈上,垂于胸前,我在乡下看到小孩子戴,也看到妇女们戴着,有些野趣的。后来在民俗博物馆或别的博物馆也看到有陈列的,说明是水乡妇女的服饰,并有介绍水乡妇女服饰来历的文学,记得好像说是水乡妇女劳作辛苦,炎热的夏天操持做活,穿着衣衫不方便,后来就有了肚兜云云,也不知这说法从何而来,想来总是会有根据。穿肚兜的妇女大都是结了婚的,做姑娘时,总是不大好意思的,那胸脯膀子什么,都是很金贵,不能随意给人看了去,待结了婚,便不再是金,说是银,再待生了小孩子,连银也不是,就是狗奶子,在我们家乡,乡下还有裸露上身的妇女,也没有什么奇怪的,大家看惯了,也不觉得是没有穿衣服,只有城里的人稀奇,于是有了民谚,说,要看白奶奶,要走三里塘桥街。当年我父母亲在"五七"干校的时候,我去看他们,经过一个乡下小镇,在那里等船摆渡,我看到那小镇上的妇女不穿衣服,我也许是有些惊骇,后来问了母亲,母亲笑笑,说,这地方就是这样。说得很平静,我也不再惊骇。

衣食住行,人之平常,你穿红我穿绿,你吃辣我吃甜,本来并没有一定的规矩,人生下来赤条条一丝不挂,没有任何人觉得这现象怪异,更没有人为此惊骇或者有别的什么想法,因为本来即是如此,这很正常。以后为服从社会和御寒保暖再为美观之故而穿上衣裤,盖应如此,这也正常。存在的就是正常,这是否有了些什么主义的意味,我不知道,我只是说说我想到的和想说的而已,至于主义什么,向来是我最怕的东西,不敢随便涉猎,更不敢稍加品评。

人从穿开裆裤始进入人生，这不用怀疑，或者开始的时候根本就没有裤裆，人之初本不知尿屎。后来稍大了些，二三岁，会喊尿屎了，就穿满裆裤，从此开始了和裤裆有牵连的人生历程。年轻的时候，讲究体形美、曲线美，穿牛仔裤、西裤什么，裆很短，吊着，不久又因为赶潮流，穿了无大不大的裤子，像灯笼裤、奔裤、萝卜裤什么，还有裙裤，那裤裆自是极肥极宽大，这倒又有了些从前老人们为图舒适而穿的那种中式大裆裤的模式了。看起来一直到生命的终结，人也是解不了和裤裆的缘分。

　　裤裆其实也是很平常。

　　一座有两千五百年历史的古城，一条小巷里，有一天来了一个巡抚大人，因为天雨路滑，轿夫脚下不稳，致使正襟危坐的大老爷从轿子里栽了出来，只听"撕哗"一声，大老爷心知不妙，急喊一声"哎呀裤裆"，老百姓笑话大老爷，就把这小巷叫作了裤裆巷。后来裤裆巷进入了一部作品，这作品是我写的，题目叫作《裤裆巷风流记》，再后来又拍成了电视剧，也叫《裤裆巷风流记》。

　　有人到苏州来找裤裆巷。

　　有人觉得这书名这电视名低级庸俗。

　　有人说，大俗则雅。

　　有人说，嘻嘻……嘿嘿……

　　我想，这都平常。想说就说，想笑则笑，这多好。

　　在经过了多少次的搬迁，经过了多少回的折腾，我们家从前的东西，到现在恐怕所存无几，但是在我母亲留下的一只旧衣橱里，还珍藏着一包我和我哥哥小时候的衣物，没有肚兜，但是有很小的鞋子，也有开裆裤，那上面发黄的斑痕，我们的尿屎，这不是历史的遗迹吗。

　　现在的商品真是很丰富，商店里琳琅满目，应有尽有，这真是好，只说是小小的袜子，也已是千姿百态，万种风情，还有早几年在我儿子小的时候还满街找不到的毛衫（婴儿刚生下来穿的衣服）、软底小鞋什么，现在也都是品种齐全，有没有肚兜，我不知道。我儿子长大了些，上学了，夏天再热，他大概也不会戴什么肚兜，我不必满街去找肚兜，就像从前满街去找奶瓶奶嘴。我不知道现在大大小小的店里有没有卖肚兜，我希望有，但是又觉得不会有，肚兜算是什么呢，算服装吗，应该放在裤子类还是放在衣服类，放在成人服装类还是放在儿童服装类，放在真丝绣品类还是放在棉布类，或者算作民间手工艺品也行，或者在刺绣研究所的样品陈列室赫然摆着些绣红刺绿的肚兜也是可能，反正不管现在肚兜有卖无卖，也不管肚兜是四不像还是万金油，肚兜总是肚兜，小小孩戴着，既凉快又防止受凉，乡下的女人戴着，大方且雅观，又有趣味。但是更多的人却不戴肚兜，比如像我，虽然我还为肚兜写了这文章。理由可以有很多，之一之二之三，却不必说出，就是不戴罢。

　　人之衣食，本来也不必找出很多的道理，许多的道理其实在吃穿之间已经体现。

收　藏

　　收藏是一门学问,印象中的收藏家多半都是些大学问家,满脑子的知识,好像就要溢出来似的,这些溢出来的东西哪怕给我一点点,或许我也成一个有学问的人了。许多年来在做学问这个问题上,我持悲观态度,我从来都觉得自己不是块做学问的料子,所以当初比较知趣地从大学讲台上退了下来。书当然也是要看看的,但看书的时间,比写书的时间少,吐出的知识比吸进的知识多,危机四伏,油干灯草尽。收藏又是一种兴趣,一种快乐,只可惜我的兴趣和快乐都被写作占有了,所以什么也不收藏。

　　但是家中收集保藏的东西却也不是一点没有,名家字画工艺制品邮票书籍什么的,并不是特意去收集来,多半是无意之间得到,名家字画是别人送的,工艺制品是到乡镇企业去买(拿)的,邮票倒是自己集的,不过那是儿时停课闹革命的收获,至于书籍,则是多少年慢慢积累下来。集我家收集之大全,真可谓本来无一物,自然就来了,正因为来得不费功夫,故以去得也轻轻松松。古董之类,原来好像也有那么一两件,是我外婆从老家带出来的。我外婆的老家也不是什么大户人家,在我的记忆中从前的政治表格上我父亲和我母亲一概把自己的家庭出身填为小业主,我外婆从她的不知道究竟是不是小业主的老家带出来一只清朝的青瓷花瓶。那一只花瓶一直跟随我们家从城里走到乡下,又从乡下走到城里,我外婆去世了,那花瓶还在。我结婚那

母亲、大舅舅、小舅舅

1974年，与农村女孩子合影（中为作者）

年,经济拮据,新房里只有一只朋友送的花瓶,书桌上放置了,圆桌上就没有,于是拿来我外婆的青瓷花瓶,插了一大堆硬绷绷的塑料花在里面,头重脚轻地置于桌上,终于来了一阵清风,青瓷花瓶粉身碎骨,从前说清风不识字,何必乱翻书,现在却是清风不识宝,活活糟蹋了。青瓷花瓶就算出于清朝,恐怕实在也算不了什么,但是我们家绝无仅有的古董从此彻底灭绝,并没有引起我们家任何人的懊痛,也是奇怪。

自从郑少秋的乾隆在屏幕上大显身手之后,我儿子和许多小孩儿一样,整天拿一把折扇摇来甩去,自称四爷,三天两日就把家中折扇折腾完毕,一日我看到儿子一手持一张扇面,另一手执一把扇骨,嘴里正"嘿嘿"作响,上前一看,吓一大跳,扇面上竟是一位非常著名的已故书法家的墨宝,写的是张继的《枫桥夜泊》。我欲拿回扇面,儿子执意不给,我说你知道这是谁的字,儿子说,这怎么是字,这是扇子,四爷的扇子,真是罪过多多。说句老实话,我根本就不明白谁的字画值什么什么,因为我对字画一窍不通,在某种意义上说,我和我儿子的水平相去不远。有这一点自知之明,平时若碰上书画大家,别人纷纷索讨墨宝,我从来免开尊口。我既不识不懂,要了它来又做什么,放于家中最后还不是废纸一团,即使裱饰一新,也不过是卷成一卷占个地方,没的辱没大师的名号,那才真正罪过。

我们家还有一大堆玉雕工艺品,虽是现代产物,却也制作得精致剔透,别具风格,只可惜所有的玉雕都已残疾,并且残疾得很是地方,奔马的前蹄断了,大象的鼻子折了,虎是没有尾巴的,牛是没有角的,此外,还有多种残缺物品,像紫砂茶壶缺个壶嘴什么的都是小菜一碟。这看起来都是我儿子的杰作,其实罪魁祸首还是大人们。首先是我们自己不把这些收藏当回事儿,比如我的邮票,也不算太少,朋友说,送几张"文革"邮票吧,便将"文革"邮票倾囊相赠。此事遭到许多人的责怪,据说有毛泽东和林彪的邮票可卖到什么什么价,可那跟我又有什么关系?我大概不会拿去卖了,换件时装穿穿,也不会天天翻来覆去的看,像一个真正的邮迷似的,既然如此,送人就送了,后悔它又做什么。我们家的书籍说起来也有相同的命运,有借无还,再借亦不难,这就是我们家的书越买越少的缘故罢。所以说到底,虽然我儿子破坏力最强,却也怪他不得,没心没肺拆烂污的大人,终是调教不出认真负责的孩子来。

　　收藏自己真心喜爱的东西,没有兴趣就别挤进去,我就是这样想的。

棋牌乐与胜负心

在我最喜欢的金庸的一部武侠小说《天龙八部》中有一个叫作虚竹的小和尚,本来也是钝根之人,一次于无意之中化解了一道令许多武林高手呕心沥血死人能够参破的残局,后来自己也糊里糊涂的成了武林高手,一代大侠,又是某某前辈的传人,又是什么什么大派的掌门,又做成西夏国的驸马,总之种种好事都自己找上门来,真可谓可遇而不可求,这小和尚实在也是歪打正着,有福之人,在他破了残局之后,说了一些话,我对这话有十分的兴趣,这里抄录下来。

——楞严经云,摄心为戒,因戒生定,因定发慧。我等钝根之人,难以摄心为戒,因此达摩祖师传下方便法门,教我们学武而摄心,也可由弈棋而摄心。学武讲究胜败,下棋也讲究胜败,恰和禅定之理相反,因此不论学武下棋,均须无胜败心。吃饭,行路之时,无胜败心极易,比武、下棋之时无胜败心极难。若在比武下棋之时能无胜负心那便是近道了。"法句经"有云:胜则生怨,败则自鄙,去胜负心,无净自安。我武功不佳,棋术低劣,和师兄弟比武下棋时,一向胜少负多,师傅反而赞我能不嗔不怒,胜败心甚轻……

无胜负心,无净自安,我曾经对此大为动心,心想若是我也能做到这一点,人生无怒无怨,岂不快哉,能把小和尚的这些话抄录在自己的本子上,也算是努力行动的一种罢,如一日果然近道,当是要好生感谢小和尚的。

无胜负心,固然了不起,但这是一种境界,一种理想,我等凡俗之人,哪是轻易能达到的呢。虽然我平时少与人争执是非曲直,心想是非曲直自在那里摆着,人眼是秤,事实为重,争也好,不争也好,不会因为争执了就有所改变,争得面红耳赤,气伤心怒伤肝又是何苦,不争也罢,所以就不争,心里也就不气不怒,觉得很是舒服。我不会下棋,虽然父亲和哥哥都迷围棋,水平怎样我不知道,反正他们碰上了总是谈论围棋,恐怕谈的水平比下的水平还要高一些,其实也不仅仅是我父亲我哥哥,别的下围棋的人我见得也不少,多半也是如此。如果围棋能有遗传倒是好事,我也愿意跟着说说,可惜没有这么好的事情。但是我有时候玩玩麻将,打打扑克也没有什么不好,于是就有了胜负心的考验,尽力去做第一步,胜不骄败不馁,胜了脸上平静如水,败了脸上一派坦然,大家说,你真是输得起赢得起,其实我心里暗笑,谁知道我赢的时候心花正怒放,输的时候情绪准不好,只是假假地做出一副胜负与我无关的样子罢了,一种形象罢。人哪能那么便易就超脱出来呀。

　　读梁实秋先生的小品《下棋》,梁先生说他最不喜欢和一种人下棋,那便是太有涵养的人,杀死他一大块,或是抽了他一个车,他神色自若,不动火,不生气,好像无关痛痒,使你觉得索然寡味。梁先生认为君子无所争,下棋却是要争的。梁先生并且写出了下棋中的种种有趣现象。读了梁先生的文章,能让人会心一笑,梁先生例举的种种现象,我想我们生活中的每个人也都是能够碰见的。先说我的父亲,年纪也是有一些了,好胜之心,却是有增无减,平日出门下棋,是输是赢,只需回来时看一看脸色便可知道,赢了必是神采飞扬,感觉良好,话也很多,输了则躲进自己房里,做什么,没有别的事,一边重摆棋谱,一边懊悔不迭。并且还有一个常规,若赢了,那是应该赢,以自己这样的水平怎么可能不赢;若输了,总是不该输的棋,明明是赢棋,明明自己的棋力远远高于对方,一着不慎才输的,所以才有后悔不迭,当然这也不是我父亲一个人的专利,我见过许多下棋的人都这样说,不这样说的人真是很少很少。逢到有正式比赛,更是紧张万分,每天出门先问我儿子讨口彩,今天外公是赢还是输,儿子若是说赢,定准是喜气洋洋,儿子若是说输,则脸上多云转阴,其实黄口孺子,信他做甚,这浅显之理却是不能明白。以这样强烈之胜负心,岂能下出好棋来。我也有朋友平时温文尔雅,谦谦君子,但是下起棋来或者打起牌来却是一点也不温和,针锋相对,旗鼓相当,下棋是寸土不让,打牌是一张不饶,也有女友平时细语轻言,打牌时却高音喇叭,也有气极之时发誓永不再打牌下棋,坐在一边冷眼看别人,但是不过三分来钟,早已把誓言抛到脑后,再番冲上阵去,杀将起来,重蹈覆辙,或者翻了棋盘撕了扑克,或者动起手来的,君子动口不动手,但到了此时,不动手已经不能解决问题,下棋打牌居然到了这样的地步,也算是强将高手了。我也见过赢得起输不起的,赢了一切正常,一输天下大乱,也有输得起却赢不起的,输了奋力抗争,倒也没有什么异样,最多闷声不响而已,赢了那副嘴脸就是另一回事情,看上去一口吞下地球是没有问题,脸也变得很生动很红润,嘴的水平也发挥到最佳,什么话到了嘴里就变得有滋有味,幽默无比,这完全是赢牌的缘故。

与他们的强烈的胜负之心和丰富的胜败之相相比,我的胜败心和胜败相则苍白得多了。虽然赢了也高兴,虽然输了也气闷,但从来没有强将高手们的水平,赢则赢罢,自己赢了,看看对方难过的样子,却是有点于心不忍,最好人人都是赢家,皆大欢喜;输则输罢,体会对方开心的味道,自己也会跟着开心,莫名其妙,没有立场,没有是非,中庸之道,也没有什么不好。

棋牌乐,许许多多的人到棋牌中去找乐,其实棋牌中的乐,也是各不相同的,有人找的乐就在棋子纸牌中,就在棋牌的胜负之中,那当然是要争个胜败高低的,也有的人却是我的棋子纸牌之外的乐,我的胜负心稍弱,我想恐怕和这一点多少有些关联。我的爱好麻将纸牌实在也算不上什么爱好,麻将一年打一到两次,一次是在春节期间,平时要好的朋友都是忙人,即使自己有空,也不好意思去约人家来,到了春节,再忙的人也有几天假过过,于是才能凑成一桌,再就是家里来了客人,有了搭子才摸一摸。真是说不上什么胜负心,麻将的特点和棋牌不大一样,它永远给你希望,永远给你机会,让你一次次失望,又一次次鼓起希望,麻将的乐也就在其中了,而并不是在于胜负之间。打扑克多半是外出开笔会的时候,文坛上的朋友,大凡神交的为多,难得有机会碰在一起,谈天说地,那是必然,再就是打牌了,这时候的打牌,我以为输赢实在是次要。打牌能打出了解和理解,打牌能打出友谊和友情,打牌能打出感情和爱情,打牌能打出智慧和学识,打牌能打出许许多多的内容,远远超出胜负二字,未必有意为之,但确实会有收获。

　　大家都希望从棋牌中找乐,但是并非只有赢才能有乐,像我打牌,总是输多赢少,我也觉得很乐,并且永远没有长进,没有记性,不会吸取教训,也不懂得总结经验。如果是打对家牌,我的对家必是要批评我的,也弄不明白我为什么老不长进,以我的想法,打牌也和这世界上许多事情一样,如果个个都是厉害的角色,世界岂不要失去平衡。

　　我喜欢赢,但是输了也不要紧。我的乐就在其中。

我与体育

　　人之于体育的关系我想大概不外乎直接参与和间接参与两种,直接参与的,比如专业运动员,也有业余的,或者爱好者,或者并不爱好但是为了某种目的比如健美、健身等,也有患了重病已经没有别的路好走,死马当作活马医,就此医好了的也不是没有,有时候体育还真是能够治病救人的。间接参与主要是看球看比赛的,这些人如果迷了,那劲头,决不比直接参与者差到哪里去,这也是众所周知,凡例举不胜举。当然直接与间接也不是绝对,有的人是既直接又间接,也有的人是既不直接又不间接。

　　我之于体育,实在也说不上什么特别的喜欢或爱好,天才什么更是挨不上边,但是却多多少少有些缘分,参加过好些次的运动会。很小的时候不说了,只是记得我在农村念初中时,代表学校参加片中的运动会,项目是跳高,一百米,二百米,还有别的什么已记不得,总之差不多是十项全能,不过千万别以为我真的很来事,参加这一次运动会的原因只有一个,因为我们那所初中,只有我一个女生,每个学校要有女代表,当然是非我莫属。比赛成绩自然也是可想而知的,真是辜负了老师同学的期望呢,不好意思。我在大学时也参加运动会,项目是铁饼,拿过系科第一名全校第三名,成绩到底是多少,我已经忘记了,或者当初我就没有记住也是可能,反正我知道决不会有很好的成绩扔出来,这是肯定的,我也知道我参加铁饼比赛,这决不是我的臂力过人或者技术很棒。说起来真是惭愧,在我入大学之前,我还从来没有见过铁饼,也没有听说过有铁饼这样一项体育项目,当然我的大部分同学和我一样,我们七七届的人多半来自生产第一线,只是在大学的体育课上才知道铁饼以及其他一些体育项目是怎么一回事,于是我拿了第一名和第三名,真是引以为自豪。我还曾经是校排球队的队员,入选的原因恐怕也和铁饼得名次差不多,矮子里拔长子,就这么拔出来,拔出来也不过坐冷板凳而已,正式比赛没有上过一次场,好在我这人在体育方面好像全无上进心,坐冷板凳也坐得很快活,后来连冷板凳也没得我坐,我也不失落。其实我也不是没有努力过,在大学时为了做三好生,体育达标的事情也是很麻烦,我早起练过长跑短跑,我也在游泳池里扑腾,后来总算一一过关,也算是有进取心的了,当然这进取之心并不是特为体育而备,而是为了做三好生罢,说出来真是不好意思。体育达标的梦终于还是没有做成,最后一项百米跑怎么也跑不上去,跑不上去也罢,反正三好生也做成了,别的好像也没有什么可追求的了,回想起来,那时候对于人生,尤其是对于体育,实在是太没心肝。

　　上天真是有眼,也许是因为我对于体育太没心肝,命运给我安排了一个太喜欢体育的对象,后来成了我的丈夫。我丈夫从小学开始就打球,先是打排球,后来改成篮球,一打就是十几年二十多年,从小学打到中学,又从中学打到社会上,在插队的时候,做了什么地区队,在征兵的时候几次差一点征到部队的球队去,最后他终于落脚在大学的体育系,有幸我和他同一年考入大学,一系之隔,这才有了日后秦晋之好的基础。我丈夫对于体育尤其是对篮球的喜欢我并不是在他做运动员的时候知道的,许多人说你和你丈夫的认识恐怕是篮球为媒吧,一定是他在球场上的英姿迷住了你。其实不是,在我认识他之前一直到和他结了婚后好多年,我都没有看过他打球,一次也没有。一直到婚后不知哪一年,有一次他参加一个比赛,我去看了一下,结果还是一场输球,打得很臭,我只听到他在场上大喊大叫,全不知有什么好激动的。我丈夫对于篮球的热爱真是从骨子里发出来的,就像我自己对于文学的热爱一样罢,对这一点我恰恰是在他改行不再做一个专业的运动员以后才明白才理解了的。一个人能把他的业余时间的一大部分用来做某一件事情,那么他对于这一件事情的痴迷程度也就可想而知。业余的篮球赛很多,我丈夫几乎一次也不肯放弃,甚至有的大企业球队出去比赛,要把他借去,他总是当仁不让,无论是炎热的夏天还是寒冷的冬天,不管自己的本职工作是很忙还是不忙,也不问家里是不是需要他的帮助,总之一切都可以让路,唯有打球是不能让的。就是这样,没有余地,真是爱你没商量。每次打球回来,总是伤痕累累,浑身臭汗,我说人家怎么总是要盯住你呢,他说因为我打得好,这回答真是很妙,有时候还会补充一句,我是××第一。真拿他没有办法。我永远也不能明白球为什么要打得这么认真,他不屑地说你当然不会明白。一开始我对他的业余球员生活颇有微词,可是有一天一位朋友对我说,你不能这样,你想想,你是喜欢写东西的,如果你丈夫对你的爱好不理解不支持,你心里会有什么想法,很朴实很平常也很浅显的一句话,却是深深地触动了我的心。

我想我和体育有些缘分,也与我的父亲有关。我父亲对体育锻炼的意义是不以为然的,但是他却十分爱好体育,年轻的时候也是篮球队员,虽然业余,但也业余得有相当的水平,据说是神投手,乒乓也是很来事,只是我并不知道,是他自己说的,即使有些吹牛,也吹得应该,吹得让人相信他对于体育的热爱。我父亲还有一份爱好那就是下围棋,我父亲对于围棋的痴迷决不亚于我丈夫对篮球的眷恋。

我父亲和我丈夫他们应该说是真正的爱好体育,并没有一点实用性质,尤其是我丈夫打篮球,在我看来实在是有些吃力不讨好的,这也是他说我永远不会明白的原因罢。我则不同,我是一个比较讲实用的人,实用到自己也觉得不好意思,哪一天觉得身体哪个部位不怎么舒服,或是头晕了,知道是颈椎又不好,或是腰疼了,知道是坐得太久,于是就想到要锻炼锻炼。如果第二天早上天气不错,也能爬得起来,说不定就去跑步什么,做做广播体操,呼吸新鲜空气。感叹早起锻炼的好,可是这样的锻炼一般最多维持一个星期左右,就难以再坚持下去,比来比去,早上还是睡懒觉的好。真是一年三百六十五天,难得有几个早晨心血来潮早起锻炼,邻居或是熟人见了,总说,你真可以,对体育锻炼倒很认真,说得我脸红,也许隔日就不见了人影。从实用的目的出发,除了早晨跑步做广播操,我也尝试过别的许多种锻炼法,比如对着墙壁打乒乓球,比如每天睡前做健美操,也有跟着音乐扭扭的时候,香功热的时候学做香功,有人说静坐功适合我也练过静坐功,反正乌七八糟什么都试试,什么也试不好,哪一种都坚持不了几天,什么结果也没有。

我是不是觉得自己没有出息,没有毅力,当然是的,虽然我很明白这一点,我却不会从此就出息起来,从此就有了毅力,人的惰性实在是一种强大无比的东西,我敌不过它的。

想起从前有过一首懒读书的打油诗,全文记不起来,大体意思还知道,反正是说一年四季就没有一季是读书的日子,春天暖洋洋的,不适合读书,夏天太热,冬天太冷,秋天虽然天气好,但是这么好的天气应该做些别的更有意义事情才好,拿这诗来应照我的懒于体育锻炼也是很合适,早晨还是睡懒觉的好,睡前拿本书翻翻最舒服,跳迪斯科太吵,静坐又太静,做香功怎么也闻不到香味,说明对我没有什么效用,晨跑的危险报纸刊物上都写了,还是不跑为好,广播体操也不知已经做到了第几套,我会做的也不知是哪年哪月的哪一套,也许是几套相间的混合操,但是从前的既然已经不再采用想起来一定是不怎么科学,也还是放弃了罢。

也知道体育锻炼是拖住青春的好办法,也明白健康的身体是自己最好的朋友,也会被家人的体育情绪所感染,但是一切都以不勉强自己为重。

不懂名牌

朋友们在一起谈论名牌,我作虔诚状,或点头或微笑,好像我真成了追某一族似的。其实你不知我心中正窃笑,我懂什么名牌呀,我真是什么也不懂,说出来不怕笑话,我唯一能记住的名牌皮尔·卡丹还是我儿子告诉我的。我奇怪小孩子小小的年纪怎么能知道名牌,我儿子说,你不见电视里天天说中国的皮尔·卡丹吗,原来如此。最近一行朋友数人赴海口广州,在飞机上看到报纸登上佐丹奴大减价的消息,于是这一路我们几乎成了佐丹奴俱乐部,大家说佐丹奴,买佐丹奴,我亦被此种热烈非凡的情绪所感动,一举加入了俱乐部。其实在这趟广州之行之前,我还从来没有听说过什么佐丹奴,听到大家说佐丹奴,我就很不好意思地联想起前几年放过的一部巴西电视剧女奴伊佐拉,真是出洋相。

我不懂名牌,我也不穿名牌,我要是说我穿不起名牌大家会以为我哭穷,其实想想也真是如此,靠爬格子挣那几个钱,虽不敢说是血汗钱,毕竟辛苦多多,把它们几千几万地穿在身上,套在腿上,踩在脚下,真是有些于心不忍呢。于是大家说,那你要钱做什么,做守财奴呀,就算是吧,小地方待久了,身上有些晦涩气也总是难免罢,小地主似的,本来是想请大家多多原谅则个,却偏偏大家不肯饶过。多多少少的朋友劝过我要买名牌,我的哥哥更是见一次面就要批评我一回,我则很认真很虚心很诚恳地接受劝告和批评,不过屁股一转下楼就去买一件自以为有个性有特色的不是名牌的便宜货,真正是阳奉阴违,辜负了朋友兄长的一番苦心好意。

我拿自己没有办法。

于是在大家谈名牌、穿名牌、崇拜名牌的潮流中,我似乎成了反潮流的英雄了,实在是惭愧得很,我这个人连跟潮流都跟不上,哪里有反潮流的勇气和智慧呀。对于名牌或者不名牌我实在也没有很多的想法,我买衣服,只是信奉一条:我喜欢。真是以我为中心得很呢。"喜欢"的涵盖当然是比较广泛的,比如颜色啦,款式啦,穿着是不是能使自己更年轻更漂亮些啦,这些都是要考虑在内的,当然还有一个非常重要的条件,那就是它的价格。在"喜欢"的涵盖之中,也可以采取一些排除法,比如不要流行色,不是满街能看到的,不是大家都说好,这就算是有个性有特色了,也不知这个性这特色在背后被人笑话得怎样,只自己喜欢就行,自在就行。

我真的很自在,很无所谓吗?唉,哪能呢,人哪能那么容易就免了俗呢,你不知我看着别人几百元的鞋,几千元的衣,心里也正酸溜溜呢。我们常常叫唤要还我自在,还我个性,要挣脱束缚,其实谁拿了你的自在,谁拿了你的个性呀,又是谁束缚了你呀,不正是我们自己吗,我想,还是把自己还给自己,自在最好。

因为我不懂名牌所以我不穿名牌,这样算不算自在呢,我不知道,但是我一直这样过着。其实事物是不断地变化和发展着的,或许有一天我就忽然地懂了名牌,忽然地很想追名牌,那么我就追追也行,当然是要在经济条件的许可之下的啦。

对了,可以告诉你们一个小小的秘密,我最近真的买了一件名牌,希望你们不要透露给我的朋友们,我在穿上它的那一天,我一定告诉他们这是一件很普通很便宜的衣服(事实上也真是不贵),然后很谦虚地听他们把我批评一番,并且让他们把我的衣服贬低一番,最后我会不动声色地告诉他们,这一件可是正宗名牌皮尔·卡丹呢。

做做梦也好

中医看看我的气色,说,不用把脉,你是血亏肾虚,主要症状有什么什么,他看我点头,又矜持一笑,说,你梦多。

我梦多,是的。

昨夜里又做梦,梦见我是一名勇敢机智的警察,持枪追敌,特英勇,虽案情复杂,却被我一一迎刃而解,自我感觉特棒,一梦醒来,回味无穷。从小对警察有一种与生俱来的崇拜,又在电视电影中看多了警察形象,或英勇无比,或机智过人,恨不能自己也如他们一般动作潇洒气势非凡地捉拿几个歹徒归案才好。其实像我这样,平素里胆小怕事,见人在街上吵架,心里也会抖起来。在夏天的时候,常在街边看到卖西瓜的主,手持利刀一把大声叫卖,我便离去远远。又常见报上载某人遇到危险,众人围看却无人上前解救,或者歹徒手持水果刀一把上车打劫众人乖乖交钱交货此类事情,心中也是愤愤不平气血翻涌,恨不得自己就能挺身而出,见义勇为了,其实一旦到了那种状态之下,恐怕先就抖得站立不住也是可能的,于是像我这等人,也只能在梦里做次把警察逗些威风。也许因为醒着的我太不浪漫,或者不敢浪漫,于是我常常做许许多多的梦,好痛快,好潇洒呢……真的,做做梦也好。

平日里我不是一个善辩的人,但是到了梦里,常常据理力争,滔滔不绝,把口才发挥得酣畅淋漓,痛快无比,并且经久不忘。或者我常常思念我的逝去的外婆和母亲,我便在梦里见到她们,或者我梦见我疾走如飞……我梦见许许多多我愿意见到的事情。

研究梦的人很多很多,我不研究梦,也不懂梦,我不知道梦对人的生理心理是有益还是有害,我只是想说,人能够做做梦也是好的。

如果我做一个好梦,醒来的时候满心眼的幸福,满嘴的余香,我会觉得这世界真好,连梦都是好的,世界能不好吗?如果我做了不好的梦,醒来的时候虽然心有余悸,但我更觉得这世界真好,梦虽然可怕,但是生活不是梦,真是值得庆幸。

我们在梦里做我们平时不做的事情,我们在梦里说我们平时不说的话,我们在梦里见我们平时不见的人,梦能给我们振奋,梦又能帮助我们痛定思痛,人能够做做梦,真是件好事。有梦的夜比无梦的夜丰富,有梦的早晨比无梦的早晨更具活力,有梦的人生比无梦的人生更有意义,美梦也好,噩梦也好,有梦的世界比无梦的世界好,这是我的想法。

我曾经在一本书上读到过这样的说法,说有两种人不做梦,一种是最高贵最聪明的人,所谓"至人无梦",另一种是最愚笨最粗鲁的人,"愚人无梦",我不知这说法有无科学根据,我只是庆幸我做梦,我想,做一个普普通通的能做梦的人,这是最愉快的事情。

我愿意自己常做好梦,也愿天下所有的人做好梦。

口　味

我吃东西不挑食,除了特别辣的不能吃,其他都无所谓。好的差的,都能应付些许,一般别人能吃的东西,我也能跟着吃,不敢做第一个吃螃蟹的人,没有那份胆量和勇敢,只会做一些人云亦云的事情,跟着人走便是。但这并不说明我没有自己的爱好,以我自己的爱好,我更愿意吃一些口味比较淡的食物,酸甜苦辣,都不怎么稀罕,没有感情,如果能够不吃酸甜苦辣,我当然不会去自找麻烦。

于是家里做菜,也尽量朝我的口味上靠,能清炒的就清炒,能清蒸的决不红烧,汤尽量做成清汤,少加杂货,面也尽量做成光面,不加浇头,少许放盐,这倒比较符合养生之道呢。其实也并不是因为养生之道,完全是因为习惯,因为口味。

到北方吃饺子,我不习惯蘸醋,人看了也不习惯,说,不蘸醋能吃出什么饺子味来,大有被我糟蹋了大好饺子的意思,但是,若以我的实践经验来说,蘸了醋不就吃了个醋味么,还有什么饺子味呢? 当然,也只是心里这么胡乱想想,并不敢说出口来,完全没有任何理论根据,没有一点点能站住脚的道理,常常在某一次的宴席上,上来一道甜点心,便会有人关心起来,道,你是苏州人,喜欢吃甜的,来,多吃点。动了筷子夹过来,堆在你面前的盘子里,我真受之为难,却之不恭。苏州人中也许喜欢吃甜食的不少,但是我不在其中,大概也算是比较特殊一些吧。其实,像酸啦甜啦什么的,虽然兴趣不大,但多少也能应付一二,我最怕的是辣。开会到成都,到重庆,到武汉这样的地方,可是苦煞了也。辣过中午辣晚饭,好容易忍饥挨饿到第二天早晨,想早上的点心总不该再辣,谁知竟也无一例外,别说馄饨面,连糖包子也是辣的,真正是辣遍天下,辣贯昼夜,终于在某一顿席间,上来一道东坡肉,不顾风度,不讲规矩,便狼吞虎咽,引朋友们大笑,吃过之后,居然仍是一嘴的辣味,不知何故了。

就这样长期的饮食也许养成了人的某一种性格,或者反过来说,是人的某一种性格决定了人的口味。我的为人处世,一般的比较清淡,便爱吃清淡之物;或者说,我吃多的清淡之物,人也便变得清淡些。究竟何为因,何为果,我自己是说不清楚的,也许根本就不存在什么因果,也许根本因果就没有必然的规律呢。

常常看着别人吃辣不寒而栗,看他们被辣得大汗淋漓,张大嘴倒吸冷气,狼狈不堪样,常常想,何苦来着,总是百思不得其解。有一天,和朋友聊天,不知怎么就说到一个话题,我说我看不明白,为什么许多人对权力这东西那么热衷,怎么夺斗也不肯放弃,看他们累的,我觉得挺可怜,朋友看了看我,笑道,这就像吃辣的人与不吃辣的人,不吃辣的人,定然不知道辣的美味,觉得吃辣的人完全是自找苦吃;但是从吃辣的人看来,人生若是没有辣这一味,那将是多么的乏味,多么的无聊,多么的空白。人在与人争斗之中会有许多别人难以体会的滋味和感受。

原来,当你可怜别人被辣得狼狈的时候,别人大概也在可怜你的淡而无味呢。

喜新厌旧

喜新厌旧，是人之常情吧，也是社会进步的必然吧，好像没有什么不好的。人也许本来就该这样，若老是喜欢旧的东西，老是抱住陈旧的东西不放，那算什么。女人们难道还得缠小脚么，当然是不行的，喜新才好呢，把脚放得大大的，它愿意怎么长就怎么长，长疯了现在反正大鞋子也有得买，不比前些年，脚大的妇女很苦恼，现在毕竟进步得多，脚大的，脚宽的，都不用愁，大尺码的鞋，宽宽的鞋，有了这宽宽大大的鞋，大脚的女人们大概决不会再留恋那尖头细脚的小皮鞋了吧。这不是喜新厌旧么，这喜新厌旧，我以为也没有什么不好。女人们在服饰问题上，最大的特点不就是喜新厌旧么，殊不知生产厂家和推销商们正在你的背后咧着嘴大笑，骗女人的钱实在是很好骗的。

女人对于衣服的挑剔，讲究，更新换代的速度，这恐怕是一般男同胞所不可能相比的。我们不讲从前，从前的人，生活比较困难，能吃饱穿暖已经足够，不再讲究别的什么，想讲究也讲究不起来。现在不一样，尤其女人，你走大街上一看，花枝招展，令人赏心悦目的基本都是女人吧。男人里边，一般较少有让人想多看一眼的，那词叫作回头率，回头率高的女人现在到处都有，走一路你能见到一大串，让你的头能够不断地回一下，再回一下。男人则少得多去了，大家说人是衣装，你回头看女人，看她的脸啦身材什么，但更多的恐怕是看她的衣服吧，穿得很耀眼的，穿得很得体的，穿得恰如其分的，多半是女人。我这样讲，想起来男同胞也不会有什么很大的不满不服的吧,尽管如今男人也开始讲究包装,但是即使你在街上或在别的什么场合看到有让你忍不住多看一眼或几眼的男人,怕也是比率很小的一个数吧。男同胞其实也不必对此有什么想法,要知道人凡能得到些什么,也必然会失去些什么,殊不知女人为了衣服,为了装饰自己,常常要付出比男人多许多倍的努力和辛苦,女人的开心,女人的幸福,女人的愉悦,女人的快乐也许多半从衣装中来。但是你要知道,女人的多于男人的伤心,女人的气闷,女人的烦躁,女人的沮丧,女人的种种后悔,女人的种种不安逸,不太平,有许多也正是从衣物而来的呀。

女人有一天坐公共汽车下班,她在车上偶然地看到路边一家商店里挂着一件非常好的衣服,女人没有来得及看仔细,汽车不会因为女人心里想看什么而停下来。从此后的几天里,女人心里老是扔不下这件看得并不仔细的漂亮衣服,但是女人每天忙忙碌碌,她没有时间专门跑到那店里去看那件衣服,后来女人终于有了一天空闲时间,女人兴冲冲地跑到那店里,却发现那衣服早已经卖掉了。女人于是懊恼,女人甚至回家向丈夫发了火,或者怪孩子什么,总之女人为了那件并不知道到底好不好的衣服不高兴了。或者,事情是另一种结果,在女人终于有了时间的时候,女人满怀希望到店里一看,却发现那衣服完全不是她在汽车上看到的那样子,女人觉得为了这件很蹩脚的衣服很长时间放不下心来实在是很不值得,女人的满怀希望变成了失望,女人同样很沮丧。也有的时候,女人走进一家商场,她一眼看中了一件相当出众的衣服,虽然价格贵了些,但是女人非常想买,因为它实在是与众不同,于是女人看了又看,女人又放了下来,她到别的地方转了一圈甚至几圈,女人又来看那件衣服,终于在营业员的配合下,女人下决心买下这件衣服。营业员说,你穿出去,全市找不到第二件。也许这话不假,女人将衣服小心地提着带回家去,一到家迫不及待地就试穿起来,女人希望镜子里出现一个完全不同的新我,或者出现一个新水平的我。可是,镜子里的人并不能令女人十分的满意至少女人的心理价位没有能够平衡,也或者女人自己觉得尚可,可是同事朋友以及家人说不怎么样,于是女人也就会越看越不入眼,女人懊恼不已,女人责怪自己瞎了眼买了这么一件衣服,女人怪丈夫不陪她去看衣服,并且由此发出丈夫心中没有她之类的想法,女人又埋怨营业员哄骗,愤恨世风不古等等。总之女人是一肚子的不快活。女人去退换衣服,没有成功,女人恨恨地把衣服压在箱子底里,从此不想再见到它,或者甚至恨不得让小偷把这衣服偷了去,或者送了人才解气。女人呢,就是这样,没有办法。

女人为衣服的事情,生过多少气,发过多少火,在男人看来真是太无谓。真是无事生非,真是太不值得,世界上值得做的事情多的是,为什么要为了一件衣服生太大的气,伤心伤身伤和气。女人常常也这么自责,可是女人终究不能很理智,尤其在对待衣服的事情上,女人常常是很不理智的,你问问女人们,有多少女人新买的衣服穿了一次就不再喜欢,又有多少女人新衣服才买到家就厌了它,对于衣服的喜新厌旧女人实在是能够把它推到极致的,吃在碗里望到锅里,别人的衣服总是比自己的好,买了的这一件总不如没有买的那一件好。女人对于衣服就是这样的心情,我呢,也是。

女人对于衣服的喜新厌旧,似乎体现了女人的某种不理智。不理智自然不是件很好的事情。但是,从另一个角度想想,女人的可爱也就可爱在这里呢,女人太理智了会不会给人一些可怕的或者至少是不可亲的感觉呢,好像有许多男人都有这样的想法吧,他们好像更愿意和不怎么理智的女人打交道呢。

其实你不必为自己对于衣服的喜新厌旧而懊恼,因为别的女人也和你一样,她们也都在懊恼着呢。

假如你无法不后悔,那也挺好,因为在这后悔之中,有着一份别人难以体验的感受。是这样的吗?

1970年,离开苏州前与同学合影(左一为作者)

1971年,在乡下与母亲、哥哥合影

花钱买什么

花钱买什么,现在的人有了些钱,总要想想这个问题。答案有许多,青菜萝卜,各人所爱。讲究吃的,就吃,有口福。现在不比从前,只要有钱,基本上都能吃到,只是吃得太营养,怕要得富贵病什么的,又怕胖,若为了胖再减肥,倒又是一种消费,有进口的减肥药,很贵;愿意把小日子过舒服些的,添家用电器也挺好,装了空调,便四季如春,但若电力不够,常跳电闸,等于没有,夏天仍是夏天,冬天仍然寒冷;或买高级音响,来一番高级享受,邻居却有微词;女人花钱装扮自己,让心情好起来,也有买了伪劣假货,心情反而坏了。

钱如果很多,大款,是不是也想花钱买什么的问题?不得而知。也许根本不必想了,或者也想,只是想的内容不一样,想得最多的会不会是花钱买钱呢?当然是买更多的钱。

说到底花钱总是要买个愉快,虽然买回来的不一定是,但是人们仍然寄希望,仍然买。出门旅游也一样。

我们去北戴河,不说路途中倒车转站,备受波折。到得北戴河,说让我们上游轮出海观赏,便朝好的方面想过去,既是游轮,当是舒适豪华,窗明几净,几张小圆桌一搁,随随意意绕桌子一坐,供上茶水饮料,有些瓜子零嘴更好。海风拂吹,凉意习习,或观景,或清谈,几多清爽潇洒。上得船来,方知那想象只不过一厢情愿,船是一只很破旧的大船,别说与豪华无关,像是连干净也没有做到,到处脏兮兮。也许是因为船太旧,厕所的味道和汽油味飘遍全船,少量的几只旧木板凳,已被捷足先登者占完。到我们慢悠悠上船时,基本已无立足之处,只能从人头的缝隙中窥探大海。气温且高,船上一团燥热,风浪虽不算大,船也摇摆得厉害。不一会儿,孩子呕吐不已,大人面无人色。船在海上绕上一圈,到了锚地,远远看到一艘停泊着的万吨轮,至此,海上游览观赏算是结束。灰溜溜地一群回来,都说,花钱买个痛苦。孩子倒是一吐而后快,又鲜活起来,大人却心有余悸,说,下回碰这样的事情,再也不去。其实,话是这么说,下回若真有这样的事情,还是会去的,人就是这样。

花钱买个罪受,出门的人常有如此感想,但是并不因为有这样的感受就减少了人们对于旅游的兴趣。出门旅游的人只会越来越多,多到不知如何是好,多到让人们出门越来越不方便。尽管如此,人们还是不断地走出家门,把钱花在路途上,花在风景区,让我们满眼看到都是旅游的人。由此想来,在许多麻烦和难受之中,总是有着愉快,有着收获,有着许许多多待在家里所得不到的东西罢。回想北戴河的海上之行,留在记忆里的并不是燥热,不是拥挤,也不是晕船的感觉,也不是大海,却是一张憨厚朴实的北方船工的脸。他把座椅让给我,自己坐在船舱的门槛上,后来又把门槛让出来给晕船的人坐。感谢他时,他说,没事,就这么淡淡的,却让我的心里有了一片清凉,一块沉稳。这就是收获,花钱买,值得。我想,以后我仍然要去旅游,不一定是因为那一位北方的船工,而是因为有许多人生的滋味是我们坐在家中体味不到的。其实,只要有钱,想买什么就买什么。买到愉快,最好;若买到苦恼呢,也好。无论是愉快还是苦恼,你花了钱,它们就留在你的心里。或者永远,或者暂时,都好。花钱买一种心情或几种心情,还不够么?够了。

信　念

夏天最热的时候,我接到一个电话,说他是从新疆来的,文学青年,读过我的作品,想来拜访我,我说好,你来吧,他就来了。我一看新疆来的文学青年,皮肤黝黑,身体瘦弱,脸像刀刻般,完全是长途跋涉的样子。我说,你从新疆来,是火车?他说,我是骑自行车来的,我从什合子农场出发。我有些惊讶,骑自行车,这么远的路,出来多少天了,我问道。文学青年说,一个多月了,我默然,对一个在酷暑之中顶着烈日从新疆什合子到达我所在的南方小城穿过大半个中国的消瘦的年轻人,我一时无话可说。文学青年从随身带着的包里拿出一些材料以及他的身份证,他有一本厚厚的笔记本,他指给我看,第一页,是新疆什合子农场的介绍信,从第二页开始,便是从他的出发地新疆开始,一路上所经过所逗留的地方的一些人给他的留言,陕西,河南,江苏,我没有好意思很仔细地看,我以为那样也许会显得我对他不信任,不放心,我只是大概地看到有大学教授,有诗人,也有政府官员。最后他又拿出一大沓的诗稿,这是他在路途中写下的,他写对疲惫的感受,写对愤怒的感受,也写对死亡的感受,我读他的艰辛的感受,我说,挺不容易,一路上很艰苦吧。他说,还行,我说,你身体挺好。他却摇摇头,说,也不怎么好,前几天病了。我再一次觉得无话可说,我说不出关切的话,说不出鼓励的话,也说不出同情的话,我找不到合适的话题,我想,我说出任何的话来,都不如他的信念有力。

另一个文学青年,是苏北乡下的,家里很穷,他常常背上破旧的被卷就出发了,到城里打工,流浪。他到我家来的时候,对我说,我读过你的许多小说,他一一报出我的这些小说什么时候发表在哪家刊物,如数家珍,他评价我的小说,说出来的感受,比我自己想得更远更深。然后他开始谈他自己的创作,谈他的某一部小说的结构和构思,谈他的创作计划,我知道当他在谈论这些东西的时候,他的晚饭还没有着落,他根本不知道他的明天将是什么样子,他也不知道晚上他将在哪儿住宿,也许在某一个小栈房的大统间,也许就是露宿街头,这都无所谓,这并不影响他和我长谈小说。

信念这东西,有时候让你觉得它很空洞,你抓不住它,找不到它,看不见它,它却时时刻刻围绕着你,鼓励你,信念并不一定是非常了不起的理想,并不一定是成功者的目标,也许你仅仅相信自己能够找到一份工作,这就是信念,也许你只是觉得虽然现在天已经黑了,但是明天太阳一定会升起来,这也是信念。

从新疆骑自行车来的文学青年一定是靠着他的信念,来到我们这儿的,当然他还将继续往前走,他会永远不停地走下去,其实我们许多人都是靠信念生活着,往前走,无论你承认或不承认,事实是这样的。

眼　泪

常言道,男儿有泪不轻弹。这叫什么话,好像女人的眼泪就可以随随便便弹出来,飘飘洒洒,像雨季的雨,缠绵,不值钱。其实大家心里明白,许许多多的常言老话,都是人生经验之积累,总是有道理的。事实上男人的泪和女人的泪真是不一样,一个男人若整天哭哭啼啼,大家会觉得他不正常,所以男人不哭。因为平时不哭,到哭的时候,那泪,应该是很昂贵,厚积薄发,物稀为贵;反过来,一个女人,若刚强得从来不掉一滴眼泪,大家或者就对她敬而远之,因此女人的办法最好是经常哭一哭,女人的眼泪就此稀释,不金贵了。好在女人的哭,并不是要拿眼泪来换些什么回去,不金贵就不金贵,不值什么就不值什么,想哭就哭起来,没有准备,没有后顾,也是一种潇洒,怕是男人所没有的。

当然,眼泪多或者眼泪少,哭得出或者哭不出,恐怕还不止是性别差异所定,还会有其他许多因素:感情是否浓郁?想象力丰富吗?泪腺发育正常吗?泪道是不是畅通?等等,许许多多的因素酝酿出眼泪,人就哭起来。

像我这样一个人,女人,不刚强,却很少掉眼泪。并不是不想哭,有时候心里已经哭得什么似的,脸上也摆出一副大哭的模样,却偏偏挤不下一滴眼泪来,真要命。或者拼命挤下一滴两滴来,鳄鱼泪似的让人看着害怕,恐怕难引起些怜爱和同情。不知是体内缺少水分还是心泉已经干枯,总有一种哭不出来的尴尬。眼泪少、不常哭的女人,少一些女性的柔弱之美呢,也罢。

其实细想想,我也不是不柔弱,我也有掉眼泪的时候,虽然不多,但也决不是没有。在我看电影看电视的时候,常常为一些假模假样的戏掉下真诚的泪,真够浪漫,或可称作浪漫主义眼泪。在我有伤痛的时候,这伤痛不是心里的无形的伤痛,而是生理的具体的伤痛,比如犯了胃病,胃疼得没法,眼泪就自然而然地下来了,根本用不着挤,就能品尝泪如泉涌的滋味,这可算是相当现实主义的眼泪了。

一回问一个突然莫名大哭的孩子为什么哭,孩子说,我哭了就舒服,所以我就哭。一语道破。人都知道哭过一场以后会很舒服,像我儿子,常常作骨头,无名的火气,这也不是,那也不是,身上每一个毛孔都长了刺。怎么搞的,欠揍,打一顿,哭了,立即就好,浑身自在了,也肯好好地吃饭了,也肯认认真真地做作业了,说话也能听进去了。孩子犯贱,大人又何尝不是这样。

如此的眼泪,多半没有什么功利目的。当然也不排除拿眼泪作武器的事情,像我们家乡就有两个字,叫作"哭赢"。哭赢,哭了就赢,其实也未必;何况,这样的事情毕竟不多;更何况,在这世上,何谓赢何谓输,本来就难分清。

看起来,人若是能经常哭一回,掉些眼泪下来,倒是一件好事情。像我这样不大容易哭起来的人,也愿意训练自己一回。只是,一个人天生的东西,怕是难以改变的呢。

看耍猴

有一天,心里懊懊糟糟的,像是孤独寂寞,又像塞得满满,说不清是什么滋味,便出门走走,看到街头有外乡人耍猴,停下来,看。

猴是两只,耍猴人是两个,老猴和小猴搭档,人和人搭档。一个耍猴一个收钱,耍猴人手里持一根绳鞭,高高扬起,老猴和小猴惊恐的眼睛盯着绳鞭,它们的眼睛里流露出凄凉哀怨孤立无助的眼神,让人看了,心里颤悠,耍猴人让小猴跳舞,小猴不跳,耍猴人便给了小猴一鞭,小猴像是愤怒了,一蹿,将耍猴人的绳鞭夺走,耍猴人口里骂着,将绳鞭夺回来,让老猴去打小猴的脸,老猴果然听命,上前给了小猴一下,又给了一下,小猴仓皇逃窜,耍猴人大乐,观众也大乐。

收钱的外乡人便开始收钱,他从围着观看的人群的这一头,走到那一头,再走过来,再走过去,却只有很少的人给钱,给很少的钱,外乡人向大家作揖,说一些走江湖的人常说的话,这么不停地循环往复,圈子里猴戏继续上演,外乡人不气不恼不屈不挠继续向大家收钱,突然便听得耍猴人大叫一声,你敢造反呀?赶紧看去,却原来不仅小猴心有不服,连老猴也开始了抵抗运动,老猴并没有到耍猴人手里去抢绳鞭,它就地取材,从地上拣起一根木棍,和耍猴人对峙,耍猴人像是有所顾忌,警惕地看着老猴和小猴,小心翼翼地要去夺老猴手里的木棍,老猴却将木棍举得高高的,向耍猴人示威,使耍猴人不敢靠近,在前后左右绕着圈子,嘴里念念有词,看了,心里像是有了一丝振奋,却听得人说,都是训练好了的,什么造反,猴懂个屁。

是这样的,一切都是训练好了的,猴并不懂得造反、抵抗,猴也听不懂人话,耍猴人的话,是说给看耍猴的人听的,并不说给猴听,猴只知道人给它们安排了一切,安排了今天的命运,人需要它们夺绳鞭它们就夺绳鞭,人需要它们跳迪斯科它们就跳迪斯科,猴听从于人的安排。

如果猴听从于人的安排,那么,人又听从于谁的安排?

其实,谁也不知道这个时候到底是人在耍猴还是猴在耍人,我们在思想的时候,为什么猴就不在思想?

看过耍猴,回家去,心情里仍然是说不清的感觉,像是孤独寂寞,又像是塞得满满,但却不再懊懊糟糟,渐渐地开朗起来,像揭开了一层乌云。

童年记忆

童年记忆的大部分,已随风飘走,找不到它们了。

记忆力好的人,他们能够留下关于童年的一大片一大片的连贯的印象;记忆力不怎么好的人,童年在他们的脑海里,只有点点滴滴。

不知道有没有人能够将童年往事全部忘记,或者,有人能将童年往事,全部记住?

童年记忆,对于我来说,只是点点滴滴了,而且,我想,以后怕是越来越少。

在隔了整整四十年,我第一次来到我出生的地方,上海某县的一所中学。我母亲曾经在这里做过老师,并且生下了我哥哥和我。

是我母亲当年的一个学生带我来的,后来他成为我的大学里的老师、校领导。人生真是无法预料。不然的话,我将找不到我的出生地。我母亲已去世多年,我们只是在每年的清明到她的坟上去烧一炷香,献一束花。当年的房子已经不在了,由新的房子代替了它们,但是地方还在,感觉还在,我母亲的学生我的老师对我说,就是这儿,我们还抱过你。

那是很遥远很遥远的事情了。后来我们全家搬到苏州。那一年我三岁。父母亲把我和哥哥一起送到幼儿园,是全托。我反抗全托这样的形式,我哥哥也反抗,他在幼儿园里用马桶刷子对付老师,把年轻的老师弄哭起来,而我,则是不吃不喝。最后我成功了,把我改成了日托,而我的哥哥仍然放在全托。我不知道是我的反抗比我哥哥更厉害,更难缠呢,还是因为我是个女孩子所以大人心肠软了,这些事情我自己一点也不记得,只是在我外婆和我母亲活着的时候,她们告诉我的。母亲说有一次我和哥哥抢一只藤椅脚架玩,争抢之中,我居然晕了过去,母亲一气之下,把藤椅的脚架当柴烧了。我们家的那只藤躺椅从此没有了脚架,躺着的时候,脚只能放在地上,或者蜷起来。

这两件事情并不能说明我是一个很有反抗精神的孩子,其实正好相反,我更多的时候,是一个默默的,不出趟的,胆小的,不敢说话的孩子。我没有什么鲜明的个性,在幼儿园每一年的评语都是尊敬老师,和同学友爱等等,不像我哥哥那样,富有个性色彩,比如有一次的评语写着,本学期咬人现象减少了。

进了小学以后,我仍然沉默,功课中等,不知道偏上还是偏下,没有什么好的机会找到我。有时候机会来了,也会失去。一回市少体校来选体操队员,班上推荐了我和另外一位女生,我们一起到少体校去考试,结果,那位女同学考取了,我被淘汰了。另一次剧团来招小演员,我也去考了,好像唱了一个样板戏,又没被录取。这已经算是我的童年生活中最大的事情了,除此,我再没有什么值得一说的经历。

我想我童年时期的不出趟是比较厉害的,我的绰号叫作"木头",可想而知,反应慢,见不得任何场面。说我很小的时候,凡家里来了客人,我是不许他们看我的,一看就大哭,只有等我偷偷地将他们的脸看熟了,我才允许他们看我,我才不哭。

我学习很努力很刻苦,一如我现在写作,我想也主要是靠着勤奋罢。我努力学习因此我的功课尚可,我也能和我的同龄儿童一样,他们能做到的事情,我一般也能做到,只是,别让我在大庭广众之下。

因为我的木讷，反应迟钝，家长和老师也许想改变我，他们费了不少心机，他们常常提出一些建议，有心培养我的应变能力，哪知道培养不出来。比如接龙对成语的游戏，我是万万不能参加的。我肚子里也积累了许多成语，但是一旦有三四个人哪怕一两个人一起玩游戏，我肚子里的这些成语便无影无踪，别人能够急中生智，我呢，正相反，连平时学得好好的知识，一急，全没了。

一年级时，有一回，我们邻居家和我同年级的小孩，到我家来玩，我母亲说，我出题目，你们三个做。便出了一年级的题目给我和他做，出了二年级的题目给我哥哥做。题目并不难，练习本上都做过，母亲就是从练习本上抄下来的。结果，他们很快就把题目做好了，我却一道也不会做，我哭起来。

我真是个没用的孩子。

二年级，开始入少先队。第一批没有轮到我，却让我代表没入队的同学上台发言。我是那么的激动，写好了稿子，走上台去，当我念出第一个字"我"的时候，突然看到坐在台下的高年级的同学冲我哈哈大笑，我慌了，扔了稿子就往台下跑。

出洋相。

家长和老师也许都失望了。以后，我再也没有出头露面的机会。以后，再也没有什么特别的事情找到我头上。

我默默无闻地上学，放学。这样，我反而踏实了，自在了，我生活在我的无限宽阔的内心世界里，如鱼得水。

当然，这种感觉，也是许多年以后才回味到的。

顺其自然，不勉强，这是我对自己的童年记忆的总结。

1966年夏天或者冬天

1966年夏天,父亲走在一条街上。

傍晚,天渐渐地暗下来。这是一条绿荫覆盖的街,在古城,这样的街曾经很多。

父亲穿着灰色咔叽布中山装,佩戴着毛主席像章,踩着街面上的石子,感觉到了脚底下石子的坚硬。人不可能同时穿过两条河流,也不可能同时走过两条街,但在1966年夏天的那个傍晚,父亲似乎真的同时走过了两条街。

现在,父亲已无法回忆那些细微的往事,但当时他正穿越着人生的难关,他不知道自己将会走向何方!他心里很乱,也有一点茫然。

这是一条奇怪的街,街上有热闹的公园和喧嚣的体育场、体育馆。现在,父亲每天下午到体育馆下围棋,棋社有老人、年轻人和孩子;夏天,电风扇在头顶上呼呼地转。奇怪的是这一切的热闹和喧嚣永远只在大公园和体育场的内部发生和消失,它们不外泄到街上来。担着大公园和体育场的这条五卅路,一直是一条安静的街,绿荫覆盖。古城中的其他街道都先后地喧腾起来,而唯独这条街依然宁静。大公园和体育场仍然在这里,街依旧是老街,树依旧是老树——法国梧桐树。1984年到1985年间,我很想进省作协的专业创作组,梅老师来苏州考察我,他问了我许多问题,其中,就有关于法国梧桐树的问题。很惭愧,我对法国梧桐树一无所知。

后来,肯定发生过许多事情,父亲当年没有想到,他也无暇去思考以后的事情,他终于走进了他要去的地方——地委食堂。

我们曾经在许多年内走进地委食堂又走出来;我们端着空碗和锅进去,打了饭买了菜再走出去,一切进行得正常有序。家里的钱总是在半个月以后就用完了,不到月底父亲就要东借西挪,将剩下的日子过完。

另一方面,母亲总是在翻箱倒柜,家里几乎没有什么东西是多余的。天气热起来,有一条混纺的粗布裤子,也许暂时用不着了,母亲就叠起来,放到我的手上,说:"你拿到宫巷的当铺去,他给五毛钱就卖。"

我说:"哦。"

许多年后,哥哥开玩笑地对我说:"这是你的第一次出征。"

于是,我就穿过一条街,再穿过一条街,来到宫巷。这里有一个旧式的当铺,我踩着狭窄的吱呀作响的旧木楼梯上去,把裤子放在高高的柜台上。当铺的老先生简单地翻了翻,从眼镜下面向我看了一眼,说:"不要。"

我走出来,茫然地站在街上。

后来,我又到了另一家当铺。仍然是一个旧式的当铺,仍然是踩着狭窄的吱呀作响的旧木楼梯上楼,仍然是把裤子放在高高的柜台上。当铺的老先生仍然是简单地翻了翻,从眼镜下面向我看了一眼,说:"八角。"

我紧紧地攥着这八角钱,心里掀起波澜,满是欢喜。回到家,我把八角钱交给母亲。母亲说:"到食堂去买饭票吧。"

我们与地委食堂的联系非常密切。

食堂现在用来开批斗会,父亲是被批斗的人之一。

父亲深刻地认识自己的错误和罪行,低着头站在愤怒的人群面前,许多手臂举起来又放下,放下又举起来,口号声此起彼伏。

三十多年后的今天,我仍然不能将这些口号写出来。

时间能够冲淡许多事情,但有些事情时间却无法冲淡。

父亲的一个同事走上前去,在父亲尚未明白他想干什么的时候,他已经从父亲胸前拽下了那枚毛主席像章,并说:"你也配佩戴毛主席像?!"

…………

这是一个不确定的场景。

我没有机会去确定那个场面,1966年我才12岁,那个夏天的夜晚,我心里很痛。

或者那是一个冬天的夜晚?或者父亲当时穿着深蓝色的中式棉袄?

母亲在家里诅咒父亲,一些男孩子在楼下喊小天(我的哥哥范小天)的名字,他们说:"今天大食堂批斗你爸爸,你去看吗?"

小天说:"去。"

他们就去了。

小天回来肯定会说些什么,只是我不曾记得,是时间使我失去了某一阶段的记忆,还是小天根本没有对我说过,我无法确定。但我始终认为有一个细节是真实的:父亲的同事拽下了他的毛主席像章,并说:"你也配佩戴毛主席像?!"

我也同样无法知道在不确定的场景下,怎么会单单地记住这么一个细小的却是清晰的场面。

在以后的三十年中,当我重新走过那条林荫覆盖的街时,我常常对与我同在这条街上行走的人说:"我从前住在这里。"

他们说:"哦。"

反过来,如果是我走入他们的童年往事,我也一样会说:"哦。"

一个人也许可以走进另一个人的心灵,却难走进他的毛细血管。毛细血管不是生命的要害,但是,它们很细、很脆弱。

我不太清楚划分童年和少年的年龄界限是在几岁,会不会正好是12岁呢?一个永远无法确定的场景,会不会正是人生换季的时节呢?

有人在变换节气的时候,身体会发出种种信号,他们说浑身酸疼,问今天是阴历初几了?这多半是老人。但一些中年人也会有类似的感觉。

我已经忘记了发生在我生活中的许许多多的确定事件,我相信自己是一个没有记忆天赋的人,但是,我却在灵魂深处留下了那一段无法确定的内容。

童年记忆中的大部分事情都已经随风飘去,已经找不到它们了。

记忆力好的人,能够留下童年的一大片连贯的印象;记忆力不好的人,童年在他们的脑海里,只有点滴甚至没有,但是童年每个人都有。

在相隔了整整四十年之后,我来到了我的出生地,上海某县的一所中学。是我母亲当年的一个学生带我来的,后来,他成了我大学里的老师、校领导,我叫他徐老师。人生真是变幻莫测,不然我将找不到我的出生地。母亲已经去世多年,我们只是在每年的清明节到她的坟上烧一炷香、献一束花。当年的房子已经不存在了,但是地方还在,感觉还在。徐老师对我说:"就在这儿,我们抱过你。"

后来,我们家搬到苏州,住在五卅路。

有一天,徐老师走过五卅路,突然听到了我外婆的声音。一个从外地到这里上学的大学生,在一个陌生的城市,突然听到了熟悉的声音,像找到了亲人一样高兴。虽然徐老师不是南通人,但我外婆的南通话对徐老师来说,竟是那么亲切。

徐老师说,他的许多同学都很想念我母亲,我母亲走后,他们失去了联系,猜想可能一辈子也见不到了。可是,突然间断了的线索重新续上了,徐老师又重新出现在我们的生活中。

大学生徐老师带我到他们的学校去玩,二十年后,我也进入了这所大学,但徐老师已经是大学的校领导。他说:"那一天,我走在五卅路上,突然听到了你外婆的声音,真是万万没有想到呀。"

我们家一个小小的阳台,面对五卅路,从五卅路开始了我童年的点点滴滴的记忆。

从五卅路穿过草桥弄,就是地委托儿所,父母亲把我和哥哥一起送到幼儿园。

我反抗全托这样的形式,哥哥也反抗。他在幼儿园用马桶刷子对付老师,把年轻的老师气哭了,而我则是不吃不喝。最后,我成功了,改成了日托,而哥哥则仍然是全托。我不知道是我的反抗比哥哥更厉害、更难缠呢,还是因为我是个女孩子,所以,大人心软了,这些事情都是在外婆和母亲活着的时候告诉我的。母亲说,有一次我和哥哥抢一只藤躺椅脚架,争抢之中我居然晕了过去。母亲一气之下,把藤躺椅的脚架当柴火烧了。我们家的那只藤躺椅从此没有了脚架,躺着的时候,脚只能放在地上,或者蜷起来。

这两件事并不能说明我是一个有反抗精神的孩子,恰恰相反,更多的时候,我是一个沉默的、不出头的、胆小的、不敢说话的孩子。我没有什么鲜明的个性,在幼儿园里每一年的评语都是尊敬老师,和同学友爱等等。不像哥哥,富有个性色彩,比如有一次的评语写着:"本学期咬人的现象减少了。"

进了小学以后,我仍然沉默,功课中等,不知道偏上还是偏下,没有什么好的机会找到我。有时候机会来了我也会失去。一次,市少体校来选体操队员,班上推荐了我和另外一名女生。我们一起到少体校去考试,结果,那名女同学考取了,我被淘汰下来。还有一次,剧团来招小演员,我也去考了,好像唱了一个样板戏,又没被录取。这就是我童年生活中最大的事情了,除此,再没有什么值得一说的经历。

大头到我们家来玩,他和我同班。母亲说:"我出题,你们三个做,比比谁做得又快又好。"

母亲出了一年级的题给我和大头,出了二年级的题给小天。

我们认真地做起来,题并不难,练习本上都做过,母亲就是从练习本上抄下来的。

很快,小天说:"我做完了。"

再一会儿,大头说:"我也做完了。"

母亲看着我,我大哭起来,都是做过的题,这时候却一道也没做出来。

我也能像其他孩子一样,他们能做到的事情我也能做到,只是别让我在大庭广众之下;三对六面的不行,我也许更适合默默地做事。

小的时候,凡家里来了客人,我是不许他们看我的,一看就大哭,只能等我偷偷地把他们的脸看熟了,才允许他们看我。

童年是一条街,这条街叫五卅路,在街的某一段位置上,有一块纪念五卅运动的石碑。

1966年的夏天或者冬天,父亲走在五卅路上,地委食堂也在这条街上。

五七干校

1968年和1969年父母亲在五七干校,这期间的许多事情是母亲后来告诉我的。干部们白天劳动,晚上开会学习,批斗一个新揪出来的同事,每一个人都担心自己明天会被揪出来。

母亲说了一句梦话:"我手无缚鸡之力。"

第二天早晨,就有一个同事说:"冯石麟昨天晚上说梦话,她说'手无缚鸡之力',这是什么意思?"

另一个同事说:"梦话是不足为据的。"

前一个同事说:"日有所思,夜有所梦。"

母亲每天都担心自己会说出什么被人抓住把柄的梦话来,她说:"他们在我的床头墙上,贴着'揪出隐藏的阶级敌人!'。"

有一天,一个同事钻进自己的蚊帐,紧紧抓住帐门,再也不肯出来,并不断地说:"我不是特务,我不是特务……"

神经高度紧张的母亲,不知道是怎么度过那些日子的。父亲在另一个连队,他是属于已经被揪出来的反革命,反正死猪不怕开水烫了,埋头劳动,老老实实改造。

父母亲不在家的日子,外婆带着我和哥哥过日子。小天在相门河里游泳,相门河很宽,几乎每年夏天都要淹死一些孩子。小天光着脚,脚底被尖利的石子划破了,一步一个血印地走回家,谁心疼他?

家里的买菜钱放在抽屉里,我浑浑噩噩地拿走钱去看小人儿书。宫巷里有一个出租小人儿书的小店,我买一包南瓜子,边嗑边看书,像个有钱人家的孩子一样,却不知道外婆因为没有钱买米在家里急得直跺脚。我心满意足地回到家时,外婆说:"你到你妈妈那里去要点钱回来。"

我从家里出发,向一个不知道在什么地方的地方走去。五七干校在哪里?

我梦游般地走出了城门,向南,到了农村;再向南,遇到一条大河。后来,我知道那是运河,我无法过河,去问一个农民:"我怎么能够到河对面去?"

农民说:"摆渡。"

我知道了摆渡是什么。

在摆渡船上,有人问我:"小姑娘,你到干校去看谁?"

"看妈妈。"我说。

"你妈妈叫什么名字?"

我说了母亲的名字,这个人不认识母亲。

摆渡船到了对岸,对岸是一个小镇,小镇上的妇女把我吓了一大跳,她们不穿上衣,在街上走来走去。后来,我问母亲,母亲说:"这是风俗习惯。"

许多年以后,我开始写作,知道了这样一句苏州民谚:要看白奶奶,请走三里塘桥街。

当年,我的摆渡口是不是塘桥街呢?

在民俗博物馆或者别的博物馆,陈列着乡村妇女用的肚兜,并伴有介绍肚兜的文字。说水乡妇女因为劳作辛苦,炎热的夏天操持做活,穿衣衫不方便,后来,就有了肚兜云云。穿肚兜的妇女大多数是结了婚的,做姑娘时,总是不大好意思的。那膀子什么的,都是很金贵的,不能随便让人看。等结了婚,便不再是金,而是银了;再等生了小孩儿,连银也不是了,就和狗奶子一样。所以,就算不穿衣衫,也没有什么奇怪的,大家看惯了,也不觉得是没有穿衣衫的。只有城里人稀奇,要到塘桥街看"白奶奶"。

我走过小镇,走上了通往五七干校的路。路边有许多的桑树,穿过桑树地,终于看到了一些房子,但是,我找错了一个连队。我继续往某个方向走,又走到一个连队,仍然不见母亲,就再走一个连队。

最后,我找到了母亲的那个连队,终于见到了母亲,也从母亲那儿带回一些钱去给外婆,但后来的一切,便都忘记了。就好像记住一个不完全的梦,只记住了其中的不连贯的一部分。

世间桃源

我那时候没有忧愁，也许因为我还不懂事，还不知道什么是忧愁，但也许是田野的风，把一切不该我们承担的东西都吹走了。如果说我曾经是一个自卑的孩子，我把什么都关在心里，正是到了乡下，到了一个叫作桃源的地方，我的心开放了，有许许多多郁积的东西流出来了，我仍然是老实巴交的，但是我不再自卑，我开始理解这样一句名言：比大海更宽广的是天空，比天空更宽广的是人的胸怀。

我正是在这样的日子中慢慢地长大，慢慢地懂事。我们大队没有中学，附近好几个队都没有。没有书念了，我觉得也挺好，可是父母亲他们很着急，十四五岁的孩子，如果就此辍学，唯一的出路就是下田劳动。

他们东走西奔，到处打听，终于了解到有一所初中，是好几个大队合办的，离家很远，而且只有初一和初二两个年级，是复式班。为了继续求学，已经读了初三的哥哥和读了初二的我，各自降了一级，哥哥重新上初二，我重新上初一。

哥哥上了半年，就毕业了，他升了高中，到桃源镇上读书去了，只剩下我一个人，孤独地继续走着。

每天每天，我拎着饭盒，下雨的日子光着脚，我并不怕苦，却有苦恼，苦恼的是在学校我只有一位女同学，我们乡下那地方，女孩子是不上学的，这位女同学的父亲在上海工作，想女儿日后有出头之日，便逼着女儿读书，可是她自己很不情愿，她母亲也不支持她上学,所以她读书总是三天打鱼两天晒网,爱来不来,她一晒网,我就成了全校唯一的女生,连个同桌也没有。

不过我仍然是天天到校,从不缺课,因为我在那里找到了一个丰富的世界,我有许多更有意义的事情可做,我可以演算那些有趣的数学题,可以放开嗓子读外语,我更愿意听我们的语文老师用他那并不太出色的声调朗读很出色的文章,这些文章,是我们的老师在课文之外给我们加的小灶,正是这些优美的文章,把我带入了一个崭新的无比丰富的天地,以致后来受了许多这样的文章的诱惑,我自己也幻想着能够创造出这样的天地来。

我于是才知道了陶渊明,我并不觉得那环境离我们多远,我想每个人都应该有他自己的一处桃源,这一块桃源就在自己的心里。我始终觉得我的这一块世间的桃源,恰恰是我人生最重要的一个起点,我留恋我那一阶段的农村之行。

语文老师布置我们写一篇学哲学的文章,我写的是没有大粪臭,哪来稻谷香,我记不得自己的文章写得怎么,但是一个五谷不分的城里孩子,有一天能够通过自己的双手栽下秧苗,然后浇粪施肥,然后看着秧苗长大,抽穗,结出果实,再用自己的双手,把稻粒脱下来,轧出米来,再把这些劳动写出一篇文章来,这就是进步。

我非常非常地要求进步,日记一则:

1976 年 3 月 11 日

"如果你们骄傲起来,不虚心,不再努力,不尊重人家,不尊重干部,不尊重群众,你们就会当不成英雄和模范了。过去也有一些这样的人,希望你们不要学他们。"

伟大领袖的教导又一次在我耳边回响,多么亲切,多么重要。几天来,我对自己的"骄"字反复进行了检查,进一步发现了这个危险的信号。北厍公社金星大队的铁姑娘队队长沈培英、平望公社金联大队党支部书记张金娥,她们都和我差不多岁数,她们做出了多么大的贡献,取得了多么大的成绩,党和人民也给了她们很大的荣誉,但她们骄傲了没有?没有!丝毫没有!永不骄傲,这才是一个真正的革命者应有的品质。学习,努力向她们学习,做一个永不自满的革命战士,普通一兵。

我珍重这样的进步。

桃源,是我人生的起点。

我早已经离开了那个地方,桃源对我来说已经成为历史的一页,可我忘不了那一片宽阔的田野,忘不了许多农村孩子给我的有形和无形的帮助,我也忘不了那只有一个复式班的学校,那间旧陋的校舍,教室里有一眼土灶,一只大铁锅,路远带饭的同学,就在那里蒸饭,记不清我轮值过多少回,每次轮到蒸饭,先下河去舀水,那条河就在学校门口,河水清清,在不远处汇入美丽的大运河,源源不断地流淌。

我的世间桃源。

考 高 中

1971年冬天,我走在震泽镇的街上。

震泽是一个古镇,有一座宝塔,还有一座很好的震泽中学。

这一年冬天我初中毕业了。上高中的名额是这样分配的:每一所初中,只有两个毕业生可以上高中,而且至少有一位必须是贫下中农的孩子。

在我就读的新贤初中,除我之外,还有一个下放干部的孩子,他也是要去上高中的,还有一个同学,他的成绩非常好,他又是贫下中农的孩子,所以,剩下我的问题,就相当的严重了。

父母亲心急如焚,他们四处出击,到处奔波,最后终于替女儿争取到一个额外的名额。

这个名额几乎是决定我人生命运的名额。

因为家庭成分而不能升学的事情,在那个年代太多太多。1998年7月11日,我回到吴江和垂虹文学社的朋友谈谈文学,吃午饭的时候,吴江松陵镇文化站的黄站长问我:"你在苏州,住哪条街上?"

我说:"东大街,盘门附近。"

黄站长说:"噢,知道了,我在新桥巷读过书。"

新桥巷就在东大街,离我家确实很近,新桥巷里有一所学校,新苏师范,黄站长和在座另一位吴江文化局的老师,他们都在新苏师范上过学,那是五十年代,家庭成分不好的人,考试过后,多半往这个学校放。

作者一家

作者和先生

黄站长说:"有个五门功课开红灯的考上了清华大学。"

我说:"五十年代就这样了?"

黄站长说:"是的。"

我想起我写过的一篇小说《洗衣歌》。

在我上中学的那时候,学校的文工团是很让人眼红的,学生们都愿意参加文工团,但是只可能有少数人进去。再说,即使进了文工团,也可能有出来的时候,你若是唱唱跳跳表演方面才能不够,跟不上别的团员,你就只好从文工团里退出来,这其实也是正常的,不能滥竽充数。

但是,在那样的年岁里,除了你个人的水平问题,还有会许多其他的因素决定一个人的命运,比如说,政治的因素,家庭的因素等等。

我天生不善唱唱跳跳,毫无艺术细胞,毫无表演才能,从小到大一直这样,所以我也没有参加文工团的心思,我写的,是和我同宿舍的一个同学的事情。

她参加了文工团,轮到有演出任务时,每天夜里都要排练到很晚很晚才回宿舍,那时候,宿舍里其他的同学,都已经早早地进入了梦乡。

这位同学睡的是上铺,有一天,也许是太辛苦了,夜里回来爬床时,从床上掉了下来,摔伤了,但她仍然坚持排练。

记得,那一回她参加演出的节目就是《洗衣舞》。

那一阵,我们的宿舍里充满了她的歌声:"哎,是谁帮咱们翻了身哎,是亲人解放军,是救星共产党……"

可是,终于有一天,她没有到很晚就回来了,大概在我们准备休息的时候,门突然开了,她一脸泪水走了进来,说,不要我了。

原来,这一次的演出是慰问解放军的,是一个严肃的政治任务,参加演出的演员的情况都要向上级汇报,上级看过情况,觉得我们同宿舍的这个同学,家庭情况不理想,她父亲是犯了错误下放的,并且错误性质很严重,于是,要学校文工团重新换人。

就这样,我的同宿舍的这位文工团员,流着眼泪,回来了。

她趴在床上哭了很久很久。

事过许多年以后,有一天,我走在街上,突然听到广播里放着一支老而熟悉的歌曲,就是《洗衣歌》:"哎,是谁帮咱们翻了身哎,是亲人解放军,是救星共产党……"突然,沉睡在我心底的往事涌现出来,我仿佛又听到了我的同学的哭声,在不正常的年代里发生的不正常的事情,再一次搅动了我,触发了我的创作灵感,就这样,我写出了《洗衣歌》。

我还是得回到从前,那时候我还没有上中学,只是争取到一个极为宝贵的名额,但事情还没有结束,那一年的高中,是要考试的。

下雪的时候船在河里慢慢地走,船走得并不慢,是因为下雪,雪落下来是最轻柔最轻柔的,河面上风平浪静。在南方并不是每个冬天都下雪,或者换句话说在南方几乎每一年冬天都不下雪,这样说法基本符合事实,但也不是绝对的,在我们来到桃源的三个冬天里,就有两个冬天下了雪,第一次是我们到桃源,大雪覆盖着农村大地,我们的小船靠岸时,有几个在雪地里敲锣鼓家什,我们就下放来了。

第二次下雪是我考高中的时候。

我是坐船到震泽去,船走得慢是因为它走不快,这是一只摇橹的木船,一个人掌橹,一个人牵绷,在一拉一推中船慢慢地向前,河水被船头分开,又在船尾聚拢,就像水在天上凝聚成雪,雪又在河里化成水一样,一切进行得有条不紊。

但是我的心里不平静,有点紧张,因为我要去考高中。

在1971年冬天,高中是要考的,我和一些农村孩子以及下放干部的孩子们,来到了震泽中学。

给我们安排了宿舍,但这宿舍暂时还不是我们的,我们只是在这里借住几天,考了试,就要回去等录取通知。

在我住的那个宿舍里,共有六个女生,都是震泽附近下乡的考生,我走进去的时候,有人说了一声:"你来得最晚。"

我看到她们都在埋头做习题,我知道她们都是各个公社各个片中推荐出来的最强的学生,我想看看旁边一位女生看的什么书,她发现了我的用意,把书举起来,我一看,是一本《趣味数学》。

我从来没有听说过这样的书,那个女生说:"全是练习题。"

我忍不住说:"让我看一看好吗?"

那女生说:"不行的,我自己要做题,总共五百道题,我才做了三百道,我哥哥说,只要把这些题目都做出来,考高中闭着眼睛也能考出来,我哥哥是老高中生,水平很高的。"

我说不出话来。

另外几个女生虽然盯着自己的书,但她们也在听着我们的对话,有一个女生有点骄傲地说:"趣味数学都是初中题目,我听说这次考高中很难的,还有高中题目,我爸爸叫我看看微积分。"

微积分三个字对我来说简直遥远而高不可攀,我听说过微积分,在新贤初中做习题的时候,碰到难题,大家动不出脑筋,老师说:"这算什么难题,以后你们上高中,上大学,要学微积分,才难呢。"

微积分在我心目中就是这样一个概念。

宿舍里气氛活跃起来了,有人提出语文的问题,说这次考试有古文题目,古文是很深的,她说她自己背出了十几篇古文。

我心里很慌,不知道该怎么办好,那恐怕是我第一次为自己的命运担忧。

幸好考试并没有想象中的难,我顺利地过关了,记得我数学考得不好,好像只有七十几分,但也能够过关了,几乎所有参加考试的人都升入了震泽中学。时间走过近三十年,现在的中考,六门功课考六百多分,仍然担心上不到好中学。

永不忘记

我从桃源走到铜罗镇,从铜罗镇上船,船在运河上行驶几个小时,来到震泽。

1972年一年时间,我常常就是这样走过的。

从桃源往铜罗镇的路,相当偏僻冷清,虽然路途中也要经过几个村庄,但是一过了村庄,又是一眼望不到边的田野,一踏上这小道,经常几里地看不到一个人,碰到天阴下雨,更是冷清得出鬼,在乡下,大家常常说鬼的故事,我所听到的鬼的故事,每当我一个人踏上这条乡间偏僻小路时,就纷纷跑出来吓唬我,再加上自己的想象力,我常常被自己吓得魂不附体,但是,害怕也好,不害怕也好,学总是要上的,虽然开始的时候,并不是出于我的自愿,但是时间一天天过去,我对上学、对读书的愿望越来越强烈,我已经离不开学校,因为在学校里,在书本中,我发现了更为丰富的世界,我不能不上学,就这样,在学校时想回家,回家路上却提心吊胆,又害怕,又坚强,妈妈的担心却和我不一样,妈妈担心的倒不是故事中的死鬼,而是活鬼。

幸好有朱杏玲,我们结伴而行,在离新亭三队不远的村口分手,她往南去,到前浩大队,我往东来,回家。

然后,我们约定时间,在分手的路口集中,再往前走。

路口有座亭子,亭子里常常有路过的人歇脚。

可是有一天,朱杏玲没有在约定时间出现,我等了又等,只得一个人硬着头皮上路,记得母亲站在亭子里向我挥手。

就是这一天,我碰到一个人。

其实我也根本没有看到过他的脸,对他外形毫无印象。

那天我一上路,走了不久,就发现身后不远不近地跟着一个人,我赶紧快走几步,见我走得快,他也快快地跟上,我放慢脚步,他也就慢下来,一直这么不远不近地跟着我,好几次到了有拐弯的地方,我都暗暗希望他拐弯走了,可是他一直没有拐弯,一直跟着我。

我开始害怕,后来越来越怕,不知如何是好,终于,我看到了前面的村庄,急急忙忙走进村子,来到靠着村边第一户人家,一位农村大嫂坐在门前做针线,另一个男人正在一边修鸡棚。

我惶惶地向大嫂说,"你能不能帮帮我?"

大嫂向我看看,问:"什么事?"

我说:"我到铜罗去坐船上学,后面有个人一直跟着我,我走得快他也快,我走得慢他也慢,我害怕。"

大嫂朝我身后看看,果然也看到了跟着我的人,我还想再说什么,大嫂却说:"你不用说了,我知道。"大嫂向我挥挥手。"你放心地走吧,"大嫂说:"我们会拦住他的,一直到他追不上你才会放他走。"

我根本也没来得及谢大嫂,便赶紧上路,一边走一边往后看,果然再没看到那个人继续跟上来,我想大嫂大概真的把他拦住了,我并不知道发生了什么事情,大嫂是怎么拦住他的,说了些什么话,那个人是怎么说的,后来怎么样了,这一切我都不知道,反正一直到我走到铜罗镇,我也再没有见到那个人的影子。

这事情过去近三十年了,到底我也没有弄清楚跟着我的人是什么样的人,我也不知道发生在大嫂家门前的事情,以后我恐怕也没有机会再去寻找村边的大嫂,别说她的姓名,我连她长得什么样子都没有记清楚,就算我现在重回旧地,那地方怕也早已经认不出来了,就像我们现在回到过去生活过的地方,根本已经找不到从前的影子了呀,但是这件事情,一直深深地印刻在我的心里,我能够忘记从前的许多事情,我却忘不了这件事情,在此后的许多年里,我常常梦见我在令人恐惧的黑夜里,在农村的小路上到处乱走,怎么也找不到出路,我想这和我在少年时期的经历也许有一定的关系吧。

许多年以后,我一直在想,是那位不知名的农村大嫂和许许多多知名的和不知名的农村人,在我的成长过程中帮助了我,培养了我,我永远不会忘记他们。

插　队

　　1974年12月22日,我下乡了。

　　虽然这已经不是我第一次下乡,我在桃源的那一段时间,现在看起来,也许是我走向人生的开始,也是我从一个一窍不通的孩子开始懂得一些世事的过程,我在那里完成我从少年走向青年的历程,但是不管怎么说,不管我们在桃源那期间生活是多么的艰苦,前途是多么的渺茫,而我,毕竟还是生活在父母家长的庇荫之下,一切由父母给我承担着,天塌下来他们会顶着的。

　　三年以后,父母调到县委工作,我便跟到了县中读书,现在我在县中毕业了,我独自一人走向社会。

　　看起来这是我第二次下乡,其实,也只是从这次开始,我才真正地独立走上了自己的人生之路。那一年我十九岁。

　　22,与我有些天然的联系,我出生是22日,我儿子出生也是22日,我下乡是22日,1985年我调入省作家协会从事专业创作也是22日去南京报到,我暂时想不起来还有什么22日,也许我继续翻看我许多年的日记,还会有22日。

　　1974年12月22日,吴江县湖滨公社红旗二队的贫下中农,他们开了一条水泥机动船到吴江城里来接我了,当时在河边码头上,有许多下乡的知青,有许多来接知青的船,吴江是个水乡,在1974年的时候,县城与乡间的公路不像现在这样四通八达,下乡去多半是要乘船的,南人乘船,北人乘车,从古就是如此的。

更多的是来欢送我们的同学,他们暂时还不知道自己的命运,不知道自己将会追随我们下乡呢,还是留在城里做工,他们也许心里忐忑不安地等待着,但他们怀着满腔的热情和恋恋不舍的心情来欢送我们。

原先决定送我下乡的同学可能只有两三人,但是后来有十几个人跳上船来,大家都很激动,他们虽然自己不下乡,但是也被这种场面感染了,他们陪着我一起踏上人生漫长的不可知的道路。

跳上船的都是女生,有一位男生塞给我一条毛巾和一块肥皂,他本来也是想上船送我的,但是不好意思,后来过了一些日子,他单独来到我插队的地方,还和我一起去场上干了一会儿活,后来他走了,再也没有来过。

农民问我:"他是你的男朋友吗?"

我说:"不是的。"

农民们觉得奇怪,我也有些奇怪。

1974年12月22日,一艘水泥船载着我驶向新的生活,我的许多女生朋友,她们来到我将要待很长时间、也许待一辈子的地方,她们帮我布置房间,中午队里给我们烧了一大桌农家的饭菜,有大块的红烧肉,我们无忧无虑地吃着,说着,笑着,最后她们终于走了。

现在只剩下我一个人了。

队里只有我这么一个知青,没有集体宿舍,我寄住一户农民家里,他们家的住房比较宽裕,有空房间,我就住了那间空着的房子。

在我下乡的那一天,他们在我的屋里砌了一眼灶,安了一口锅。

其实,当时从我自己的想法和我父母的意愿,都希望刚刚下去时能够在房东家搭伙,等以后习惯了再自己开伙也行,房东母子倒是愿意,可就是媳妇不乐意,所以我得自己做饭给自己吃。

房东媳妇是个爽快的人,一点也不刁钻促狭,也不是斤斤计较的,但是她坚持要我自己另立门户,我当时并不明白这是什么道理,对他们来说,让我搭伙也许更实惠一些。过了好多年后,我突然想到了一个道理,原来那时候我已经长大,年轻的房东女主人的心思,我应该是明白的,可是当时我确实是不知道,也许我还没有意识到自己已经长大了,现在许多年过去,我一直没有机会见到我的房东,如果有一日见了,我也许会笑问她当年的心情,只怕她早已经记不得了。

我就这样面对一眼土灶和张小床,开始了我的独立生活。

铁 姑 娘

到了三抢大忙，每天早晨三点钟，队长的哨子就响了，每次都把我从梦中唤醒，在我听来，队长的哨子好像是专门对着我的窗子吹的，我真是有点委屈，我想我不过是一个插队青年，难道也非要跟你们土生土长的农民一样拼命么。其实队长的哨子根本不是在我的窗下吹着，也绝对没有人非要我和农民一样拼命，这种压力来自我的内心。于是我也每天三点钟起来，下田拨秧，天还不亮，也看不清田里什么，只知道那是秧田，下去拨便是了，常常有水蛇从指间游过，滑腻腻，凉飕飕，也常常有把蛇扎在秧捆里，到天亮时，你看那蛇被扎得死去活来，你自己也惊得死去活来。上午下午打田插秧，一直从太阳出来做到太阳西沉，吃过晚饭就上打谷场，开夜工脱粒稻谷，做到几点，那要看当天的进度如何，也有到九点来钟就收场的，那一日必是皆大欢喜，队长说，你们看，叫你们抓紧点，早收场自己惬意。也有的时候要弄到很晚很晚，十一二点，队长就骂人，大家也互相骂，说要做死了，骂天骂地，骂爹骂娘。常常也有姑娘小伙子实在累得受不了，就一边轧稻一边打瞌睡，被家长一把头发揪醒了，说，你不要命啦，于是才稍稍清醒一点。左邻右村被轧稻机弄死弄残的也不是没有的。

我就是在这样的忙乱中过了下乡插队的第一个难关：双抢大忙。

双抢结束，放假几天，我都没有回家，因为我没有力气回去了。

　　我感谢我的房东大娘,她在这期间坚决不让我自己开伙,早晨她烧好早饭送到田里给儿子媳妇。也不忘给我一碗,晚上我回到自己屋里已经累得不行,不想动了,她帮我倒好了洗澡水,让我洗个热水澡,因为乡下蚊子多,我洗了澡就躲在帐子里,她会从帐子外塞一碗凉面进来,我狼吞虎咽地吃下这碗面,把空碗往床边的小桌子上一放,就睡着了,老太太帮我塞好蚊帐,把碗洗了。

　　我想,我一辈子也不能忘记她对我的帮助和爱护,我不知道自己应该怎么报答她,我从来没有报答过她,她也从来没有希望我报答她什么。如今已有二十五年过去,不知她老人家是否健在,我总是想到乡下去看看她,也看看别的许多人,但是我一直没有去,我只是在心里深深地纪念着她。

　　我插队的那几年,农村大兴水利,去年开河,今年填河,明年又计划着拓宽什么,反正乡下到处都是泥,从这儿搬到那儿,再从那儿搬到这儿,折腾来折腾去,有永远也挖不完的泥和挑不完的土方。本来冬天是农闲,却成了一年中最忙最辛苦的季节。

　　我们在寒冬腊月光着脚下河挖泥,挑着沉重的河泥担子一步一步往上爬,在工地上插上一面红旗,乡下也有了军号声,真是气势非凡的,农民们对我说:"快过年了,你回家去吧。"我却不愿意回家,他们说:"你是知青,你可以少挑一点。"我也不愿意少挑,不愿意落于人后,我甚至在乡下还做一些妇女们不做的活,像赶牛犁田什么的,在我们那里都是男人做的,我也愿意去试试,犁完了田,我就坐在牛背上一路回家,农民说:"你怎么弄得比我们乡下人还乡下人了。"

　　我听了这话,心里很高兴。

　　后来我们队成立铁姑娘战斗队,我也是当仁不让地参加。我们真是飒爽英姿,叱咤风云,把男人们比得矮去三分。

今天再回想当年,我仍然可以说,我无愧于铁姑娘的称号,我为自己骄傲,为自己感动。

我只是始终不明白这些行为的出发点是什么,是镀金?其实镀金完全可以用别的省力一些的办法,是要出风头?可是这种风头的代价也太大了一些,是对自己的人生的一种责任?其实那时候我根本还不知道什么叫作对自己的人生负责。也许根本就没有什么出发点,只是人在自己的那一段的历程,必然会有那样的行为罢了。

后来的事实证明,铁姑娘毕竟只是一种美好的向往,人都是肉做的,没有一个是铁打的,姑娘更是,我们的铁姑娘战斗队,后来倒下了一个又一个,有的坐骨神经痛得坐卧不安,昼夜不眠,有的得了严重胃病,面黄肌瘦,风采不再,或者就是关节炎缠身,从此难展笑容,我也一样,拼命地干活,后来终于倒下了,伤了腰,再也铁不起来了。

在乡下演戏

上水利工地,也就成了农民们离开村庄的唯一的机会。

水利大军住在工地上临时搭建的草棚里,铺着稻草,盖着打补丁的被子,男男女女挤在一个棚里,在艰苦的生活中,却没有人说这就是艰苦。

为了慰问辛苦的水利大军,也为了鼓舞大家的干劲,许多地方都搞出文艺宣传队或者类似的内容,在工地上演出节目,让民工们看,我们大队的这个任务,落到我头上。

我们那一带,大概是没有接受下乡知青的任务,所以知青很少,在我们生产队只有我一个,全大队也只有少数的几个,看起来有些孤独,其实不然,生活使我们更早成了一个真正的农民,我吃住在农民家里,和他们一样生活,下地劳动,因为表现不错,当了团支部书记,大概就因为此,文艺宣传队的事情也就非我莫属了,其实我没有文艺细胞,不会唱歌不会跳舞,连念快板书也念不好,就只好当宣传队长了。

十几二十个姑娘小伙子,白天劳动,晚上排练,节目内容呢,自己现编,这个队里的张三表现好,我们就唱他一唱,那个队的李四干劲高,我们就跳他一跳,后来小节目不过瘾了,开始排大戏,记得排过两出戏,都是割资本主义尾巴的,台词自己瞎编,但是作曲可不会,就借用现成的沪剧和越剧的唱腔唱起来,有一个戏,一出场就是一个小木匠,念道:笃笃笃,一日一块八,又吃鱼来又吃肉。小木匠是队里最英俊的小伙子扮演,台下的人看上去,像看洪常青一样,但其实他的角色是一个落后的只知道一日挣一块八,又吃鱼又吃肉不问路线的人物。

另一出戏有一段唱腔,至今还记得:"宇红一番话,似春风吹进我胸膛,又如一副清凉剂,使我清醒了头脑,认清了方向,增添了无穷力量!"无疑,宇红是女主角,一号,是党支部书记,像江水英那样,唱这一段的人呢,大概是个队长之类,好人,老实人,但有些糊涂,不认方向,被阶级敌人利用,最后在宇红的帮助下,终于觉悟过来,这样的戏,大家看得津津有味,我们也演得自我感觉良好。

很快,我们这个宣传队的名气传了出去,相邻的队和离得比较远的村子,都争相来请我们去演出,于是我们向大队申请了一条专业演出用的船,演出多半是晚间,我们的船经常在深夜航行在河港湖汊,有时候,望着满天的星星,听队员们哼哼唱唱,我心里涌满了什么东西,但也不知道那是些什么东西,现在再去回想,竟像在梦中似的。

有一天,突然有一个队员像发现了新大陆似的问我:"咦,不对呀,你自己怎么一个节目也不演呢?"

我很难为情。

许多年以后,开始流行跳交际舞,在大家跳得都不想跳了的时候,我仍没有学会,曾经写了一篇随笔,说看别人跳舞也是蛮愉快的事情,其实哪能呢,看到人家翩翩起舞,引人注目,心里总是有些嫉妒的呀。

现在的社会,一个人如果不会跳舞,大家都觉得他或她的生活将是单调而且枯燥的。不会跳舞,无疑是生活中的一种缺陷,一个遗憾。

我不会跳舞。在我不会跳舞的生涯中,常常充满了因为不会跳舞带来一些尴尬。

最早的尴尬大约在80年代初就出现了。一次全国性的文学会议,那一年虽然是我开始写作的第五个年头,但在这五年中,我更多的只是躲在自己的小天地里,在我们这个比较封闭的古城里做着自己的作家梦,和文学界基本上还没有什么直接的接触,最多也只是和一些编辑们有一些信件的来往,那一次的会议,也是我第一次参加大规模的文学活动,舞会是不可少的,记得当舞曲响起来的时候,就有人来请我跳舞,我立即红了脸,说我不会跳舞,但是人家不相信反复地说,你不可能不会跳,你怎么可能不会跳,我不知道这种判断从何而来,我也不可能细细地去想这个问题,当时我很尴尬,但是很快我发现更尴尬的不是我,而是那个请我跳舞的人,他站在那里,走也不好,不走也不好,完全是一副无所适从的样子,最后我听到他说:"这样站着挺尴尬。"我不知道他后来是怎么行走开的,我只知道自己特别对不起他,这种内疚的心情一直到现在还存留在我的心里。

但是我始终没有学会跳舞。

早知如此,还不如当初在乡下硬着头皮上台试一试,说不定试出个刘晓庆巩俐来呢。

牵　手

儿子小的时候,带他出去,他总是知道牵住母亲的手。人多的时候,也能感觉到手牵得紧紧的。以后他长大一些,其实还没有真正长大,就不想牵母亲的手了,离开了母亲,独自在前面蹦蹦跳跳,或者骑上他的小自行车,一路先去了,扔下母亲在后边的路上远远地看着他。有一次,我快步追上儿子,佯叹一声,说:唉,还是女儿好,女儿是妈妈的小棉袄。儿子停下来,认真地看了我一眼,说:儿子是妈妈的大衣。

棉袄能御寒,温暖;大衣呢,当然能挡风。儿子真能为我挡住些风,遮住些雨吗?即使不能,即使儿子根本还不知道什么是遮风挡雨,听了儿子的话,心里真是有些感动,也不知感动的什么,便觉得人生却是多么的好。

也许,这就是子女给你的报答。

老话说子女就是债。一点不错。父母对于子女的帮助,抚育成长,与生命同在,这种帮助更具体,更实在,更有形。而子女给予父母的东西,更多的是无形的,是一种精神上的财富,虽然父母也许从不要求子女给他们什么。

当我枯坐寂寞的书房,孤独地与书籍做伴;当我从电脑上下来,头昏眼花,肩膀酸疼,手指僵直;当我不能被人理解;当我身心都很疲惫;当我找不到愿意听我说话的人——每当这样的时候,我最愿意也是最喜欢的事情,就是带儿子上街。

渐渐地,儿子已经不十分需要我再牵着他的手;渐渐地,儿子觉得应该由他来牵我的手。无论是我牵着儿子的手,还是儿子牵着我的手,这一份亲情,这一份感觉,会永远温暖我的心,鼓励我。

我的一些朋友、熟人常说,平时看不到你,却常常见你在星期天牵着你儿子的手,在街上走。

是的,我想,这也许是一个女人最感温馨的时刻呢。

2011年冬天回母校

访问苏联

旧 藤 椅

家里有两张藤椅,二十多年前买的,还记得是由我的两位女同学,撞见一个走街串巷的卖主,拉了到我家来的,母亲不得不付出一笔额外的开支,多少钱已记不得,如今回想,同学所以会将藤椅送上门来,大概多半是看着我家的座椅已不成样了罢。我那时也已长大成人,晓得要个脸面什么,家中大小事等,虽有母亲操持,我们没有实权,但有发言权,希望能添两把好些的座椅也是可能的,并且可能在同学面前也已有所吹嘘,被同学记住,就有了送椅上门的事情。二十年过去,藤椅随着我们的家搬来搬去,我们也随着潮流添置了别的座椅,像沙发,转椅什么,家中也不是没有,但坐来坐去,总不如藤椅好,藤椅便很得宠,也就破败得更快些,再加上儿子的某些人为破坏,拿小刀割断一根藤条之类,藤椅终于不能再用,折了腿,不敢坐了,扔了,另一张留用,也已经千疮百孔,支离破碎,面目狰狞仍当堂放着,无安全感仍大家抢着坐它,凡来我家的客人,并不对我们的新家具有兴趣,却每每有意无意地看看我们的破藤椅,不怎么很熟的,看了也无话,熟些的人,也不说话,只看着那藤椅笑,我们也一起笑笑。

就这样,要买一对新藤椅便成了我们的话题,也成了一件不难的难事儿,如今家具潮流虽然一浪赶着一浪,翻新复古,可谓无所不有,可偏偏藤椅难觅,我丈夫在星期天也专门外出到处寻找,回来却说找不到,也不知是真去找了还是溜哪儿和朋友侃去了,总之没有买到,每每留心着有没有"藤靠背要伐"的叫卖声,终是不闻,怀念从前的两位女同学,想再没有人会撞上卖主替我送来,世事多变,人间沧桑,有一丝惆怅。

一日外出归家,上得四楼,见家门口端地放着一把藤椅,虽不是一把新藤椅,但比起我家留用的那藤椅,真不知要好上多少,进门问保姆老太怎么回事,老太说:"你看看,是你儿子替你拣回来的。"

老太继续说,那日听得楼梯上哧吭作响,并伴有急切的呼喊"阿婆"声,开门一看,我儿子大汗淋漓,携他的一个同学,两人抗着这把藤椅很英勇地上来了,儿子得意道:"垃圾堆边拣的。"

老太说:"你怎么变成拾荒的。"

儿子道:"这藤椅比我家的好多了。"

老太道:"好也不能去拣垃圾呀。"

儿子说:"妈妈要坐。"

保姆老太笑起来,向我说:"看看你儿子。"欢喜之情,溢于言表。

朋友有闻,戏言你有个孝子呢。

我却无话。心里忽悠一下。

难为儿子一点点心意,其实在我们成人的交往中,若人人都能为别人留一点点心,那应该是一件很好的事情。

只是我不知道该怎么处理儿子的一点点心意,拣来的旧藤椅仍然置于家门口,那儿正好有一个空隙,不影响楼上的邻居走路,保姆老太说:"隔日我擦擦干净,把它拿进来,家里这把,扔了。"

我不置可否,因为我真的不知道我该怎么处理它。

儿子每天上学放学,都看这把拣来的旧藤椅,他不知道我为什么不处理它。

旧 家 具

我在平常生活的方方面面应该算是比较保守的,从观念到行为自认为都比较传统,对新事物的认同便比较缓慢,对新鲜事情,少一点热情,多一点观望和怀疑,所以总体上大概是个传统人物,不是新潮派。

但在平常的日子里,也难免有我激进的时候和对象,虽然不多,但毕竟是有的,比如,在家具的更新换代问题上,我是当仁不让的改革派,因此,常常受到全家人的一致反对,首先是父亲反对,父亲年纪大,当然有些忆旧,不同意大刀阔斧地把伴随了他许多年的东西一股脑儿就扔了,丈夫的反对,倒不是因为什么旧情旧感觉,他是怕烦,因为每添置一件新东西,意味着家里的布置又要搬来搬去一回,有的在家干这些无聊的事情,还不如出去和朋友喝酒吹牛胡吹海聊,多来劲,便也是一副坚决不赞同的冷冷的嘴脸,我家的保姆老太太呢,和我心意最相通,但在这个问题,她基本上也没有站到过我的一边,虽然不好直接反对,但总也忍不住脸上露出不以为然的意思,以上三位的态度,其实我都能够理解,也都算正常吧,而且他们的反对都不算激烈,也不算过分,只是嘴上说说,甚至嘴上也不说,只是脸上有些表情罢了,因此也就不能真正阻挡我的改革方针和路线,这时候就有一个人跳了出来,那就是我的儿子,他是我的最最激烈的反对派,十几年来,我的家具更新的诸多设想,没有一个得到过他的赞成,理由很简单,旧东西不能丢,我无法弄懂,小小的年纪,怎么一副老保守的嘴脸,奇怪奇怪。

当然,因为我是妈妈,他是儿子,妈妈的方针政策路线,如果真的下决心推行,儿子也是反对不掉的,所以,常常在反对声中,新东西进门了,儿子看到新家具,也是喜欢的,他并不反对迎新,但他反对辞旧,他决不向旧的东西告别,经常在被我扔掉的垃圾堆里拣回什么藏在自己屋里,床底下,桌肚里,到处都是,看到我皱眉头,便说,这是我的房间,我爱放什么就放什么,很独立的口气,我说,你的房间也不应该是垃圾站呀,他振振有词,什么垃圾站,哪里有垃圾,这东西,一点也不坏,为什么扔了?那东西,还是新的呢,多少钱买的呢,为什么不要了,你不要我,我要的,就这样,许多旧东西都到了儿子屋里,宝贝似的藏着。

家里曾经有一台缝纫机,全家根本没有人会用,所以也根本没有派过任何用场,倒是儿子小的时候,出于好奇,把它当成了玩具玩过一阵,后来也不觉得好玩了,便彻底地丢弃在一边,我在结婚时,学着当时的风气和新娘,虽然自己不会用缝纫机,但知道新房里没有一台缝纫机是很丢脸的,一心想要办一台,但实在经济实力不够,没有买成,婚后一直耿耿于怀,终于积了些钱,第一件事就是将缝纫机买了回来,所以说,这台缝纫机从买回来的第一天起,就不是一台缝纫机,而是一个累赘,因为十分沉重,家具搬挪的时候,如果丈夫不在家,或者懒得动手,我自己只得拖着它移来移去,沉重的轮子,将家里的地板划出许多道道,这是它唯一的功用了,许多年过去,虽然住房面积增加了又增加,但家具也添了又添,最后终于没有了缝纫机的位置,而且缝纫机的面貌也已经老得不能再老,与整个家庭设置又很不协调,下决心送给一个远房亲戚,那天正在商量此事,被看起来漫不经心的儿子听到了,心疼坏了,死活不肯,啰里巴嗦像个老太太叨叨唠唠地说,缝纫机我要的,缝纫机我要的,缝纫机我是不送人的,最后只得骗他,说亲戚家要用缝纫机,是借给他们用几天的,方得把缝纫机从他的拥挤不堪的房间里搬了出来,但此事倒也成了他的一桩心事,过几天就会想起,怎么还不还,直至今日,这件事还是一桩悬案呢,真是不大明白儿子对缝纫机的这份情感由何而生,对旧家具的这种珍惜的不舍的情感从何而来。

每当听说家里要添置什么新东西了,儿子第一个想到的就是老的东西怎么办,担心地问:又要扔了?

你告诉他,旧的不去,新的不来,他听不进去,因为儿子从来没有把家里的任何一件东西看成是旧的,拿他没办法。

在创建卫生城市的时候,全市大运动,每天电视里都放,全民搞辞旧迎新,领导号召大家把旧东西和旧传统一起抛弃,结果许多老太太十分气愤,我叫儿子看看电视,儿子不看。

除了对旧家具,儿子对旧衣服也有一种特殊的感情,老话说,人不如故,衣不如新,儿子从很小的时候起,就对新衣服没有感情,对旧衣服则是留恋再三,不肯脱换,害得我这个做母亲的,常常遭到批评,大家说,你看看你儿子身上,连件像样的衣服都没有,不是吊在肚脐眼上,就是露出破绽,你大概只顾自己的事业,不管儿子吧,说实在的,我放在儿子身上的精力是不够多,但是替他买新衣服总还是有心情有时间也有兴致的,只可惜儿子对新衣服天生没有感觉,不要,我跟着受回冤枉,也是活该呀。

儿子的妈妈说起来也不能算是个多愁善感的人,他的爸爸更谈不上,不知道儿子从哪里来的那么多旧日情感,不用说对活生生的人,即使是对那些没有生命的家具也这样。

速不求工

看到一篇文章,介绍范烟桥先生的为文,说他是速不求工,看了挺喜欢,这四个字,合我胃口,我也是速不求工,虽然我不能拿自己和烟桥先生比。

我的为文的速不求工,是有点儿名气的,同仁之间常当笑话说,当个段子传来传去,吃着碗里望着锅里,我写文章,就有些这味儿,手里写着这一篇,心里已经想着那一篇,总以为只有前面那一篇才是最好的,手中这一篇已是明日黄花,真是见异思迁见利忘义得很呢,总是急急地去追赶最好的那一篇,永远也追不上,永远追不上,仍然是要去追,从来不知道停下来看看为什么追不到,总结一下经验教训之类,没有的,只知道往前追,就这么速不求工,文章就这么一篇一篇地抛出来,粗制滥造的多,精雕细刻的少,马而虎之的多,讲究文法的少,关心我、爱护我、希望我写作进步的师长,朋友,包括读者,他们都对我说,放慢一些,再放慢一些,现在对你来说,不是多一篇少一篇的问题,现在你必须注重质量,写一篇是一篇,他们真心诚意,不带半分勉强,也没有一丝一毫别的什么目的,他们说这话,完全是出于责任,出于对我的爱,可是我,却难免有些不恭,也许在心下暗笑,你说你的,我行我的,你说完了,我认真地点过头,转过身去,我仍然速不求工。

早在十多年前,大家就说,我们知道你的名字,但是要我们说出你的哪一篇文章特别的好,却是对不起了,说不出来,十年后的今天,仍然是这样情况,我想,这和我的速不求工,大概是有着某种必然的联系罢,速度快了,就有数量,数量多了,就使人浑浑然,泥沙一堆,将珍珠也掩在里边,当成了泥沙,冤哉枉也,可怜我的珍珠。

速不求工,怕是断定成不了大家的,成大家,这是我们每一个人梦寐以求的事情,我也不例外,我也想成为一个大家,但是如果成不了,就罢,成不了并不是我不想成,不是我不出息,是我无可奈何,如果有一个人他告诉我你若是放慢写作速度,慢慢地求一求工,你百分之一百能够写出划时代惊天地的好作品来,如果真有这样的人这么对我说,我想我也许会试一试,但是没有人能这么说,谁也不能保证,求工也不是你想求就能求来的,也不是你放慢了速度就能得到,所以以我的想法,与其把希望寄托在不知道有没有的结果上,还不如按照自己的意愿,写罢,只希望在"速"与"工"之间,没有调解不开的矛盾才好。

我这样的观点,完全是个很不愿意进步的懒汉观点,其实,我可是很要进步的呢,我希望自己好好学习,天天向上,像我儿子一样,这全是真心话,其实关于我的速不求工,我也曾写过文章教育过自己,文章题目叫作快不过命运之手,明明像是有大彻大悟的意思,赶什么赶,追什么追,你不是承认追不过命运之手么,可惜人总是这样,明白也是明白,承认也是承认,追却还是要追的,速不求工的事情也仍然是要做的,这算什么,大概算是人的脾气吧。

唉,人的脾气,无论是好脾气,还是坏脾气,要改,都不容易,也许人人都已经觉得你臭不可闻,你却沾沾自喜,闻着挺香呢,挺香的东西,干吗要去改,不改。

不改也罢,人能按照自己的习惯和愿望生活,不是幸福又是什么。

写　信

我的生活有时候想想也是够简单,除了在家写作,我不知道还有什么更好的去处。每年我也离开我年年月月居住的小城到很远的或者不太远的地方去走一两回,文学界管这种形式叫作笔会。除此之外我和外界的联系大概就是写信了,可是偏偏我这个人不怕写文章却怕写信,我从来不主动给人写信,因为我实在不知道有什么事情一定要写在信里寄往远方。对于别人的来信我一般能够做到有信必复,但是我的回信短小而没有文采并且千篇一律,根据来信内容,大概可以归纳出公文似的几种格式:凡是编辑来信约稿的,我就写谢谢您的信任和信赖,我一定争取在某月某日之前将稿子寄去,请勿念或请放心。凡是来信通知用稿的,我就写感谢你的关心和帮助,能在贵刊发稿很高兴,请多多指点,再加一句欢迎有机会来我们这小城走走,或者说我若到你们那地方去,一定前去拜望。其实如果人来得多了,心里也会嫌烦的,我若真是到了某地方,也未必真的就会去拜望谁,但是信上总得说一些文章之外的话,这就写得比较勉强。在回复读者来信时,我总是写道,感谢你的批评或者鼓励,我说一个作者能够得到读者的注意,无论是被肯定还是被否定,那都是我最大的愉快,我写的都是心里话,基本上不说假话,除此之外,好像再也没有什么可写的了。我想我并不是一个无情的人,但是我写信的时候却真是有些无情的意味。

总的来说我写信的确单调乏味,而且字迹拙劣潦草,但是我想我也有另一种信不是这样的,我也许把我的文章都当作信来写。我把我笔下的人物当成我的倾诉对象,于是,下笔千言离题万里的事情就经常地发生,这或许是人生的一种平衡,文章繁琐啰嗦得要命,信又简单到极致,两头走极端。

说文章就是自己给别人或者自己给自己的信,这种说法也许有些欠缺,欠缺归欠缺,作为一种说法存在应该是无碍的。

还有一种信,那是一种无形的信,写信的人用心去写,用心去寄,收信的人用心去收,用心去读,也甚至,写信的人根本就不写不寄,收信的人根本就不收不读,但是信却早已经存在。这样的信可以是很长很长,内容可以很多很多,感情可以很深很深,语气可以动人又动情,我对于我的以心相交的朋友,我更愿意以这样的方式和他们联系,这种方式空洞虚无,却又实实在在。

不像作家

有时候接到一些人的来信,或是电话,说:"我读过你一些小说,很想见见你,和你谈谈文学,或者谈谈别的什么,不知你有没有时间。"

时间总是有的,于是就约定了,详细告知我家的地址,若是从城市的东面来,该怎么走,从西边来,又该怎么走,走到哪儿看见有一幢楼,门洞在大楼的最西面,进了门洞上四楼,等等,一一交代清楚了,到差不多的时间,便在家里静心等候,将泡茶的杯子准备好,水烧开了,若知道是位男客,也先将香烟找出来,免得一会手忙脚乱,这才坐下来,守候,心里,竟有些丑媳妇见公婆的感觉,别别扭扭的,又有些上考场面对考官的感觉,忐忑不安,不知能不能过关呢,想。

终于听到了敲门声,去开了门,笑一笑,说:"你就是某某吧?"

门外的人说:"是。"

便引进门来,慌慌张张地指着椅子或沙发说:"坐,坐,我给你泡茶去。"或者说:"抽烟吧,我拿烟。"若是天热,再开电扇,找扇子,有满头大汗的,看着心里过不去,再挤把凉毛巾让擦一擦,客人坐下来,倒显得从容自在,细细地将我打量起来,这么忙过一阵,才坐下来,我说:"天气很热噢。"或者说:"天气很冷噢。"或者说:"我家不好找吧?"就这么先找些文学以外的话题说了,再慢慢地引入正题。

如果来客是能说会道的，一般都是他或她先说，看过我什么什么小说，在哪次电视上也见过一面，书上也见过照片，再说看过我的小说的感想，怎么怎么，多半说得很在点子上，很有见解，我呢，总是要谦虚地笑着，说一些我的文章的缺点，如果客人倒是比较腼腆，就由我先说，问问他或她的工作单位，家住哪儿这些，听他或她回答了工作单位以后，再说说这工作的情况如何，比如是医生的，就说说医院的情形，比如是学生的，说说学校的情形，是工人，也问问工厂的事情，这样总能把话说下去，再说到文学，说到小说，话也更多些，偶有停顿，我就说："喝茶。"或者说："再抽根烟。"就这样，一次见面就算过去了，当他或她看看表，说："哟，时间不早了，耽误你不少时间，我走了。"

我也就起身送客，说有机会再来的客气话。

他或她回去以后，一般总有一封信写来给我，他们会说一说和我见面的感想，写下对我的评价，他们都说："你看上去，不像一个作家。"说："你和我想象的相差很大。"

一个人这么说我也许不在意，两三个人说了，我也可以不放在心上，但是到我家来看我的人他们几乎不约而同都这么说，那么我到底像个什么呢，却没有人说我像什么，这倒是他们很一致的地方，只说我不像什么，却不说我像什么。

把自己的言行举止一一回想过来，笑眯眯的显得不深沉不痛苦，温和和的一点也不敏感不尖锐看不出神经质，说话多了显得没教养没风度，说话太少好像肚子里空空的，说了些实实在在的大白话显得没学问没根底，忙乎于泡茶拿烟说天气说住房说上班路途远不远不谈哲学不愁人类命运像家庭妇女，生就了一个大众化的样子没有作家的气质，眼睛不近视所以也没有戴一副眼镜，没有抽烟的习惯所以也没有点一支夹在手指间，儿子不听我的话也只好让他不听去，穿衣服因为街上没有开辟作家专卖店所以穿的也是和大家一样的衣服,商场里买的,也有请楼下小裁缝做的,就这样,看起来所有的一切都和大家一样,如果和许多人一样就不像作家,那么,我们可以也反过来试一试呀,我们面容憔悴,面带痛苦,两眼炯炯,目光尖锐,服饰长相与众不同,行走站立独具风采,谈吐尖利,言论高深,谈到人类命运死去活来这就是作家吗,大概也不见得吧,那么什么样子才是作家的样子呢,想来想去我也不能明白,想我这辈子大概注定是做不像一个作家的了,做不像就不做也罢,像不像个作家也无所谓,做不做个作家也无所谓,那么什么才是有所谓呢,像个人样,活着,过日子,那大概是有所谓的吧。

见过一面说我不像作家的人以后若是有机会再见面,我会有兴趣和他们谈谈什么是心目中的作家呢,他们多半认真地想一想,然后一笑,说:"我也不知道,说不出来。"

原来,谁也不知道作家该是个什么样子呀,也许,根本作家就没有什么样子,甚至你根本就别以为这空间有什么作家存在呢。

快不过命运之手

在传说中,我是一个写作的快手,传说我十几天能写二十几万字的长篇,传说我一个月写十几个中篇,传说我写作没有阻碍,像流水,传说我不食人间烟火,只认得一个写字。

对于传说,可以相信,也可以不相信。可以认真,也不可以不当回事儿,我呢,常常是一笑,我想这也就足够了。

其实,我常常觉得头脑里一片空白,只知道自己是要写的,是要不停地拼命地写的,但心里常常很茫然,在人生的路上,在写作的路上,我已经奔跑得很累很累了,但我仍然拼命奔跑,我并不知道前面等待我的是什么。卡夫卡写是寓言,大意是这样的,他说有一只老鼠拼命地奔跑,它不知道它要逃避什么,他只是拼命地奔呀,它穿大街小巷,终于跑进了一条长长的静静的安全的通道,老鼠正想松一口气,它看到了猫站在通道的另一出口,猫说,来吧,我等着你呢。

我以为我是一只老鼠吗?

当然不。

但至少有一点是相同的,那就是我和老鼠,我们都不知道为什么要奔跑,我们也不知道我们的终点是什么。

我们的一切,只在于奔跑之中,我们的快乐,我们的苦恼,我们的兴奋,我们的无奈,都在奔跑之中。

奔跑是一种状态,生命也是一种状态,奔是一个进程,生命也是一个进程,我们的奔跑与我们的生命同步,这是我们应该引以为自豪的事情,同时也是我们觉得无奈的事情,因为除非生命停止,我们不得停止奔跑,这命运排定了的。

每天升起又落下,每月过了初一又十五,每年花开又花落,每一年中大部分时间我住我的古老而潮湿的小城,每天写字,后来改成打字,我的颈椎病越来越严重但我从来不曾想到去医院看一看,我不知道这是为什么,我继续打字,有时候我觉得自己像个劳动模范,有时候又觉得像个殉教的教徒,更多的时候我不敢想一想我到底是谁,一想到这个问题,我就有一种推动自我的恐惧。我写了一天又一天,我常常不知道自己是很快活还是很荒诞,我不知道我是很充实还是很空虚,在我实在感到心烦意乱的时候,我走到阳台上看着滴滴答答的小雨我感觉空气的湿润,我想我回进屋会继续打字,这是注定了的,无法改变。

我对我的行为曾经想了又想,我感觉自己很快很快,但是永远快不过命运之手,突然有一个苍老的声音在我耳边响起,索尔·贝娄在说话,他说:"只有当被清楚地看作是在慢慢地走向死亡时,生命才是生命。"

体　验

因为丈夫的老家在苏北,也就便有了一种解不开的与苏北的联系和缘分。

在后来的日子里,带着儿子,跟丈夫回苏北老家过年,这几乎成了每年都要做或者都想着做的一件事情。

有一年,忙忙碌碌,一直到年二十九才上路。

遇上了难得的恶劣天气,一路风雪交加,强劲有力的米雪直打车窗,汽车像蚂蚁样地在结了冰的公路上慢慢地爬行,一小时十码吧。

我们的心都提了起来。司机的脸色铁青冰冷,像车外的天气。

气温骤然下降,毫无准备的我们,既没穿上足够暖和的衣服,也没有准备多少食物充饥。以往常的经验,从苏州往苏北这一路,可以停车吃饭的地方多的是,到处能看见花红柳绿的饭店,打工少女站在公路边甚至站在公路上向你的车招手,路边各种各样的干净的和不干净的装修得很好的和装修得不怎么样的饭店张着大嘴向你笑。可是今天,已经是大年二十九,打工妹大概都被放假回家过年了,公路上没有她们的俏影,路边的店,一一都关了门,紧紧闭上了它们的嘴,把我们和我们的车无情地挡在风雪之中。

饿了,又冷,长时间坐车,又累,怎么办呢?不可能有任何别的办法,唯一的办法就是继续往前开。

在任何场合从来都不肯安分的儿子,这会儿却安静得出奇,他靠在我的身边,默默地看着车窗外的大雪。

我说:"你饿了吧?"

儿子说:"饿了。"

我说:"你冷吧?"

儿子说:"我冷。"

我笑了,说:"你总算是尝到饥寒交迫的味道了。"

儿子侧过脸看看我,突然问:"妈妈,我们家算是有点钱的吧?"

我一愣,不知怎么向儿子解释钱不钱的事情,犹豫了一下,说:"就算吧。"儿子叹了口气,说:"有钱有什么用,我们现在是旱鸭子。"

我心里一动,想起大家常常说来说去的一句话,无钱是万万不能的,但钱不是万能的,我儿子在这风雪交加的路途中,终于也体验到了这句话的意义?

恐怕还早一些吧。现在的孩子养尊处优,恐怕是很难体会有钱无钱的滋味呢。

孩子,什么时候你能够真正明白钱是什么?

也许一辈子也难以真正明白钱是什么。

像我,到四十出头的年纪了,难道就能说我已经真正明白钱是什么了吗?

没有,远远没有。

雪已经将车窗封住,看不清外面的世界了,司机过一会就停车下去,将车窗玻璃上的挡住视线的冰花铲清,司机再上车时,头上已经是白白的一片,到这时候,我们大家反而放下心来,提心提得也累了,提着也是没用,就将一切,无奈地交给司机去罢。

忽然,司机停了车,回头向我们说:"下车吃点东西吧,路边有个小店开着。"

车门已经被冰冻住,费了很大的劲才打开,我们一群人抖抖索索下车来。

这是一个叫作季市的苏北小镇,我们踩着冰雪拥向这条漫长的公路上唯一开着的小店,看到店门口大炉子上的大锅里腾出热气来,我们一下子又回来了。

只有一个品种的食物:馄饨。

两元钱一碗。我们每人要了一碗馄饨,在饥寒交迫中我发现我儿子的目光始终追随着小店店主的动作,一会儿,馄饨端上来了,是用苏北特有的那种装汤的大海碗装的,实实足足,看起来不止有三四两。都说苏北人实在,这馄饨真是够实在,在苏州,怕能分作三四碗卖还不止呢。

多么美味可口的一餐饭,一个个狼吞虎咽,哪里的山珍海味也比不上这一碗季市馄饨。

终于暖和过来,心也像踏实多了,回到车上,发现司机并没有下车吃馄饨,我们问他:"你怎么不吃?"

司机只摇摇头,不说话。

是怕吃饱了不能集中精力对付这天气这路,还是由于精神高度紧张而吃不下东西,不感觉到饿?或者有别有什么原因,我不知道。

车子又上路了。雪仍然下着,但是大家的心平稳多了。

儿子再一次感叹说:"馄饨真好吃。"

车上的人笑起来,说:"当年皇帝吃红嘴绿鹦哥,吃天下第一菜,就是这样的感觉罢。"

那时候儿子还听不太懂。

乡　下

　　我儿子9岁,顽皮,多动,算不算"症"不得知,医学界尚在争论,我自无权下结论。但多动是事实,最光荣的事迹是连考试时也能不宁静些许,老师说他抬头望天花板,也知道左顾右盼有作弊之嫌疑,只得抬头望呆。实在想不通教室的天花板有什么好望的,总不能穿透屋顶望见北斗星吧,就算望见了北斗星,怕也不能像毛泽东思想似的照亮他的考卷吧。于是常常被教育,却又天生一个好胃口,任你口干舌燥,他照干他该干的事情,自得其乐。也有教育得过了火的时候,也生一点气,最厉害的话也能说出来,那就是,我到乡下去,不要看你们,听起来还真有壮士一去不复还的气概。乡下在儿子的心目中,暂时还没有上升到抽象的概念的高度,乡下对儿子来说只是一个小小的具象,那就是我家保姆的家。乡下,儿子很小的时候已经把乡下当成了他的另一个家,他的退却,他的进攻,都有了一个依赖,或者,在节假日里,儿子并不要求我们带他去游山玩水什么,唯一的希望是到乡下去,就这样,盖因感情二字作用。

　　其实,别说我儿子对乡下有一种特殊的感情,即使是我,也常常想着要到乡下去,也就是到我家保姆家的那个特定的乡下。别地方的乡下我也不是不想去,也不是没去过,也不是不喜欢,但每每提到要去我们的那个特定的乡下,心中便会有一种特殊的感觉。我家保姆在我家待了好多年,我一直没有到过她的那个乡下,每年我都下决心要去,每年都因种种事情去不成。其实我也知道,意义并不在于去或不去,只在我心中,和我儿子一样,把老太太的乡下,也当作了自己的家,碰到心绪烦躁或人事复杂时,就想到我家保姆的乡下,好像那就是一处僻静的与烦恼人世无牵挂的地方呢。因了这相处多年的感情,不仅我对于我家保姆的乡下有一种格外的亲切感,连乡下出来的人,我家保姆的家人,也或者不是她的什么亲戚,只是她那乡下的一个人罢,也觉得有特别的亲情;乡下若是有了什么事情,我们也会跟着关心,一起高兴,一起担心,如自己家有事一般的。人间的一些真诚的感情大概就是这样的罢。

我们在许多地方有自己亲密的朋友,或者离得很远,或者靠得很近,或者常常联系走动,或者根本就不走动,那都一样,只要有一份真情在,远与近是无关紧要的。若我有一个好朋友在某个城市,每天晚上看中央台的天气报告,我就会注意那个城市的天气情况,不为什么,只是注意罢了,知道那里天气冷了,还是热了,下雨了,还是天晴,毫无实际意义,但是我确实是这样地注意着。在某个雨夜,躺在床上听着雨声,百无聊赖翻看一本杂志,突然就看到一张照片,是什么山什么水,那山那水,本来怕也没有什么特别的地方,山不过就是伟岸陡峻,水无非也就清秀柔美,但是你的感觉不一样,在山水之间,你曾经遗留了一种情结,埋藏着一线缘分,储蓄着一段回忆,于是,这山,这水,对于你便有一种特殊的亲情。

我的"乡下"就是这样。

人与人相处,会有许许多多不尽如人意的地方,我总是想,人与人之间,有一点真情,那真是很好的事情。今年春节,我仍然没到我家保姆的乡下去,老太太带着我儿子从乡下回来,告诉我,她的儿子媳妇,又买了两床新被新褥,给我准备的,并特意在我的床头安了一盏灯。我听了,无语。我又一次失约,我知道,在乡下,他们永远为我准备着一床新被新褥,也永远亮着一盏灯,同样,在我的心里也永远有着一处宁静,乡下。

时　间

　　说起来我的时间是够多的,我不用每天去上班,我也不承包什么任务,但是我仍然觉得我没有更多的时间,我的紧迫感根本不知从何而来,也不知为何而生。我不上班,但是我对时间却掌握得很准确很精细,我想象不出这世界上还有谁会像我这样把时间抠得那么紧。我每天每天都得把时间的分分秒秒把握得一丝不差,对于我来说生活中最重要的东西是手表和钟,我离不开它们,我不知道我一旦看不到手表和钟,一旦我觉得自己再也掌握不了时间,我会变成什么样子。在每一天我做的最多的事情好像就是看表看钟,除非在一种状态下,那就是我的写作进行得非常顺利。除此之外,我几乎每过半小时就会看一下时间,我根本不知道我看时间的目的是什么,我不赶去上班,也不赶火车赶飞机,我也不和人约会,我也不上电影院,我更没有别的限时限刻的重要事情要去做,但是看钟看表确实成为我生活中必不可少的一部分。从前人常说一句话,机不可失,时不再来,我就是这样感受着时间,弄得自己神经紧张。

　　因为我永远感觉到时间的不够,即使我生了病,我也只找离家最近的医院看病,节省时间。

　　医院虽然离我家不远,但是以前我从来没进过这家医院。我记得我母亲被病魔折磨得无路可走的时候,她出入了许多家大医院,后来有一次,母亲走进我家附近的这座小医院,医生给她开的药是食母生,母亲捧着食母生回来。母亲在她过去的许多年中，顽强地和病魔做斗争，母亲不知服用过多少食母生以及许许多多其他的药，母亲从小医院里捧回一小袋食母生的时候，母亲像是捧着一袋救命丸，母亲说，也可能的，说不定大医院治不好的病，小医院的食母生就治好了，食母生到底没有能够挽救我母亲的生命。但是母亲在她的生命的最后几年里，她的对于病魔的不屈服，对于生命的渴求，我永远不能忘怀。

现在我也走进了我母亲曾经满怀希望走进去又满怀希望走出来的区级小医院，我想我也同样满怀着希望。

医院的门廊昏暗而潮湿，我在平时无数个日子里经过医院，我偶尔也回头朝里看看，完全无目的，我看到的就是阴暗而潮湿的景象，我知道这类级别的医院不能指望它有多么好的医疗条件，门廊两边各有两个窗口，挂号，划账，付款，发药，我站在挂号窗口前，抬头看到墙上贴着满满的门诊指南，有许多专家门诊，但在专家门诊中我找不到伤科，也找不到和我的老伤多少有些关联的科室。我茫然地看着老专家们的名字，我突然想，这每一个名字都是一部厚厚的书，对我的这种想法我自己一点也不怀疑，我的思绪奔放起来。商人对着满街的人流感叹，呀，都是钱哪，虽然未免贪婪，思路却绝对正确，心理学家则说，你们每个人都能给我提供一份临床实例报告，虽然过于自信，却也得之无愧，和他们一样，我想我的职业病又犯了，我立即对自己的思想进行批判，我想到我是来看病的，我看病是为了今后更好更多的写作，我并不是来找写作素材，关于写作和写作素材，我应该将它们托付给来日方长这个词。我努力收回自己的奔放的激动的思绪，我怀疑在我对区级小医院尚未有一定的了解之前，我是否能够贸然把自己的病和自己的未来交给它，小医院的较差的医疗设备和条件，使人不能立即对它产生一种完全信赖的感情，我想这也是正常的，我犹豫再三，没有先挂号，按照就医指南的指示，我先在一楼转了一圈，又上了二楼，在贴对楼梯的地方,看到了一块伤科的牌子,我向里边探了探头,我记不清我当时看到了什么,到以后日子长了,我自然会知道,那天我看到无非也是病人和医生,别的还能有什么呢。我只是记得并没有人和我说话,大概会有人向我看看,但是确实没有人同我说话。我退开来,又向走廊里头走去,我看到了内科,小儿科,针灸科等等,我心里越发地茫然起来,其实我并不知道我该看哪个科,我不知道是针灸更好呢,还是吃西药,喝汤药,或者是做牵引,做理疗,推拿,也或者还有别的更好的办法,那一时刻,我站在区级小医院的二楼走廊上愣了一会,最后我义无反顾地走向伤科,不知道因为什么,也许就因为它靠着楼梯,当我再度走到伤科门前探头探脑的时候,我终于引起了医生的注意,医生说,你看病?

我想是的,我点点头。

医生说,这是伤科,医生打量了我一下,又说,你看什么?

我说不出我看什么,我要看的地方似乎很多,从头到尾,发了许多老伤。一想起我的老伤,我心绪就烦乱起来,我尽量使自己的头脑不受烦乱心绪的影响,我镇定了一下,我想到我必须有所取舍,突出重点,所以我只是稍稍地犹豫了一下,我说,我看颈椎病,是这儿吗?

回想那一刻我义无反顾地抛弃了其他的老伤,突出我的颈椎病,我想我的意思再明显不过,我完全服从于我的写作事业,许多日子以来我已经感觉到我的颈椎病开始影响我的写作生活,我想我大概无法承受不能写作的打击,为了使我在生命的后半辈子仍然能够写作,我开始治疗我的颈椎病,别无他意,我这个人真是很简单,很专一,所以我对医生说,我看颈椎病,是这儿吗?

医生点点头,挂号去吧,医生说。

我重新下楼挂了号,就这样,我走进了伤科门诊,根据医生的吩咐,我在这里进行综合治疗,打针,吃药,牵引,理疗,推拿,每天需要两个小时,碰到病人多的时候,时间更长些,医生认为,第一阶段的治疗,至少需要三个疗程,整整三十天时间,以观后效。我心疼时间,但是我已经没有退路,我想,权作工作调节罢,我的这种想法很莫名其妙,但是我确实这样想,好像我花时间治病是浪费了我的生命似的,其实,我明明知道我已经预支了生命,我从来没有浪费过生命,但我的思想列车固执地坚持着它一贯的轨道,不肯有半分偏差,我无法控制我的思想列车,它有一种与生俱来的执拗,我无可奈何。

我每天上午到医院去接受治疗,在时间流逝的过程中,我不断地安慰自己,我对自己说,来日方长,我并且告诉所有关心我的人,我说我现在每天花整整半天的时间进行治疗,关心我的人都认为这很有必要,认为早就应该如此。我每天到医院去的时候,面容平静如水,步履坚定沉着。在每天的治疗过程结束后,我的头部背部的感觉确实轻松多了,我慢慢地走回家去,相信没有一个人看到我的从容不迫的样子。其实我内心完全不是这么回事,真正知道我内心是怎么回事的大概只有我自己。毫无疑问,我的内心一点也不平静,我焦虑不安,心情毛躁,思绪烦乱,面对电脑我的头脑里竟然一片空白一片苍茫,我写作许多年思路基本上是畅通的,不敢说行云流水,至少也是缓缓细流,虽无磅礴的气势,却也源源不断。现在我的思路终于堵塞起来,我情绪波动,忽而沮丧,忽而悲哀,忽而又很亢奋,我不必奇怪,我知道这是因为我的写作碰到了障碍。许多年来,我一直写作,我其实并不知道我写作的目的是什么,活着写着就是目的,除此好像再无别的目的,当然我不能不说在我开始的时候,我确实怀有种种目的,但是多年以后,我再回想那种种目的,我发现自己已经找不到它们,我曾经在一些文章中或者直接或者间接地谈到过写作的事情,我说我不知道为什么要这么拼命地写作,我也不知道我写到什么地方什么时候才是结束,我觉得我

在户外

与作家曹学沛、叶兆言、陈村、朱苏进、苏童、陈应松、郑法清、闻树国、池莉、刘震云、王朔、贾春颖、储福金等在一起

活得不潇洒,可是有许多人认为我还是挺潇洒的,其实我知道不是这回事,我从来没有把写作当作游戏或当作休息,也不是为生活作一些点缀,也不是为生命增加些色彩。我想我大概是太认真,我把写作看得太认真,做得也太认真,正因为如此,我不能把这个工作做得更好一些,年复一年,我生产出大量的作品,能让人记住的却很少很少,我被普遍认为是"可惜"了。对此一说,我亦有同感,就像我们平时经常能见到生活中有这样的人,他们多才多艺,能歌善舞,吟诗作画,书法写得不错,文章也常常上报,自己又会修理电视机录像机,玩古董也玩得内行,集邮票也集得专门化,总是无所不能似的,这样的人受社会欢迎,这里开会请去写会标,那里歌咏比赛又去做指挥,有时候我们看到这些人忙前忙后,觉得他们若是能朝专一的方向发展,也许能够成更大的气候。这想法大概是不错的,但事实上,多才多艺的人他们仍然是那样生活着,就像我一样顽固不化,我想我自己几乎是一年忙到头,一日忙到夜,我这样做的结果,大概使我的才能像细细的流水似的一点一滴流走,而不是将它们聚成某一种较强大的力量。我可惜了我自己,但是我并没有改变自己的想法,我一如既往,我的思想列车固执地沿着旧轨道向前开着,我依然如故生产大量的作品,其中有许多粗制滥造的东西,自己也不忍卒读,我不知道我到底算是对自己负责还是不负责,有时候我觉得自己有一种走火入魔的恐怖感,我无法做到使自己不去想写作的事情,我很害怕。

也许我现在就说这是一种恐怖仍然为时过早,也许人在他的一生中碰到许多次的恐怖,但没有一次可以算作是真正的恐怖,其实人也只是在想象恐怖的时候,心理上对恐怖更有畏惧,一旦真的感觉到恐怖,也就那样,能怎么样呢。像我,总以为万一有一天因为种种原因而不能写作,我会怎么怎么样,其实,真的不能写作,我又会怎么样呢,我想一定不怎么样,我至少不会去死,我会活下去,会好好地过日子,会找些别的同样适合我的工作来做,或者我能将那一份新的工作做得更好也是可能,就像热恋中的男女都有非你不娶非你不嫁的痴迷,却不知任何一个正常的男人和女人都可以在婚姻和爱情问题上进行多种可能性的组合,谁也难说究竟哪一种组合更合适,如果有人告诉我说,写作对我来说并不一定就是最佳的选择,我想我也无法解释,因为我无从对比。

　　现在我唯一要做的事情就是认认真真地治疗我的颈椎病,我不应该再有多余的想法,我应该让我的活跃不止的思维休息一会。我每天按时往医院去。医生说,你很准时,门诊室里等着许多病人,像这样的门诊治疗,医生说,对每一个病人都应该约定时间,既不让病人等着,医生也可心中有数,医生说,可是我们这里做不到,时间是捉摸不定的,更多的人没有能力掌握自己的时间。

　　医生的话使我有些震动,我算什么呢,算不算医生说的"更多的人"中间的一个呢,看起来完全能够支配自己的时间,我想在什么时间干什么都可以,其实呢?

　　其实我被时间追得屁滚尿流。

棋　　缘

我不懂棋,一窍不通,有时被儿子逼得无法,和他下象棋,便拿自己的车过来将自己的军,被儿子无情嘲笑,也或者拿了他的马,去吃他的炮,被儿子擒贼似的一把拿住,不由脸红,儿子便饶过我,不和你下了,臭棋,其实,我大概连臭棋的水平也是不够,根本就是没棋。

我虽不懂棋,却因为父兄爱棋,且熟人之中也有许多是好棋的,平日里见了,没更多的话说,只是一个棋字儿,满耳灌着好像满世界再没别的可说之事,好似懂棋才是智慧,不懂棋便是白痴,又好似下棋方有人生之乐,不下棋的人生便是乏味人生,无聊人生,且又多半感觉良好,赢总是应该,输则是不应该,永远是赢棋下输了,输棋下赢了的感觉,可爱可哂,尽在其中,与这些人等为伍,久而久之,便误以为自己也是个棋迷似的,觉得和棋多少也有了些缘分。

既有了些缘分,便也有些关心棋了,关心棋的文章也写过,只是写得半通不通,被人偷笑,关于棋的消息也常常关心一下,却又关心得不在点子上,错误百出,见过许多下棋人的姿态,听过许多下棋人的故事,也知道许多观棋人的情形,常常觉得就在眼前,活动着,也想将他们写出来,却在每每要下笔时,便有些力不从心的感觉了。

读到了梁先生的《下棋》。

不由叫好,会心会意的笑,从心底里发出来,觉得梁先生所写下棋人及观棋人,似可用一个字以概括,那便是:人。

是人,便有七情六欲,便有喜怒哀乐,于下棋人来说,七情六欲九九归一,归于小小棋盘之上,喜怒哀乐也趋于简单,只在输赢两字,且看输者:头上青筋暴露,黄豆般汗珠在额上陈列出来,或哭丧脸作惨状,或咕嘟嘴作吃屎状,或抓耳挠腮,或大叫一声,或长吁短叹,或自怨自艾,口中念念有词,或一串喧嘱打个不休,或红头涨脸如关公。再看赢者,点起一支烟,或啜一碗茶,静静欣赏对方的苦闷的象征,亦有旁观者不吐不快的形象,挨了一个耳光之后还要抚着热辣辣的嘴巴大呼,要抽车,要抽车,有性子慢者,想一着棋半个小时不动声色,急得对手拱手认输,有性子急的,下棋如赛跑,噼噼啪啪,草草了事,更有把生命置于棋之外者,警报声听而不闻,到炸弹爆炸了,弹片乱飞,一人起身要走,另一人却扯住不放,道,你走算你输。读文章至此,实在也是叫人忍俊不住的了。

叫人忍俊不住的文章,现在真是不很多了。

一群生动活泼形象逼真有血有肉的下棋者观棋者在梁先生笔下走了出来,走到读文章人的心里去,写文章的人写得字字到位,入木三分,读文章的人读得痛快淋漓,心领神会,于是想自己平时所遇所见下棋人观棋者不也正是这等形象么,佩服梁先生眼到心到,笔到神到。

读梁先生的《下棋》,忽地想起另一位能让人拍案叫绝的作家,那便是金庸。金庸小说里,弈棋观棋则常常是一种武功高低的象征,甚至直接就以下棋决武功的高下也是有的,记得最清楚、并且一直认为是金庸写得最好的一处,是《天龙八部》中小和尚虚竹和苏星河的一局棋,棋局之后,虚竹说了一段话,道是,学武讲究胜败,下棋也讲究胜败,恰和禅定之理相反,因此不论学武下棋,均须无胜负心,吃饭、行路之时,无胜负心极易,比武、下棋之时无胜败心极难,若在比武、下棋之时能无胜负心,那便是近道了。

  同样说的是下棋,梁先生是不喜欢太有涵养的人,杀死他一大块,或是抽了他一个车,他神色自若,不动火,不生气,好像是无关痛痒,使人觉得索然寡味,梁先生认为,君子无所争,下棋却要争的,而金庸笔下的虚竹则以为自己的赢就赢在胜负心甚轻上面,无胜负心,无诤自安,梁先生和金庸,看起来是两种说法,却偏偏让人有一种类似的感觉,这种感觉不是别的,就是对好文章的感觉,梁先生写的下棋人,或者就是一种现实的人,而金庸写虚竹的歪打正着,似乎写的是一种理想的人,无论是现实的人,还是理想的人,在梁先生和金庸笔下,他们同样可亲可爱,通过梁先生和金庸的笔而认识了他们认可了他们的读者,都不会将他们忘记,这是毫无疑义的。

  现实的人要下棋,理想的人也要下棋,会下棋的人要下棋,不会下棋的人读了精彩的关于棋的文章,也忍不住要说说棋,就像我。

  说得好不好,那是另一回事儿。

照　片

在我的一本新出的小说集的插页,收了我几十年间拍下的十几张照片,两岁时扎着小辫,围着围兜,甜甜的笑,少年时拍的黑白照再请照相馆着色,将脸蛋着得红红的,像猴子屁股,衣服是碧绿碧绿,真正桃红柳绿,再大一些,开始写东西,知道站在书架前拍照,再后来,出门的机会也有了些,就有了风景比人美的风景照,这些照片虽然不见得能将一生连贯起来,但多少也能看出些生命的点点滴滴吧。

无事的时候,将书翻开来,看着这些记录历史的照片,看着这些照片的背景,想起许多与这些照片有关的往事,也是一件让人感动的事情。

但是我当然有更多的照片没有收入。

收入的是我自以为拍得比较好的甚至是最好的一部分照片,人总是愿意将好的东西呈现在别人的眼前。因为更多的人,对你的了解,也只是通过他们所看到的你,也包括你的照片。

所以我们在每一次拍照的时候,总希望将自己拍得很美,很年轻,明明长得一般,也愿意拍出个明星的样子来,明明已经老了,也巴不得拍得像小女孩似的娇媚,这是人之常情,没什么可笑的罢。

虽然我们也知道照片毕竟不是本人,但我们在取出印好的照片时,心里仍然充满激动。常常有明智的人告诉说,如果别人说你有照片拍得不理想,其实那是在夸奖你本人长得好呢,你应该庆幸你本人比你的照片强,如果大家一致认为你的照片拍得很美,你却应该反思一下了,也许大家觉得,你本人不如你的照片美,这有什么可高兴的呢。尽管明智的人一再这样说,也尽管我们都明白这个道理,但是我们仍然忍不住期盼我们的照片一次比一次拍得更好。

如果这也算是自欺欺人,那么这种欺骗也是美丽的欺骗,也没什么不好的。人总是希望自己美丽。从外表,从心灵,都是这样,向往美,这是好事,如果人人都将美丑都理解得辩证透彻,确实是聪明而又深刻,却恐怕也会失去一些意趣呢。

我从收入小说书中的照片,想到了更多的没有收入的照片。

许许多多的照片,正默默无闻地躺在我的照相本里,或者掉在我的抽屉的某个角落,这些照片,也许远远不如收入书中的、不如登在一些杂志封面上的照片拍得好,但是隐藏在它们背后的故事,却是同样的丰富,同样的动人。

有一张照片是我插队时拍的。

记得那一天生产队放假,我和几个农村姑娘一起到水乡小镇去玩,我们并没有打算去拍照,可是在经过小镇照相馆的时候,我们不约而同地动了心,走了进去,将准备给自己买一块围巾的钱拍了照,我们开心地笑,无忧无虑。

那天回家的路上,天开始下雨,路上很滑,在跳一道沟坎的时候,我一下把腰扭了,只听咯吧一声,腰里一阵钻心的疼痛,也没怎么在意。回到家,突然生产队通知,下午开工,每人完成挖一条沟的任务。我也和大家一起披一张塑料布,光着脚,下田去开沟。这时候,我的腰越来越疼,但是我仍然坚持和农民一样,完成了任务。回家的路上,我的腰已经直不起来了。

第二天,我不得不回城找医生看腰。拍了片子,医生说,你这人,年纪轻轻,腰就这样,以后你怎么办?

我笑笑,我不知道医生说的什么。

从城里医院看病回来,有人替我把小镇照相馆的照片取来了,我正在照片上傻笑呢。

从此以后,我落下了腰病。以后我继续劳动,我的腰病也越来越重,但是那时到底年轻,身体也好,浑然不觉。到现在,才深深体会什么叫病痛。每次翻看旧照片,看到这一张在水乡小镇的照相馆留下的插队时的纪念,我心里就会涌起对往事的许多联系。

对于往事,我有许许多多的感想,只是没有半点后悔。

我在苏联访问时也留下一些照片,留下许多美好的记忆,更留下一个终生的遗憾和怀念。

有一张照片,是我抱着两个俄罗斯小双胞胎拍的。看到过的人都说这张照片拍得好。这个主意是邹志安出的。邹志安是陕西的作家。在访问的一路,他给我讲了许多他的故事,我也给他讲了我的许多事情,他替我拍了不少照片,我也替他拍了不少照片,我们也一起合了不少影。最后,我们的访问结束了,我们回国了,我们先后离开北京回自己的家,我先走,记得他到北京机场送我,我们相约,我一定到西安去看他,他也会到苏州来看我,在候机室我们挥手道别,我说,走啦。谁想到,这一走,却成了永远的分别。过了几年,他因病去世,我们永远地失去了一起拍照的机会。

这种怀念是伴随终身的。

我还有一张特殊的照片。

它既不在我的照相本里,也不在我的抽屉的某个角落,更不在某本书某个杂志某张报纸上。

它曾经存在,但现在,它只在我的记忆中。

这张照片的形状很特别,狭长的,左右没有两边,这是从一张合影照上剪下来的,是一张三个人的合影,我站在中间,左右两边是我的两个乡下的女友,一个叫秀带,一个叫美玲。

那是二十五年前的事情。

二十五年前,我为什么要把我从三人的合影中剪下来呢。

事情得从我外公说起。

在过去的许多年里,我外公因为特殊的原因,一直一个人住在老家,一直到他去世,他始终没有见到过他的第三代的三男三女六个孩子中的任何一个。

我就是我外公的第三代的六个孩子中的一个。

我从来没有见过我的外公,但是在我外公去世许多年以后,不知为什么,我固执地认为,我外公是非常喜欢我的。

我的这种固执的想法并不是从天上掉下来的,这与我的母亲不无关系。在我外公的三个子女中,我外公无疑是最喜欢我母亲的。我母亲是我外公的女儿,而我,则是我母亲的女儿。除此之外,我没有办法来评判我外公对于我的想法,我只能如此推断。当然在我们全家下放到农村做农民的一些漫长的日子里,有一天,我母亲突然接到我外公的来信,我外公在信上向我母亲要我的照片看。他说他想看看外孙女长得怎么样。我不知道我外公他为什么不要看看他的外孙长得怎么样。我在以后的许多年里一直对这个问题心存疑虑。后来我想,也许我哥哥的照片我母亲早已经给我外公寄去过,只是我不知道罢。我外公向我母亲要我的照片,可是我很少拍照,基本上找不到我的照片,我们找了半天,只找到一张我和另外两个农村姑娘的合影,那时候,我们全家下放在乡下,我们别无选择地做着农民。我母亲把我和农村姑娘的合影剪开来,剪出中间的一条,就是我,把我的这条形象寄给了我的外公。

我不知道我外公在收到我的那一条照片以后是怎么样的想法,他再给我母亲来信时对他的唯一的外孙女的评价如何,我想象我外公看到我的样子一定是哭笑不得,一定大失所望。在我外公的记忆中我母亲是高贵的公主,是仙女,因此我母亲的女儿就应该是一个小公主,小仙女。我外公也许不知道我母亲在长期的艰辛生活中身上的高贵之气早已经荡然无存,她的细细的双脚踏在农村的泥泞之中,而我作为我母亲的女儿既然和母亲一起做了农民,我外公对我不再寄予很大的希望,我想象我外公看过了我的一脸乡下气的照片以后,他长叹一声。

  这一张照片最后不知道到哪里去了,我外公去世的时候,只有我的小舅舅去老家料理后事,我的小舅舅有没有从我外公的遗物中发现我的那一条照片,我不得而知,我也从来没有问过我的小舅舅,现在事情已经过去二十多年,我将永远不可能知道我的那张照片的下落。

  但是这一张特殊的照片,却永远地留存在我的心里。

老　屋

我想说的是我外公家的老屋。

我没有见过我的外公。

我外公曾经在很长很长的时间里一直一个人住在老家南通。

我第一次回故乡是在我外公去世多年以后的一个雨季。那时候我外婆我母亲也都已经不在人世。我常常独自心酸，一辈子和我最亲的亲人，她们先后离我而去，那些事情不说也罢。

我在第一次回故乡的时候，走进了我外公许多年一直一个人住的那个老屋。我的心情是不是有点激动，我想大概没有。我只是想起我外婆和我母亲在我小的时候常常说起的一些事情。我想象我外公坐在朝南的堂屋里，我们家朝南的堂屋应该是很宽敞很气派，屋中间有很粗的圆木柱子，我母亲和我舅舅们小时候围着柱子捉迷藏。这是母亲告诉我的。从前在南通大家都知道冯财徐势。我外公姓冯。我想象着我外公坐在堂屋中央高高的红木太师椅上，威风凛凛。

在我外公去世很多年以后的这一天，我来到我外公的家。

我和我的两个舅舅一起来，我们来看看我们家的老屋。

我没有找到我母亲向我描述的关于老屋的那种感觉，我外公的老屋破落成这样子，这是我没有想到的。我想我外婆和我母亲她们几十年不回老家，她们一定想象不出老家的画面已经完全改变。

我看看我大舅舅,我突然发现我大舅舅有些尴尬,而我的小舅舅则比较坦然,我小舅舅的坦然和镇定与我小舅舅这许多年常常回来看看一定是有关系的。

我跟随着我的舅舅们走进了我外公的房子。

我茫然地站在小小的院子里,回头发现,从小院子里能够看到街口的一棵高高的香樟树。我想象我外公在他的漫长的生命历程中,他每天坐在院子里,看着树上的鸟窝,老鸦在头顶飞来飞去,我不知道我的外公对此有什么想法,也许我外公什么想法也没有,在漫长的生命历程中,我外公的唯一想法就是一天一天过下去。

我的一直住在老家的堂舅舅闻声出来迎接我们。

堂舅舅告诉我们,我外公后半辈子的生活的主题,就是老屋,或者说得更具体些,就是卖老屋。

我外公一直到他去世的时候他的事仍然没有得到平反。虽然我大舅舅可以坦坦然然地对我说,你外公其实什么事也没有。但是在过去的许多年中,我们家的人谁也不敢这么说,甚至连在心里偷偷地这么想一想也是不敢的。我外公一直到他死,他仍然不知道他其实并没有罪,他也不知道房子是属于他的。我外公在根本不能确认房子是属于他的情况下,一心想卖掉自己的房子。这就是我外公生命的最后几年中的矛盾和痛苦。

外公的老屋到底是被没收了,是合营,或者是出租,我母亲和我的舅舅们一直是糊里糊涂的。我的堂舅舅告诉我们,我外公一直住在朝北的小屋里。朝北的小屋使我想起我外公的大半辈子的阴云笼罩着的生命。

朝北的小屋没有被没收?没有被合营?或者,没有出租?或者是,曾经被没收了又发还了?对于这一切我们都搞不清楚,我只是能够想象,朝北的小屋终年不见阳光。

生活日渐艰难。这是我外公活着的最强烈的几乎可以说是唯一的感觉。从前家里留下的一些东西,能当的都当了,能卖的都卖了,我外公再也找不出一件值得让人看一眼的东西去换钱。我外公向我母亲和我舅舅提了增加生活费的要求没有得到回答。于是,我外公开始想办法。

　　有一次,我母亲接到我外公的信,信上说,老屋是国家的,过去给我们家白住了,从现在开始要收房钱,我外公说我付不起房钱。其实这样的理由也许经不起推敲,老屋的性质是早已经确定了的。我母亲可能多少明白一些我外公的把戏,她给我外公回信,她说既然国家要收房钱,当然是要交的,她让我外公把房租的收据寄过来。在下一封信里,我外公说,随信寄上房租收据,可是我母亲怎么也找不到收据,我母亲哭笑不得。我外婆说,江山易改,本性难移。我外婆对我外公的本性看得很透吗?我不知道。许多年以后,当我回想我母亲满地寻找房租收据的情形,我想那时候我们为什么不能挤一点钱下来给外公过日子?其实我的想法根本不可能实现,为了给我的外公寄生活费,我家,我大舅舅和我小舅舅家已经挤了又挤,不能再挤,这是不用怀疑的。

　　我外公后来得了肺病,孤独和贫困侵蚀了他的身体,在他身体的某个部位,蛀出一个洞,再蛀一个洞。我母亲到医院配了链霉素给我外公寄去,我随母亲一起到邮局去,我看到母亲在药包里夹了小小的一包水果糖,我没有吃到糖。我想我母亲也已经尽力了。

　　许多过去的事情一直缠绕在我的心头。我们家的经济困难使我们在那时候不能给我的孤苦伶仃的外公稍许多一点点钱让他生活得稍许好一点点。据我父亲回忆,有很长一段时间,我父亲一想起月底两字就魂飞魄散,后怕不已,其实每个月并不能等到月底才知道亏空,在每个月的下旬,我父亲东奔西走筹借一家五口的伙食费,我想象我父亲厚着脸皮低垂着眼睛的样子。等我父亲借到了钱,我们就到面店里去开一次荤。我们买五碗面条,其中有一碗是浇肉丝的,其余四碗是光面,我们把肉丝和光面搅在一起,然后再重新分作五碗,大家都吃到了肉丝面。我现在把这些往事一一地回忆,只是想说我们家那时候实在也拿不出更多一点的钱给我的外公。我外公要活下去,他就想出一些办法来向我母亲和我的舅舅"榨取"一点点钱。我不知道我外公这样做的时候,他的心里是很矛盾还是很坦然。好多年以后,我常常想,我外公要是还活着,我一定待他好一点,多给他一点钱。其实我的这种想法很不可靠。就像我常常痛恨自己在母亲和外婆活着的时候没有对她们更好一点。我就是这样,要等到失掉后才知道珍贵,但是如果有一天失去的东西复得了,我们仍然不会去珍惜。我常常觉得我对不起我的外婆和母亲,但是如果她们今天还活着,还病着,又很老了,病得没完没了,老得不能动弹,我又会拿多少孝心去给她们呢,我会嫌烦,我会没有耐心,我会拿自己的事情做借口减少对她们的应尽的责任。我对我的外公恐怕也是这样的一种心情罢。我为自己感到惭愧。

我站在我外公的小院子里,我真切地感受到一种气氛,一种压抑。院子里似乎弥漫着一种能侵入人的肉体和灵魂的气息。我不知道这气息从何而来,是我外公留下的吗?我想应该是的。

我的堂舅舅告诉我,我外公在他生命的最后几年里,一直要卖掉他的老屋,他到处找买主,可是没有人相信他,大家知道冯家的房子早被没收了。

我想象我外公坐在朝北的小屋门前,他看着街头香樟树上的鸟窝在风中摇摆,我外公那时候已经心如死灰。

据我母亲回忆,老家的房子是三南一北一庭院的旧式格局,在我母亲记忆中这三南一北的房间宽敞而且气派。而且我母亲印象中那一整条街前后左右的房子都是同一家族的。我想这不用怀疑。一个有相当气派的家族,在某一个城市的某一条街上拥有一大片房子,这一点也不足为奇。如果那时候我母系家族在那一条街上的房产像一个大棋盘,那么属于我外公的这一小套,不过是大棋盘上的一只小棋子罢了。这样的比喻是否将我的母系家族的气势烘托得太大了些,但我相信我外婆我母亲以及我外公他们都愿意这样比喻。

房客们住着朝南三大间屋子,我外公住朝北的一小间。我外公一心要收回朝南的屋子,可是我外公一切的努力都是白费。他和房客们关系紧张,他在背后说房客的坏话,他希望他的子女们能够回来替他出一口气。可是他的子女一直没有回来。

我第一次回外公老家的最大收获就是我们终于弄明白了,房子确实是属于我外公的。可是我外公已经不可能知道这样的结果,所谓的告慰灵魂其实是不可能的事情。

天下着很大的雨,水漫进屋去。住在朝南的三间屋里的房客们从容不迫地用各种用具将水往外舀。我想我外公当年面对大雨是不是也和他的房客们一样从容?我外公也和他们一样将水一下一下地往外舀,那时候,我外公心里是布满安详还是充满怨恨,我努力想象外公的形象,但是我的努力无济于事。我外公在我心目中始终没有一个很鲜明的形象。有一次我外婆偷偷地告诉我,她说,你外公是个白面书生。

我看着雨,渐渐地有些明白,在我外公的小院里弥漫的那种气氛,一定是我外公内心深处的某种情绪的流露。我外公虽然已经去世多年,但是他的气场仍然回荡在小院里,不肯离去。我感受到了。作为我母亲的孩子,作为我外公的第三代,从来没有见过我外公的我,现在确确实实感受到了我外公的气息。

这是一种带着永远的愧疚的感受。

我在堂舅舅家里看到一块石碑。

堂舅舅说,是在冯氏的祖坟上得到的。

石碑上写着：

  冯氏西宗

  十八代哲庐

  燕京大学地理教授

冯哲庐是我外公的父亲。

我被这块埋在地下许多年的石碑搅动了心灵。我想象我外公年轻时，白面书生，西装革履，学识渊博，感觉良好。

堂舅舅的母亲还健在，我们在堂舅舅家吃饭时，她躺在床上，突然说，老四的房子在他进去之前就已经卖了。

"老四"是我外公。

"进去"是指我外公进监狱。

如果老太太的话属实，那么，我外公的老屋则又有另外的一段故事？

我的关于我外公的想象也许都是错误的？

我不得而知。

现在知道我外公的人越来越少，以后会更少，一直少到没有。

五元钱过个年

小时候家里不富裕,不过,每到过年,妈妈总能在枕头边给我和哥哥每人放一个纸包,里边有柿饼、花生、糖,后来,这样的日子也没有了。记得好像是在1967年的春节,到年三十这天,大院里的邻居家家户户忙过年,我们家却已经揭不开锅,更不要说我们小孩子盼望了一年的柿饼花生,妈妈身边一分钱也没有,我已经记不清当时我们的心情是很伤心还是无所谓,到了年三十的下午,奇迹突然发生了,邮递员送来一张汇款单,我们家的一个远方的亲戚给我们寄来了五元钱,汇款附言上写着:"给孩子们过年。"

妈妈赶到邮局取出了五元钱,交到欣喜若狂的哥哥和我的手里,说:"去买年货吧。"

天色已经渐渐黑下来,华灯初上,记得我和哥哥来到宫巷里的一家糖果店,我们的感觉就像阔佬,我们买了这又买那,就在这时,我的脚突然触到了什么,低头一看,有一个狭长的硬硬的白纸包正搁在我的脚边,人穷志短,我捡起了它,紧张地告诉哥哥,我们赶紧买了年货,在更加激动的心情中,跑回家去,打开纸包,是一把折扇。

以后的事情,再也回忆不起来了,不知道这把折扇是个宝贝或者只是一般的折扇,也不知道这折扇后来到哪里去了,人的记忆是个很奇怪的东西,留下来的永远不能磨灭的常常只是事情经过中某一块,1967年的春节,留在我印象中的,就是天色将黑的除夕,宫巷,一家糖果店,我们有五元钱,还有一把折扇,这一切,如今回想起来,朦朦胧胧,就像在梦中。

今年过年前,接到一个在农村学校教书的老同学的电话,说,来乡下过年吧,乡下虽然条件差,但是有人情味。虽然出于种种原因,我不会到她的那个乡下去过年,但是我的心却已经去那里走了一回,实实在在的。

人就是这样,穷的时候,迫切地想富,等到日子好过了些,却又恋旧得厉害,觉得,还是穷的时候,人活得有滋味,有情绪,现在我们都不再吃店里卖的柿饼花生,我们只吃印象中回忆中的柿饼花生,感觉回味无穷,但是我们都不可能也不愿意再回到五元钱过个年的时候。

寻找长白山

从吉林省的延吉市往长白山走,说是四小时左右的路。我们午饭后上路,走到天将黑了,满眼都是山,却不知道哪是长白山。走了几个小时,竟然没有看到过一块标出长白山方向的路牌。

在山里转了大半天的圈子,起初当然是说说笑笑不经意,这会儿心里有些发慌了,山里的天是不是黑得更早些。眼看着四周黑糊糊下来,虽然车上有四个人,但四个人算什么呢。在老林深处,不见人烟只见尘土的山路上,四个人太渺小。

非常非常希望突然看到一辆客车在前面,我们能够赶上前去同行,或者突然发现迎面来了一辆车,车上是从长白山归来的游客,但是始终没有。我们的司机也嘀咕起来,照这时间,去长白山的客车也该回了呀,是长白山的风景把他们迷住了呢,或者他们正在另一道上回家?难道我们走错了路?如果是错了,那么在我们脚下的这条路,又是往哪儿去的呢?纷纷涌涌的杂念挤在脑海中,已经对可能迎面而来或者在前面行驶的装满游客的客车不再抱有希望。这时候,哪怕有一辆货车来了也好,山里的货车,多半是运木料之类,司机多半在山里转惯了圈子,路一定是熟的。

终于像看到救星般看到了一辆运木材的货车,停了下来,向货车司机问路,长白山还有多少路?货车司机好像听不懂我们的话,眼光上上下下将我们四人看了半天,货车司机的目光使我心里抖了一下。虽然他只是一个人,终于他将我们一一看够了,才问道,什么?到长白山?他疑惑不解地说,你们到长白山干什么?

这算什么问题,难道他不知道长白山是著名的旅游胜地?他不知道天池有多美?

货车司机没等我们再发问,他已经反问出一连串的问题给我们:

你们是什么地方的人?

你们从哪里来?

你们走的哪条道走到这里?

你们为什么要到这里来?

你们什么时候出发的?

一连串的问题问得我们胆战心惊,不知如何回答。所幸货车司机也只是问问罢了,并没有其他意思,好像也不是一定要我们回答。他跳上自己的车去,看起来是要开车走了。我们急了,追着问:长白山在哪里?

货车司机茫然地摇摇头:不知道。

这是什么地方?

司机仍然茫然:不知道。

再问下去,恐怕货车司机连自己是谁也不知道了。

货车拖着满满的木材远去了,留下一片飞扬的尘土给我们,我们几人面面相觑,其中一个说,东北虎。

也不知他这话说的是什么意思。

只有继续往前,借着隐隐的夜色,好像看到前面路边有一座小木屋。未等我们惊喜起来,突然便从路边跳出三个人来,打赤膊,穿短裤,拦下我们的车,定眼一看,我的妈,三人腰里,全别着短枪。没等我们反应过来,其中一人向我们的司机伸出手来:看一看驾照。

我们的司机取出驾照递了过去,带枪的人看了看,又还了,说,我们是边防检查站的,因为有逃犯,所以设卡口查车。说完,挥挥手让我们走。

虽然对他们的身份仍心存怀疑,但我们还是向他们问了路。除了他们,这路上,恐怕再无别人了,只是他们对我们的问题几乎表现出与卡车司机同样的困惑,去长白山?你们从哪里来?什么时候出发的?你们怎么走到这里来了?整个的,给我的感觉,好像我们已经走到外国去了,走到外星球去了。

他们三人叽咕了半天,商量着该怎么给我们指路,但最终也仍然没有能指明去长白山的方向。

下面的路,可是走得更艰难。这大山里,有几乎不知道自己是谁的货车司机,有打赤膊带枪的人,还有逃犯,前面,还会有什么呢?

突然,一阵军号声从不知什么地方传来。紧接着,我们的车开到了一个路口,一幢红砖房出现了。砖房前的空场上,有几十个穿军装的战士正在活动。

军营!

我们异口同声地叫了起来,心中突然涌满了安慰和安全感。

从来没有体会过如此强烈而深切的对亲人解放军的感觉,在这离家万里的深山老林体会了,一种回家的感觉油然而生,吊在半空中的一颗心,终于回到了原处。十七八岁的小战士们,他们热情的微笑抚平了我们心头的惶惶不安。小战士说,你们没有走错,这就是长白山。

长白山,原来你就在这里呀。

坐在山脚下看风景

千万里颠颠簸簸寻寻觅觅来到长白山,却因为水土不服,犯了胃病,在延吉市的医院里挂了两天水,虽然坚持到了长白山脚下,却是实在无力再登上山去,头天坐吉普车上了山顶,远远地俯瞰天池,留下一张没有照出天池的天池留影,第二天的登山看天池的节目,心有余而力不足,只能是望山兴叹了。

大家都爬山去了,我独自一人坐在山脚下,看着天池的水缓缓流淌,看着爬山的人熙熙攘攘,上上下下,心里也不知在想些什么,或者什么也没想,一片空白。

就有一位老太太坐到了我旁边的石头上,身上背着七八个包,朝我看看,笑笑,我也笑笑,没有说话,一会儿老太太站起来,上厕所去,背大包拽小包,十分艰难,我想说你放在这里,我替你看着,但没有说。

身旁的石头又有人来小坐一坐,走了,又来一个,坐一坐,又走了,始终没有空着,却也始终空着,因为大家都去爬山,没有人坐在山脚下看风景,过了好一会,老太太又来了,我其实认不出她来,是她身上的许多包,使我想起了她。

"上过了,"老太太说,"厕所挺远。"

我仍笑笑。

老太太大约六十岁,可能还不到些,她将大大小小的包摘下来,搁在脚边,然后问我:"你怎不上山?"

我说:"我爬不动山。"

老太太眉宇间有了神采,她又仔细地看了看我,笑起来,像是对自己又像是对我说:"你年纪还不大呀,连你都不上去……"

我说:"你从哪里来?"

"长春。"老太太说,"我们是长春是退休协会组织的,都是一帮老头老太太。"

老头老太太来爬山? 我心里这么想,仍然没有说出来,但是老太太看到了我心里想的,她说:"我们昨天早晨坐早班火车从长春到延吉,一整天,晚上住在延吉,今天三点钟起床,坐汽车赶到长白山已经十一点,爬山,从山上下来,再坐车赶回延吉,明天早车回长春。"

"为什么安排得这么紧张,其实今天可以在长白山脚下住一晚上,轻松多了。"我说。

老太太说:"那样费用就大了。"

我说:"噢。"

老太太有些怅然地抬头看着高高的山,叹息一声,说:"昨天累了一天,晚上太热,没有睡好,今天三点起床,坐了八小时车,我又晕车,吐了,再叫我爬山,要我的老命了。"

"听说要爬几个小时才能到天池。"我有点同病相怜地说。

"是吗?"老太太说,"幸亏我没有上去。"

我不知道与老太太一起来的其他老人,他们此时在上山的路上怎么样,他们看到天池了吗,他们触摸到天池的水了吗?

"我挺懊丧的,"老太太说,"他们都去爬了,我挺懊丧,这么多路赶到长白山,不就是来爬山的吗? 可是我没有上去。"

"身体要紧。"我说。

"不过,"老太太说,"我看见你也坐在这里,我想你年纪也不算大,连你也没有上去,我不懊丧了。"

那天我和老太太在一起坐了很久,我们在山脚下看风景,别有一番滋味。

女人与烟

常常在某些热闹的宴席上，在酒过三分的时候，开始有男士们向你敬一根烟。你若接了，马上会有打火机凑过来，替你点上。然后一桌子的男士，心满意足笑眯眯地欣赏你吸烟的姿态，看上去真像是一种美的享受呢。他们并且像是能从这姿态中看出你平时在家到底抽不抽烟呢，也算一绝，说，不错不错。或者说，像回事儿像回事儿。含含糊糊的也不知到底什么意思，像什么回事，不错在哪里，被敬烟的女士多半不抽烟，若平时常抽烟，这会儿怕也不必等到别人来敬，早已经和男士们一起云里雾里了。另有女士，平时倒也没有习惯，逢到热闹场合，便主动要根烟来抽，让大家凑趣，多个话题，也挺讨人欢喜。不抽烟的女士，用两根纤纤手指夹一根烟小心翼翼往嘴里送，像是送进去一颗定时炸弹，一脸痛苦状里含满幸福，嘴上喊苦，心里却甜滋滋，让男士一乐，也挺好。只是也有女人，生性拘谨，不苟言笑，任你怎么敬献，怎么软硬兼施，她只不领情，也挺扫兴吧。像我这样，生性算不上十分开朗，但也不是太拘谨，若再下肚几杯酒去，便也会很豪爽起来。只是到了这场合，酒倒是愿意喝几杯，若能喝到一定水平，失去控制的事情也是常有发生。只是对于烟，却总是敬谢不敏，也不知到底为什么，与烟有什么深仇大恨吗？当然不，在我的亲人、友人、熟人中，抽烟者甚众，常常被烟雾笼罩。他们不抽烟，我跟着难受，跟着无处着落；他们抽烟，我跟着享受，跟着眉开眼笑，也真是犯贱。只是我自己，不抽，被逼急了，至多让人点上,再掐灭,多此一举,更多的人也只是一笑。不抽也不能拿我怎样,但也会有人被浇了冷水,有乐,忍不住说,别装模作样,意思大概是说,你酒且能喝,抽一根烟让大家一乐又能怎样呢。其实想想也是,就是抽一根,又能怎么样,古古怪怪的别扭,也不知是别扭给谁看。

女人抽烟,架势好的,让人看了真是很美,细细巧巧的摩尔烟,细细纤纤的手指,真是柔情万般,风情万种。听说还有比摩尔更精致的女士烟,没见过,想起来一定味道好极了。不仅是烟的味道,更是女士吸烟的味道。

女士抽烟,似乎越来越成为一种时尚,一种风格,据说在西方的一些国家,男士抽烟的越来越少,而女士抽烟的人数日甚一日,或者这就是时代的进步呢。

便想起我的母亲。

我母亲抽烟,但是母亲的烟,抽得很痛苦。

我不知道母亲是在什么样的情形下开始抽烟,许多年后的今天,回想起来,深深为母亲的痛苦而心酸。身体的病痛,生活的贫困,感情的寂寞,也许,正是这许许多多的因素,积累成了母亲抽烟的结果。从我懂事的时候起,印象中的母亲,抽烟总是掩掩藏藏,若在抽烟的时候,听到有人敲门,母亲会慌张得将烟头无处藏,来不及掐灭就往床下一扔,或者随手往什么地方一塞,有几次差点酿成火灾。记得有一次,邻居家有一个阿姨拉住我问,你母亲抽烟?那脸色,那口吻,让我至今难忘,就像她抓住了我母亲犯罪的事实,这情形让年少的我不知所措。我惶然地摇摇头,说我母亲不抽烟。阿姨怀疑地摇头,笑着走开了。我回家告诉了母亲,母亲大惊失色,整日坐卧不宁,惶恐不安。许多年下来,母亲的敏感,母亲怕人知道她抽烟的与生俱在的惊恐,随着时间的流逝,一点一滴地刻进了我的内心深处,永远也不会淡忘。

母亲已经去世多年,我常常想,如果母亲活着,如果在某一次宴席上,母亲被人敬一根烟,母亲会有什么样的想法呢,我不知道。

每年扫墓,都不忘记在母亲的坟头,点上一根烟。在山脚下的小店里,我们寻找飞马牌或者南京牌,这是母亲生前最喜欢抽却抽不起的烟,更次一点的红金烟,现在已经看不见找不到了。飞马、南京也很少,我们就点红塔山或者中华给母亲,母亲生前没有抽过这两种牌子的烟。我想,日子过得好了,母亲却去了,让人说不出话来。

在韩国，中韩作家会议

访问日本

失　眠

　　夜里睡不着觉,在床上翻来覆去,辗转反侧,这就是失眠吧。关于失眠,也许有很多话可以说,若有同病相怜的,会有更多的共同语言。治失眠的方法好像很多,随便碰到哪个,都能说上几种。闭着眼睛数白羊跳栏,一只羊,跳过去了,再一只羊,又跳过去了,这是我儿子告诉我的,从《机器猫》书上看的。只是,羊数了不知其数,跳栏也跳得很累仍然不睡,睁着眼睛看窗外摇曳的树影,生出许多的伤心和烦恼。或者,你做深呼吸吧,做腹式呼吸也行,调整你的生理节奏和心理节奏。只是,怕节奏没能调好,却在肚子里逆了气,打起嗝来,三更半夜的,独自嗝嗝作响,也是够呛。或者,试着听听音乐,音乐若好听,听得如痴如醉,哪里还有睡意。音乐若不好,听不下去,不听也罢,少遭罪,与睡眠全无干系呀。再或者,试试让大脑一片空白,把自己变成白痴,不知道白痴有没有失眠,自己却是成不了白痴,大脑也空白不起来。也有熬点儿中草药、找点偏方来吃,有催眠枕头和被子,有催眠术,有其他各种各样的术,只是管用的不多吧。若轻易地管了用,怕也称不得失眠,或称假失眠,假失眠多半不是骗别人,而是骗自己。夜里翻来覆去,以为自己失眠了,就真的失起眠来。

　　人不寐,将军白发征夫泪,为什么不睡呢,为什么失眠呢,因为有心思呀,因为胡思乱想呀。想什么呢,月明人倚楼,想的是爱人吧,爱人怎么还不回来,莫不是变了心吧,会不会遇到什么不测。我的思念和怨恨如流水一样没有尽头,我怎么睡得着觉呀。小楼昨夜又东风,故国不堪回首月明中,想的是失去了的社稷,想那雕栏玉砌,华丽的宫殿依然还在,却已经不再是我的了。如此精神上的巨大痛苦,真是忍受不了呀。转朱阁,低绮户,照无眠,已是黄昏独自愁,更著风和雨,心情好抑郁,好凄凉,睡不着呀。怎么办,起来独自绕阶行,在半夜里走来走去也走不掉心里的事情。

这就开始批判自我,人干吗要有那么多的心思,抛开些不行吗,少想些不行吗,拿不起放不下你怎么不失眠呀,你五心烦躁、六神不安,有什么大不了的事情呀,天塌下来自有高个顶着,头掉了也不过碗大个疤,还能有什么。罢了罢了,神安则眠,中医说。我们也都知道。

那么,不想心思真的就没有人失眠吗?

其实怕也难说。

有许多时候,失眠就是失眠,无规律可循,你弄不懂它。胖人有失眠的,瘦人也有;心胸狭窄的人失眠,心胸宽阔的人也失眠;工作辛苦的人失眠,整日闲着的也失眠;写文章失眠,不写文章也失眠;平时谨小慎微的人失眠,从来大大咧咧的人也失眠;喝了浓茶咖啡失眠,不喝浓茶咖啡也失眠。看了惊险枪战片,不看惊险枪战片,唱歌跳舞兴奋了,独守空房不兴奋,打麻将输了,或者赢了,失眠若是找上你了,它从不挑肥拣瘦,也不嫌贫爱富,够纯情。精神贵族失眠,劳动人民也失眠,伟大人物失眠,小偷无赖也失眠,你害怕失眠失眠就来了,你不害怕失眠失眠也来了,自私的人失眠,无私的人也失眠,没办法。到医生那问问,想是千奇百怪无奇不有的吧。

从前我认得的一个女孩子,活泼开朗,生孩子不久开始失眠。久治不好,在冬天竟去跳了河,被人拖在河滩上,穿的是棉毛衣裤。大家说是半夜从被窝里出来,幼小的孩子在床上熟睡,她的神态很安详,眼睛是闭着的,她总算是睡了,只是再也醒不来。因为失眠去死,这算是走了极端。更多的人,虽然失眠,但他们活着。在痛苦的夜晚,无法摆脱烦恼。远处的狗,自来水龙头,雨声,风声,十五的月亮,路灯的昏暗的光,小街上除了车铃不响其他部件都响的旧自行车驶过,大马路上只有夜间才准许通行的大卡车轰隆隆,邻家的孩子又哭起来,家人的呼噜,被电热蚊香熏了不死不活已经咬不动人,却还能嗡嗡乱叫,在你脸上扑腾扑腾叫你奈何不得的蚊子,吱嘎作响的床,怎么也拉不平的皱巴巴的床单搁得腰里难受,高不成低不就的枕头,难以控制无数次想上厕所,没喝水哪来那么多的尿……怎么搞的嘛,谁都与我作对,和我过不去,这日子过得真是。

其实日子还是在继续地往前走,人总是要睡过去,还有镇静剂安眠药呢。一片不行吃它两三片无妨,只要睡下去还能醒来,也不失为直截了当的方法一种。于是我们入睡,和不失眠的人一样做几个温和的好梦,一觉醒来,眼前大亮,心情也大亮,明媚的早晨来了,烦恼被黑夜带走,好像失眠也随黑夜一起离去了呢,开心起来,好好的将这一天走过吧。

总之,失眠的人生肯定是一种痛苦的人生,但是比起不失眠的人生来,是不是也多些什么呢?

病 中 吟

谁也不会没有个三病六灾的,谁也不可能没有个三病六灾,其实有时候生些小小的无伤大害的病也是生活中的一种调剂呢。按现时流行的观点,说是常常伤伤风感感冒的人不容易得大病、重病、绝病,不知这种说法有没有科学的根据,有没有严格的考证,但是来由总是有一点的。以外行的思路想想也是有些道理,人体中的毒素,还是分批分量地排除呢,还是厚积而后再发出来呢?我就是这样认识这个问题的,让人笑掉大牙也好,我就只有这点医学方面的水平了。

话是这么说,这道理大家也都愿意相信,却是不会有一个人主动去制造些毛病来生生,哪怕是小毛小病,伤风咳嗽什么总也是不生比生的好吧。只是既然生上了,也就可以作一些自我安慰的想法,比如小病多了不得大病之类的意思,多想想也是有益无害。治疗自然是要治疗,打针吃药也是不能耽误,只是心里不必很紧张就行。

我小时候生过的病是很多还是很少,已经不怎么记得,留下来的是两次比较大的病的记忆。一次是冬天生的猩红热,一次是夏天生的副伤寒,都是病得很厉害,但是当事者迷,也不明白那两次病如何把家里大人折腾得要命。以后长大了才知道猩红热和副伤寒都是比较危险的东西,弄得不好就会要了我的小命的。我只记得两次都是高烧久久不退,夏天躺在地板上看着斑驳的天花板上好像在走马灯,母亲和外婆忧心忡忡。母亲说,这孩子不太好呢,和我同一病房的一个女孩,和我生的一样的病,在我住进医院的第二天就去了。我看着她躺在担架上,身上盖着白床单,被人推着走向了她的短短的人生的终极,我一点也不悲痛,也不害怕,没有兔死狐悲的伤感,也没有唇亡齿寒的恐惧。不是我没有心肝,因为我还小,根本还不怎么明白生与死的意义。当我终于从死亡线上挣扎着回来后,我才第一次知道了什么叫饿,伤寒是不能吃东西的,于是家里大人如临大敌,在我病好了以后很长的一段时间还是不让我吃。有一天母亲带着我去医院复查,我实在饿得熬不住,却又不敢说要吃。看到医院门口有一个卖茶水的,我对母亲说我想喝水,其实我哪里是想喝水,只饿得没有办法,水也是能救命的东西。母亲买了一杯茶水,我还没有端起那杯茶,一下就倒下去了。母亲吓坏了,抱着我冲进急诊室,医生看了一下,笑起来,说:"没有事,肚子饿了,饿昏了,病已经好了,可以让她吃东西了。"我好感激这位医生。事后家里大人说起来,都说我的命还算可以,伤寒还生个副的,要是正的,那可就危险了。

  慢慢地长大起来,我一般很少在医院的病床上躺好多好多天,只有一次骑车摔了跟斗,脑震荡,休息了好些日子。不过也不是在医院的病床上,是在自己家里。医生对像我这样的轻度的脑震荡真是不当一回事情,处理完伤口就让开路回家,问要不要住医院,医生说医院有什么好住的,你以为比你家里舒服呀。说的倒是大实话,医院实在是不如自己家里好。小时候总是幻想生了病躺在医院雪白的床上,身边是浑身雪白的医生护士,步履轻盈,语气温和,真能让人有一种入仙境、遇天使般的感觉。到大了才知道那一切真是一种美好的幻想,多半的医院,只有死亡,痛苦,烦恼,嘈杂,没有天使,只有痛苦的人,病人痛苦烦恼,医护人员也痛苦也烦恼,并不比病人更轻松些,于是幻梦终于破灭。

其实真正把幻梦破除的,还是人自己。人因为病痛,才知道原来生病是那么的不好,那么的可怕、可恨、可诅咒。没有痛苦的生病,恐怕是很少见的。有一种老年痴呆症,从前不被人重视,不以为是病,都说老了变世了,或者返老还童,作天真儿童状,或者和子女作对,成了蛮不讲理的人,现在都知道这是一种病,据说这病没有什么痛苦。但是病人没有痛苦,家属却有痛苦,总也摆脱不了痛苦。

人在身心都健康的时候,多半很坚强,即使内心有些软弱,表面上也是要作坚强状,即使此时有些软弱,那么彼时再见他一定已经很正常。人在困难的时候可以表现得很坚强,人在孤独的时候也可以表现得很坚强,人也许只有在生病的时候他才暴露出他的软弱的一面。病痛有时候就像一面镜子,大家都知道心主一切的道理,但有时心也是会被你的身体所控制所影响,什么叫好汉也怕病来磨,就是这意思。一旦病魔缠身,你的潇洒,你的风度,你的宽容,你的力量,你的豁达大度,你的聪明才智,你的所有一切的长处都会远离你而去,你变得易怒而小心眼,你变得邋遢而委琐,你又是那么的软弱无力,往日的你的一切的风采,此时荡然无存。

都是因为有了一个魔,病魔。

我也是这样。

在平时我总以为自己属于比较正常也比较平稳的一个女人,我一般没有很多很多的念头老是纠缠自己,也不多愁善感,除了想想怎样把小说写好、写得更好之外,别的东西想得不多。即使要想,也总是朝好的方面想,人生的意义啦,事业的成功啦,家庭的和睦啦,朋友的交情啦。总之,一想起来世界就是那么的美好,生活就是那么的充实了,人生就是那么的富有价值。但是,一旦我生了病,哪怕是一点点的小病,稍有些痛苦,或者是胃疼了,或者是头胀了,或者是浑身乏力了,躺在病床上吊盐水,思想就活起来,想入非非的尽是些悲观失望之念。人生的苦短啦,生命的不测啦,他人入地狱啦,宇宙什么时候怎么啦,地球哪一年怎么啦,1999 真是大毁灭吗。这是想得远的,也有近的。丈夫怎么这么冷漠啦,生了病也不能请半天假照顾一下吗,儿子怎么那么顽皮讨人嫌啦,老师又来告状啦,保姆怎么这么别扭啦,我说一她偏要说二,斗不过她啦,朋友怎么也一个不见踪影呢,平时个个都说得花好稻高的,稿费怎么这么低啦,这雨怎么老也下不停啦。努力想把纷乱的思绪收回来,与其这样胡思乱想,又伤神又伤心,真是得不偿失,还不如乘这机会想想下一篇小说怎么写。可是写小说又有什么意思,这么多年写下来又怎么样了,再写下去又能怎么样,总之,一切的一切都没有意思,家里送来的稀饭一点也没有味道,医院里订的饭菜更是不能下咽,这日子真是过得……

我想,有时候病魔确实是不可战胜。

最好还是不要生病。

倾　诉

我想我的生活也许是比较平凡,也有些单调,基本上所有的一切都是围绕写作的。我也出门走走,也和别人交谈,也参加一些聚会之类的活动,也有事情要请人帮助,别人有时候也找我帮他们做些什么,但这些都只是生活中的很小很小的一部分。我的生活的大部分,总是在创作或者为创作做准备,因而使我的生活显得平凡和单调。

其实,生活形式的平凡和单调,并不意味着内心的平乏和枯燥。也许我枯坐桌前的时候,面无表情,神色平淡,两眼无光,但内心说不定正掀起狂澜呢。也许正是平凡单调的生活形式将许许多多的感受、感觉、感情郁积在我们的内心了呢。于是,我常常感到,我需要倾诉,也许仅仅是读了一本书,也许是看了一个电视剧。或者,上了一趟街。或者,和客人谈了几句话。或者,听到一件哪怕是与自己无关的事情但是有所感想。也或者,根本没有什么事情发生,忽然的就想和谁说说话,倾诉一下隐藏在内心的东西。这东西也许很浅薄,也许比较深刻,也许很值得一说,也许不值得一说,也许是众人所关心的问题,也许只是我个人的想法,这都无所谓。但是我们得说一说,说一说和不说,这是不一样的。

但是在生活中,我们常常会有一种恐慌。我们发现我们找不到倾诉对象,好像这世界上再也没有人愿意听你说话,每个人都想向别人倾诉,可是却又不愿意倾听别人。

从前的女友呢,曾经什么话都能向她诉说的,现在她做了人妻人母,又上班下班,忙里忙外,没时间听你说话呀。偶尔有机会碰到了,你会发现她背着生活的重负疲惫不堪,你无法再向她说你心里的那一点点轻轻飘飘的感觉了。那么丈夫呢,作为女人,最理想的倾诉对象,也许应该是丈夫。但是丈夫毕竟是男人,他们有他们的生活,他们有他们的事业,他们又有他们的朋友。他也许可以听你的倾诉永远不会露出不耐烦,但是却反应平平,说了半天才发现他根本没有把你的话听进心里去,或者虽然听进去了,却没有在心里为你想一想,他觉得他肩上的担子比你的感受重得多,他觉得他的朋友世界比你的内心宽阔得多,一下子,你的说话的欲望便突然地消失了。闭上嘴巴吧,或者,向你的子女说说也行呀。可是子女也许太小不懂事,稍大一些他们又有了自己的天地,哪个有时间待在家里听你唠叨呀,开始像你从前嫌你的父母烦人一样地嫌你烦人了。你于是悲哀地想,我是不是也已经老了呢。

没有倾诉对象是一桩很恐怖的事情,我们可以忍受生活的平凡和单调,但却无法忍受无人听你倾诉。

我在生活中慢慢地学会倾诉,丈夫爱听不听、没有反应吗,随你的便,你不爱听你没有反应我也向你说。孩子不懂事吗,那也无碍,你懂不懂我都跟你说说。出门在外,同房住宿的人,有同行的文友,也有陌生人,无论熟悉或者陌生,一样可以向她们说说我的感受和感觉呀。从前的朋友被紧张的生活围困了吗,创造一些同学聚会之类的机会把她拖出来,和她谈谈。或者,和新认识的朋友聊聊,相互会有许多新鲜的感觉和收获。母亲早逝了,没有姐姐妹妹,我家还有个保姆老太呢,虽然她不认得字,却认得不少道理,也可以向她倾诉呀。就像她常常跟我说说乡下的事情,说说从前,说说家长里短一样,谁说我们没有倾诉对象呢?

学会倾诉，学会寻找倾诉对象，同时，也学会倾听别人，这是我们生活中必不可少的一个环节呀。

平常日子

在我的家乡苏州,周围乡下有许多古老的小镇,我有时候也到这些小镇上去走走。

我走在小镇的小街上,踩着石子或者青砖,石子和青砖泛着岁月的光泽,皮鞋的跟上若是钉了铁钉,敲打出的咯的咯的声音,在平静的小街上传出去很远。走到小桥上,看看小桥拱着腰,背负着什么,是什么呢,历史的重载吗,似乎不必有小桥来背负,小桥只是拱着它的身体,让行人过河而已。桥栏杆上有对联,写着:凡物利时行自利,此心平处路皆平。或者写:塘连南北占通途,市接东西庆物丰。看看桥下的流水,流淌着,轻轻地,慢慢地,不急。急什么呢?急着奔到哪里去呢?那地方有什么等着你呢?所以,它一点也不急,慢慢地淌吧。再看看小镇上的古代建筑,这都是可以写进书里去的东西,古建筑青黛色,长着青苔,爬着绿色的植物,墙里边有树叶树枝探出院墙。

慢慢地再往前走,来到某一户人家。破旧低矮的房子,屋内一片零乱,家具是旧的,地是旧的,墙也是旧的,家里最多的东西是灰尘,作画用的东西,摊得到处都是,老人用他的平平淡淡的眼光看着,说,来啦。

我说,来了,来看看。

老人说,看吧。

我就四处看,好像要从老人的家、从老人的画里看出个什么究竟来。其实我什么也看不出来。

我问老人,您一个人过?

老人说,一个人过。

您的子女都在外面?

都在外面。

您自己做饭吃?

自己做饭吃。

假如有了病呢?

有了病自己到镇卫生院看看。

下面的话不好再追问下去,比如说,如果病重了呢?

老人也不认得我,我也不认得老人,看了看,打算走了。临走的时候,突然又有了一个问题,说,您的画,画了做什么呢?

卖钱。老人说。

卖给谁?

谁买就卖给谁。

古镇因为它的古老,引来许多先进地区和国家的参观者,他们一群群地来,或者三五个一起来,也或者单个地来。他们沿着小镇的小街慢慢地走,像小镇的河水一样漫无目的,他们看到了老人的家,看到了他的画。

您的画好卖吗?

说不准,老人说,有时候来一个团,人人都买,现等着画起来。也有的时候,来一个团,只是看看,谁也不买。

常常在火车的软席上也看到类似的情形,列车员拿来丝绸围巾或者中国画给外宾。或者呢,一个团的外宾个个都买,或者呢,谁也不掏钱,原来不止是中国人,外国人也有一窝蜂。

卖多少钱呢?

有时候几十美元,也有几十人民币,更少一点也有。

终于是要离开老人的,继续在小镇上走着,好像在寻找什么,其实什么也不寻找。因为我并不知道自己来寻找什么,我甚至不知道自己到小镇来干什么。

也许就开始回味和品咂老人的形象,想留在印象中的老人,是一个被破坏了的形象呢,还是一个完成了的形象?

也许想写一写老人,可是无从下笔,因为我仍然不认得他,始终不认得他。我不知道老人是怎么回事,如果我写了,我写下来的只是另外一个人,而不是他。

远远的古老的小镇上的作画的老人,每天都在过他的日子,在世界的另一块地方,我呢,每天也在过我的日子。

家是什么

家是什么呢。

对男人来说,家是什么,我不太清楚,恐怕也无法很明白。

对女人来说,家是什么,每一个女人都会有自己的想法。

我想,家,也许应该是女人最放松自己的地方吧,是女人最没有负担的空间吧。

女人在家里拍的照片常常比在别的什么风景如画的地方拍的照片更漂亮,虽然你照片的背景也许很简陋。更多的时候,女人在家里对一些事情作出的决定,要比在别的什么地方做出的决定更高明,更富有智慧。女人在家里随意哼出来的歌,比她在歌厅里唱出的声音更柔美;女人在家里对着穿衣镜试穿新买的时装,效果比在时装店试穿好得多;女人在家里接待来客,要比她在外面的交际场合大度得多,从容得多;女人在家里和朋友聊天,便能说会道起来;女人在家里做事情,也许比在外面做事情做得更完美更地道。在家里女人总能把自己的才华发挥得很好很好。

在家里,女人不必把自己伪装起来,女人还自己以本来面目,你可以不化妆就走出卧室,可以蓬头垢面就吃早饭,可以不假思索就对任何问题发表任何看法。卫生间若是不通风,你可以不关门就方便,你可以无缘无故哭起来,你可以笑得龇牙咧嘴,将脸笑歪了也无妨,你可以光着脚在地上走来走去,脚丫子长脚板子大无碍。

说错了话也不必在意,大发了一通火,甚至说了些不该说的话,粗话、蛮话说过了也就没事,没人和你真正计较。家里不会有人说,你看看,本性大暴露,丑陋的女人。错打了孩子也不必懊丧不已,一转眼孩子已经拉住你妈妈妈妈叫个不停。洗碗打碎了器皿往垃圾里一扔完事,做菜多放了一勺盐下回少放些就是。

女人需要丈夫的呵护,如果没有怎么办呢,那也无妨,家仍然是家,在家里你可以自己呵护自己呀。

女人希望孩子听话,如果孩子调皮吵闹怎么办呢,那也没事,家仍然是家,是你最宁静的一片天地。

女人也愿意家里的老人通情达理,但是如果老人有时候不够通情达理呢,那也无所谓,家仍然是家,是情感和事理都最最通达的地方。

当然,我这说的,是应该,或者说,是理想的家吧。至于我们每一个女人能不能拥有这样的一个家,那是另一回事。

家,就是自由,轻松。

如果在家里没有自由,不轻松,那还不如没有家。

做 嘉 宾

碰到一个难题,做嘉宾。

电台电视台开始了各式直播以后,做嘉宾的事情也就开始了,逃也逃不脱。大家说,你这人比较好说话,就帮帮忙,于是就谈起来,先从本行的文学开始,说自己的创作之路、创作体会等等,谈到大同行电视电影,谈某某电视剧的观感,又谈女明星男演员如何,再谈衣食住行,家长里短,细部细到头发化妆,宏观宏到生命宇宙。其实这都是我很愿意说说的,只是最好是在纸上"谈兵",而不是真刀真枪嘴对听众面对观众。写作的人从来都是躲在幕后比较阴暗的角落不出面的,现在的直播大战,把我们推到了前台,暴露在光天化日之下。

写文章的人坐在自己的小屋里多半是游刃有余,从容自在,或有两三朋友一起闲聊也会是口若悬河,绘声绘色,但出现在大众面前,手足无措、木讷迟钝的却占了大半去,我想我大概算是其中绝对"杰出"的一位了,没出息极了。写文章是不紧张的,紧张了文章从何而来?和朋友说说话也可以很放松,笑也笑得很像回事儿,恼也恼出个样子来。一做嘉宾根本就无暇顾及形象问题,对着话筒或者摄像机就像黄继光对着碉堡里的机枪似的,全然一腔豁出去牺牲的壮烈,哪还来得及细细琢磨怎样更潇洒些呢。

做了第一次就有第二次,做了第二次就有第三次,这就没完没了了,人民台去过了去经济台,一台去过了去二台,了解的人说你太好说话,也有人觉得你很爱出风头,连小地方的电台你也要去插一嘴呀,误解种种随之而来。其实这倒也无所谓,人生活着总难免被人误解些许,只要自己不误解自己就行。从前的人常说,人心平处路皆平。这话我很喜欢。对我来说,有所谓的倒是那些直播对我的自信心的打击。好心的主持人常常送来一盒音带,说,这是你上回直播的录音,自己听听吧。于是躲在屋里偷偷地一听。我的天,整一个战争录音,机关枪连珠炮,像参加智力竞赛回答抢答题,分秒必争,又像尖嘴利牙的家庭妇女吵架,一句不让一句,也不知抢着往哪儿去。谈话内容亦是东一榔头西一棒,根本就没有文化可言。在爆豆子炒栗子似的噪声中,穿插着主持人有节奏有韵律的语调,轻松愉快的调侃,周密合理的提问,实在是让人自惭形秽,不忍卒听。在电视上露脸那就更让人无地自容了,整一个变形记,脸不是脸,鼻子不是个鼻子,嘴不是个嘴,笑比哭还难看,歪瓜裂枣,让人毛骨悚然,说起话来语无伦次,叫人心里跟着打抖,真正是面目可憎,惨不忍睹。且有家人与朋友窃笑不止,嘴上还偏要留些情面,拐弯抹角,只说道,怎么回事,怎么回事?给我的感觉就是说,你这不是给我们露脸,你这纯粹是给我们丢脸。终于被自己的形象和旁人的想法弄得自信心全无,打击得灰头土脑。于是心下暗想,罢了罢了,再不做什么烂好人了,再不做什么面对面的嘉宾了,还是退回自己的小屋里写我的背对背的文章吧。躲进小楼成一统,管他春夏与秋冬。

但人是很难真正下决心的,决不再做嘉宾的事情也不过是想想而已,一旦约上门来,能推总是要推一推,推不掉的还是得做一做,被误解也罢,不被误解也好,说到底,原因只有一个:不好意思拒绝。因为这烂脾气,吃亏当然也是要吃一点的,但也不是全无收获可言。有一回在电台直播,一位双目失明并且双腿残废的听众打来电话,聊了一分钟,给我的感觉却是经历了半辈子人生,这便宜可是占大了呢!

平时看电视听广播,看着你的动作不自然,听着他的口音不标准,指点江山,贫嘴薄舌,内行得了不得。轮到自己尝了滋味,便不由得想起一句老话,那就是:看人挑担不吃力。

今天的茶馆和昨天的茶馆

喝茶最好的地方是哪里呢,应该是家里。早晨起来,洗脸刷牙后,便是泡上一杯浓浓的或者清绿的茶,许多人都这样。抽烟的人在这时候再点一支烟,细细品味茶烟的意思,真是神仙境界呢。一天工作劳累了,晚上回到家,喝一杯清香的茶,解除疲乏,冲淡烦恼,浑身血脉贯通,心情舒畅,多好。

在家喝茶,是一个人的世界,一个人的享受,确实清静,确实安逸,但好像却少了些什么。少些什么呢,那便是三五朋友一起喝茶神聊时的意趣和感受。

若是愿意与三五朋友哪怕更少些两三朋友喝茶,那就要寻找茶馆,到茶馆去喝茶。从前街上茶馆是很多的,各种档次的,供老百姓喝茶拉家常的,供商人喝茶谈生意经的,供有闲人的喝茶看风景的,供听书的人喝茶听书的,应有尽有。后来呢,这些茶馆慢慢地减少,越来越少。为什么呢?因为有了别的好去处。哪里呢,比如去跳舞,舞场很多,比如去唱卡拉OK,能体现一回自我价值,说不定来一个重新认识自我。再比如在饭店喝酒,多好,酒文化也已推到了登峰造极的位置。

茶馆的生意清淡了,茶馆没饭吃了。怎么办呢?要吃饭,就得想方设法把喝茶的人拉回来。于是在茶馆里,也开了卡拉OK,也办起舞场,也弄点酒给你喝喝,不怕你们吵吵嚷嚷,只怕你们不来消费。那种花几分钱几毛钱买个清闲的时光好像再也不会回来,从前茶馆里那种轻声慢语的说话、无声无息的品味,也不见了。大家高声说话,才可以盖过激昂的音乐声,人的悠闲的好心情没有了,喝茶的恬淡的意趣也没有了,浓浓的乡土味也没有了,所以许多人不再到茶馆喝茶。

茶馆的装饰也赶上了时代潮流,五彩的灯,繁华的室内布置,还配有帝呀豪呀之类的店名,浪头大得叫人吃不消。

有人感叹,有人摇头,其实呢,也不必着急。炎夏过后总是凉秋,繁华落尽便到了返璞归真的时候,现在你到大街小巷看看,如雨后春笋般突然冒出了许许多多创意新颖的茶馆。装饰成竹园氛围的,让你好像置身一片绿色竹林与友人同享安乐;布置成乡土风味的,有风车牧笛的,让你想起一首首的田园诗。喇叭里有极轻极柔的音乐,也或者根本就没有音乐,身着大襟蓝花白衫的小姐轻盈飘忽为你服务。茶客们喃喃细语,轻轻笑,甚至你常常能够看见蓝眼睛高鼻子的老外也委屈着自己的硕大的身材蜷坐在小茶馆里向你微笑呢。于是,进入了这地方,你的大嗓门也就自然而然地降低几分贝,清静恬淡不是又回来了么?

返璞归真,到底返到什么程度,归出什么滋味。是单纯的返回,还是另一层意义上的进步,相信每个人都会有自己不同的感受,不同的想法。而我呢,总觉得现在的茶馆少了从前的书场茶馆、老虎灶茶馆的那种生活的原汁原味。但是,我想得明白,现在的生活已经和从前不一样了。

到平江路去

在一个阴天,将雨未雨的时候,带上雨伞,就出门去了。

小区门前的马路上,是有出租车来来去去的,但是不要打车,要走一走,觉得太远的话,就坐几站公交车,然后下去,再走。

走到哪里去呢?是走到自己愿意去的地方,喜欢的地方,比如说,平江路,就是我经常会一个人去走一走的古老的街区。

其实在从前的很漫长的日子里,我们曾经是身在其中的,那些古旧却依然滋润的街区,就在我们的身边,它是我们的窗景,是我们挂在墙上的画,我们伸手可触摸的,跨出脚步就踩着它了,我们能听到它的呼吸,我们能呼吸到它散发出来的气息,我们用不着去平江路,在这个城里到处都是平江路,我们也用不着精心地设计寻找的路线,路线就在每一个人自己的脚下,我们十分的奢侈,十分的大大咧咧,我们的财富太多,多得让你轻视了它们的存在。

日子一天一天地过,我们糊里糊涂,视而不见,等到有一天似乎有点清醒了,才发现,我们失去了财富,却又不知将它们丢失在哪里了,甚至不知是从哪一天起,不知是在哪一个夜晚醒来时发生的事情。

我们的时代,是一个新闻接一个新闻的时代,这些新闻告诉我们,古老的苏州正变成现代的苏州,这是令人振奋的,没有人会不为之欢欣鼓舞,只是当我们偶尔地生出了一些情绪,偶尔地想再踩一踩石子或青砖砌成的街,我们就得寻找起来了,寻找我们从小到大几乎每时每刻都踏着的、但是现在已经离我们远去的老街。

这就是平江路了。平江路已经是古城中最后的保存着原样的街区,也已经是最后的仅存的能够印证我们关于古城记忆的街区了。

平江路离我的老家比较远,离我的新家也一样的远,我家的附近也有可去的地方,比如新造起来的公园,有树,有草地,有水,有大小的桥,有鸟在歌唱,但我还是舍近而求远了,要到平江路去,因为平江路古老。在一个欣欣向荣的城市里,古老就会比较的金贵值钱。

在喧闹的干将路东头的北侧,就是平江路了,它和平江河一起,绵延数里,在这个街区里,还有和它平行的仓街,横穿着的,是钮家巷、肖家巷、大儒巷、南显子巷、悬桥巷、录葭巷、胡厢使巷、丁香巷,还有许多,念叨这一个一个的巷名,都让人心底泛起涟漪,在沉睡了的历史的碑刻上,飘散出了人物和故事的清香。

要穿着平跟的软底的鞋,不要在街石上敲击出咯的咯的声音,不要去惊动历史,这时候行走在干将路上的一个外人,恐怕是断然意想不到,紧邻着在现代化躁动的,会是这么的一番宁静,这么的一个满是世俗烟火气的世界。

曾经从书本上知道,在这座古城最早的格局里,平江街区就已经是最典型的古街坊了,河街并行、水陆相邻,使得这个街区永远是静的,又永远是生动活泼的。早年顾颉刚先生就住在这里,他从平江路着眼,写了苏州旧日的情调:一条条铺着碎石子或者压有凹沟的石板的端直的街道,夹在潺潺的小河流中间,很舒适地躺着,显得非常从容和安静。但小河则不停地哼出清新快活的调子,叫苏州城浮动起来。因此苏州是调和于动静的气氛中间,她永远不会陷入死寂或喧嚣的情调。

左起鲁敏、黄蓓佳、作者

和陆文夫老师在公路边小饭店吃饭,中间是店主

以前来苏州游玩的郁达夫也议论过这一种情况,他说这街上的石块,和人家的建筑,处处的环桥河水和狭小的街衢,没有一件不在那里夸示过去的中国民族的悠悠的态度。

这是从前的平江路。令人难以想象的是,生活在今天的我们,走在今天的平江路上,仍然能够感受到昨天的平江路的脉搏是怎样的跳动着。我们一边觉得难以置信,一边就怦然心动起来了。

很多年前的一天,白居易登上了苏州的一座高楼,他看到:远近高低寺间出,东南西北桥相望,水道脉分棹鳞次,里闾棋布城册方。不知道白居易那一天是站在哪一座楼上,他看到的是苏州城里的哪一片街区,但是让我们惊奇的是,他在一千多年前写下的印象,与今天的平江街区仍然是吻合的,仍然是一致的,甚至于在他的诗文中散发出来的气息,也还飘忽在平江路上,因为渗透得深而且远,以至于数千年时间的雨水也不能将它们冲刷了,洗净了。

现在,我是踏踏实实地走在平江路上了。

更多的时候,到平江路是没有什么事情的,没有目的,想到要去,就去了。就来了。除了有一次我忽然想看看戏剧博物馆,那是在某一年的国庆长假期间,我正在写一个小说,写着写着,就想到戏剧博物馆,它在平江路上的一条小巷内,我找过去,但是那一天里边没有游人,服务员略有些奇怪地探究地看着我,倒使我无端地有点心虚起来,好像自己是个坏人,想去干什么坏事的,这么想着,脚下匆匆,勉强转了一下,就落荒而逃了。

那一天的时光,倒是在逃出来以后停留下来的,因为逃出来以后,我就走在平江路上了。

世俗的生活在这里弥漫着,走着的时候,很有心情一家一家地朝他们的家里看一看,这是老房子,所以一无遮掩的,他们的生活起居就是沿着巷面开展着,你只要侧过脸转过头,就能够看得很清楚,我不要窥探他们的生活,只是随意的,任着自己的心情去看一看。

　　他们是在过着平淡的日子,在旧的房子里,他们在烧晚饭,在看报纸,也有老人在下棋,小孩子在做作业,也有房子是比较进深的,就只能看见头一进的人家,里边的人家,就要走进长长的黑黑的备弄,在一侧有一丝光亮的地方,摸索着推开那扇木门来,就在里边,是又一处杂乱却不失精致的小天地,再从备弄里出来,仍然回到街上,再往前走,就渐渐地到了下班的时间了,自行车和摩托车多了起来,他们骑得快了,有人说,要紧点啥?另一个人也说,杀得来哉?只是他们已经风驰电掣地远去了,没有听见。一个妇女提着菜篮子,另一个妇女拖着小孩,你考试考得怎么样,她问道,不知道,小孩答,妇女就生气了,你只知道吃,她说,小孩正在吃烤得糊糊的肉串,是在小学门口的摊点上买的,大人说那个锅里的油是阴沟洞里捞出来的,但是小孩不怕的,他喜欢吃油炸的东西,他的嘴唇油光闪亮的。沿街的店面生意也忙起来,买烟的人也多起来,日间的广播书场已经结束,晚间的还没有开始,河面上还是有一两只小船经过的,这只船是在管理城市的卫生,打捞河面上的垃圾,有一个人站在河边刚想把手里的东西扔下去,但是看到了这个船他的手缩了回去,就没有扔,只是不知道他是多走一点路扔到巷口的垃圾箱去,还是等船过了再随手扔到河里,生活的琐碎就这样坦白地一览无余地沿街展开,长长的平江路,此时便是一个世俗生活的生动长卷了。

　　就这样走走,看看,好像也没有什么多余的想头。

　　所以,到平江路来,说是怀旧了,也可以,是散散步,也对,或者什么也不曾想过,就已经来了,这都能够解释得通,人有的时候,是要做一些含含糊糊的事情。但总之是,到平江路来了,随便地这么走一走,心情就会起一点变化的,好像原本心里空空的,没有什么,但是这么一走,心里就踏实了,老是弥漫在心头的空空荡荡、无着边际的感觉就消失了。

这一种的生活在从前是不稀奇的,只是现在少见了,才会有人专门跑来看一看,因此在这一个长卷上,除了生活着的平江路的居民百姓,还会有多余的一两个人,比如我,我是一个外来的人,但我又不是。

不是在平江路出生和长大,但是走一走平江路,就好像走进了自己的童年,亲切的温馨的感觉就生了出来,记忆也回来了,似曾相似的,上辈子就认识的,从前一直在这里住的,世世代代就是在这里生活的,就是这样的一种感觉。

知道平江路上有许多名胜古迹,名人故宅,园林寺观,千百年的古桥牌坊,我去过潘世恩故居,去过洪钧故居,去过全晋会馆,尤其还不止一两次地去过耦园,但是我到耦园,却不是去赞叹它精湛的园艺,觉得耦园是散淡的,是水性杨花的,它是苏州众多私家园林中的一个另类,它不够用心,亦不够精致,去耦园因为它是一处惬意的喝茶聊天的地方,或者是一个温婉的情绪着落点,也因去耦园的路,不要途经一些旅游品商店,也不要有乌糟糟吵吵闹闹的停车场,沿着河,踩着老街的石块,慢慢地走,走到该拐弯的地方,拐弯,仍然有河,再沿着河,慢慢地走,就走到了耦园,其实就这样的走,好像到不到耦园都是不重要的了。

就是以这样的实用主义的心思才去了耦园,因为耦园是在平江路上,耦园与平江路便是一气的,配合好的,好像它们只是一个平平常常的百姓的栖息之地,是没有故事的,即使有故事,也只是一些平淡的不离奇的故事。

平江路是朴素的,在它的朴素背后,是悠久的历史和历史的悠久的态度,历史到底是什么呢,难道不就是人民群众的普通生活吗?

所以我就想了,平江路的价值,是在于那许多保存下来的古迹,也是在于它的延续不断的、任何力量也不能使之中断的日常生活。

　　在宋朝的时候,有了碑刻的平江图,那是整个的苏州城。现在在我的心里,也有了一张平江图,这是苏州城的缩影。这张平江图是直白和坦率的,一目了然,两道竖线,数道横线。这些横线竖线,已经从地平面上、从地图纸上,印到了我心里去,以后我便有更多的时间,有更任意的心情,沿着这些线,走,到平江路去。

梅花驿站

很久很久以前,有一个人,他上路了。从此之后,他就一直走在路上。

他或者步行或者骑马,或者乘船或者坐车,他走呀走呀,走了很长很长的时间,他已经记不清走了多少路,甚至已经不知道从哪里走到了哪里,但是路仍然没有尽头,征途遥遥无期,曾经储备了无穷无尽的力量,也曾经以为自己永不疲倦,但忽然间,他感觉到了累。

累,是一个念头,也是一个事实,它缠上了他,他甩不掉它。因为背负了沉重的"累",他走不动了,也不想走了,他情绪低落,精神郁闷,路上的美景再也打动不了他,对目标的向往也不再能够鼓舞他。于是他明白了:我该歇一歇了。他对自己说,找一个驿站停下来吧。

停下来以后,歇过以后,再继续走,还是不再走,他现在还不能给自己答案,一切还都是一个未知数。

他是一个爱花的人,他不知道在前边的路上等待着他的驿站是一个什么样的驿站,但他心里暗暗期望,能够找到一个花的驿站。

他果然找到了一个花的驿站。在尽情绽放的四月天里,他来到了牡丹驿站。牡丹妖娆欲滴,艳压群芳,羞杀玫瑰,虚生芍药,没有人能够对天骄花王指三说四指手画脚。许许多多的路人在这里驻足,久久不舍离去。

他也一样喜欢牡丹。他喜欢牡丹的灿烂热烈,他敬仰牡丹的壮观大气,他感谢牡丹把美丽带给了人间,但是他知道牡丹不是他的驿站,他没有停下来。

继续走,就走进了夏季。炎热的一天,太阳当头照,汗水洒在脚下,他热了,渴了,来到一片水边,埋头喝水洗脸,清清凉凉一抬头,眼前便是"接天莲叶无穷碧,映日荷花别样红"。

出污泥而不染,面对荷花的品格,他感动着,忙着检点自己的言行,深深觉得自己做得还很不够,差距还很远,他要给自己更多的时间去修正,去提升。而这一种修正,这一种提升,应该是边走边做的。

知了叫得急,云也密起来,快要下雨了,他得上路了,去走,去修正,去提升。

吩咐秋风此夜凉。离开荷花驿站,他远远就看见了,前面,满城黄花正等候着他。他是一个爱花的人,和喜欢牡丹、荷花一样,他也是喜欢菊花的,怅对西风、尺素扮金秋。

可是,秋风起了,菊花黄了,香渐远,冬天的信息也就紧跟着来了,冬天是一个终极,冬天是一个句号。

一想到句号,他的心就乱了,一年就这么不知不觉匆匆忙忙地走过了?好像什么也没有留下,好像什么也没有收获,这个句号怎么画得上?他着急了,我花开后百花杀,菊花让他站立不安,停留不下,还是快快地走吧,时不我待,机不再来,再不努力向前,一年又过去了呀!

他又走了。

他走得疲惫又疲惫,寒冷和肃杀又夺走了他最后的动力,他的脚,他的马,他的船和车,都熄火了,他的心也快熄火了,忽然间,墙角一枝梅点亮了他暗淡的心:梅花驿站到了。

来不及赏梅咏梅,一头扎倒呼呼大睡,他做梦了,梦见自己变成了一株梅花,在悬崖上,因为站得高,他看见了百花的家乡,看见了人间的一切,烦躁的心情宁静了,焦虑的目光悠远了,依稀中,听到有谁在问:百花之中,你是最早开,还是最晚开?他笑了,梅花从不在意是最晚开花还是最早开花,也不争春,也不争宠,只是年复一年把春报。

从梅花梦中醒来,周身舒坦,身体的劳累和心灵的疲乏都被洗净了,他找到了答案,知道自己该怎么办了,他要重新上路了,继续走,一直走到下一个梅花驿站。

2007年初春的一天,我也找到了我的梅花驿站,它深藏在太湖西山飘渺峰的一个山坞里。

苏州小巷

从前,有一个人在路上走着走着,他就走到苏州小巷这里来了。他站在小巷的这一头,朝着小巷的那一头张望。噢,这就是苏州小巷,是拿光滑灵透的鹅卵石砌出一条很狭窄很狭窄的街来,像古装戏里的长长细细的水袖,柔柔的,也有的时候有点弯,这弯,就弯得很有韵味,叫你一眼望不到边,感觉很深,很深。

他就跟着这种很深的感觉走了。有一辆人力车过来了,他要让它经过,他的身体就已经靠在路边的墙上了,等人力车过去,他可以正常走路,就看见他身体的一侧,左边或右边的肩膀那里,已经擦着了白色的墙灰,他是用平静的眼光看了看身上的墙灰,用轻轻的手势拍一拍,就继续往前走了。正如从前有一个人写道:"不念出声咒骂,因为四周的沉寂使你不好意思高声地响起喉咙来。"

小巷深处是一片静谧的世界,如果长长的小路是它的依托,那么永远默默守立在两边的青砖,黛瓦,粉墙,褐檐,便是它忠诚的卫士了,老爹坐在门前喝茶,老太太在拣菜,婴儿在摇篮里牙牙学语,评弹的声音轻轻弥漫在小巷里,偶尔有摩托穿越,摩托过后,又有卖菜的过来,他们经过之后,小巷更安静了,四周没有喧哗,没有吵闹,有远处运河上若隐若现的汽笛声。

这个人就走着走着,他呼吸着弥漫在小巷表面的生活的烟火气,他想,原来深深的小巷是肤浅的,是一览无余的呵。其实,其实什么也不用说了,因为这时候,他看到一扇半掩着的黑色的门,一种说不清的意图,让他去推这扇门,他的手触摸到了生锈的铜环,门柱在门臼中吱吱嘎嘎地响。

他不曾想到他推出了另一个世界。秋风渐渐地起来了,园子的树叶落了,叶子落在地上,铺出一层枯黄的色彩。他踩着树叶,听到松脆的声音,有一些乌青的砖,让脚下的小路绕过障目的假山和回廊,延伸到园子的深处,有一个亭子的亭柱剥剥落落,上面的楹联依稀可辨:

风风雨雨暖暖寒寒处处寻寻觅觅
莺莺燕燕花花叶叶卿卿暮暮朝朝

旧了的小园,是另一种风景,留得残荷听雨声,他想起了从前读过的句子。这是一个深藏着的精彩的天地,它是小巷的品格,结庐在人间,而无车马喧。

将它留在僻静的那里,他是要继续走路的,他又经过小巷里这一扇和那一扇简朴的石库门,他是不敢再轻视它们了。在这个简单的门和这个平白的墙背后,是有许多东西的。假如我是个诗人,我会写诗的,他想。

后来,他听到一个妇女在说话:"喔哟哟,隔壁姆妈,长远不见哉。"

他是完全不能听懂她们的吴侬软语,但是从她们的神态里,他感受到家常的温馨。他真一个聪明而敏感的人。

从前,在平常的日子里,一个人在苏州的小巷里随随便便地走走,真是一件很好的事情啊。

师 俭 堂

中央电视台的鉴宝节目,据说收视率蛮高,现在老百姓都爱宝藏宝,掀起了热潮。苏州现在也有免费的鉴宝日,我没有去过现场,又据说每次都是人山人海。大家带来了家里的宝贝,请专家看一看,无论看出来是宝不是宝,是价值连城还是不值几钱,大家都小心翼翼地捧回来,小心地藏好了。就这样也不知是谁发动的,也不知有没有人发动,似乎就有一点全民藏宝的意思了。这真是好事情。以前有个顺口溜,说政府让你养猪,你就种粮,政府让你种粮,你就养猪,准错不了。现在政府也没有发动全民藏宝,全民就自己在那里藏宝了。

这是劫后余生的宝。劫的时候到底劫掉了多少,这是一个不能想的问题,一想心就会颤抖,虽然宝不是我家的,但我心里也一样颤抖,一样的难过。前几天去了震泽师俭堂,在那里看到一些在夹缝里偷生、在劫难中残存的宝。

1972年我在震泽中学念书,那时候哪里知道有师俭堂,只知道震泽有个塔,到底去没去玩过,已经忘记了。推想起来,在长达一年的时间里,应该是去过的,但当时塔是个什么样子,一点也没有印象。如果试着想象一下,可以想象得出,塔肯定是封闭着的,里面藏满了恐怖和迷信。倒是在后来的文学作品中,我写过这个没留在我印象中的塔,真是闭门造车,凭空造塔。那时的师俭堂更是被生活的苦涩的海水淹没了,里边住了三十多户人家,多半是日子艰辛,唠唠叨叨,嫌住房太拥挤,嫌房屋太破旧,但就是在这狭小的空间,他们生活着,成长着,努力着,贡献着。这就是人民。

那曾经是一个全民灭宝的时代,但奇怪的是,它也从另一个角度保护了一些东西。我们在师俭堂看到从前主人卧室门外的藏宝密洞,它们的盖板完好无缺,打开来,下面是一块带锁的石门,同样毫发无损。讲解员告诉我们,住在这里的居民,几十年都没有发现这幢大宅里的密室和藏宝洞。其实,那一块活动的地板与周边固定的地板有着相当明显的异样,可为什么住户竟多年不曾发现其中的秘密?没有人能够回答我。我们找不到当年的住户,不知道他们迁出师俭堂后都住到哪里去了。就算知道他们住在哪里,我们也不可能去找到他们问这个问题。于是我后来自己给了自己一个答案:家具将它遮盖了。是不是写小说的人都喜欢自以为是地推一下理?因为我也曾经有过一家五口同居一室的经历,连家里养的两只鸡也住在一起,它们待在鸡笼子里,鸡笼子就放在我的床前,家里就没有一块能够让我们转个身的空间。好在那时候我们都还小,白天只是在外面野,晚上才知道归家,一回来往床上一滚,一天就过去了。如果有个不喜欢出门的孩子,那他的日子肯定是比较沉闷的。在一间堆满了家具的屋子里,别说一块密洞的盖板,就是遍地密室,恐怕也是发现不了的。

师俭堂的书房里有四块落地板门,一面是漆雕,一面是木刻,漆雕以画作为主,木刻是诗作。是谁在1860年代或1870年代刻下了这些诗,这还是一个谜,还有待考证。希望他们是一些名人、文人,当然,如果他们只是一些普通的工匠,也一样,因为在我们眼里,他们也一样都是名人文人。所以,我觉得不考证也无所谓。有人说这四块板门的价值抵得上整座师俭堂,不知道有没有什么依据,师俭堂占地2700平方米,有六进几十间屋,四块门板如果真能抵上一宅子,被收藏家见了,眼珠子都会发绿。

让我们再回到当年,一个年轻的女孩和她的家人一起住进了这间书房。当然他们不能称它为书房,那个时代几乎没有谁家家里是有书房的。过去师俭堂主人家的书房,现在就是她全家人的家。女孩看着这四块黑乎乎的漆雕门板,觉得阴森森的,还觉得有些脏兮兮的,女孩爱干净,就用纸将它们糊上了,这样女孩觉得好受些了,房间里洁净多了,也亮堂多了。女孩就在那里度过了她的青春时代。

许多年过去了,女孩和她的家人以及住在师俭堂的所有人家全部搬出去以后,人们将女孩糊上的纸撕下来,发现了这四块门板,它们被保护得完好无损。

女孩和她的家人邻居,就这样与宝贝擦肩而过,与此同时,他们也踏踏实实地走过了历史,走过了自己的人生的某个阶段。因为他们的不识宝,更因为那个时代教育他们,宝就是罪,所以他们与宝擦肩而过,一无牵挂地走了。

这四块门板没有被人拆下来带走。假如我们设想它们被拆走了,或许哪一天在鉴宝节目中我们能够看到它。可现在它们安守在原来的位置上,时间走过了一百多年,它们没有移动,没有坍塌,没有破损,没有挂到别人家的新房子的墙上去做装饰品。

看 茶 去

清明前的一天,我们去洞庭东山的茶村,看茶农采茶。天气阴郁着,时时飘下些细碎的小雨,春寒犹在。而我们中的好几个人,因为今天要来看茶,头一天特意听取天气预报,结果上了当,因为天气预报说,今天晴天,气温也高,大家便换上春装来看茶了,这就被冻着了,但是情绪却是高的。因为要拍电视,茶农先集中在一处,到差不多的时候,就四散到茶树中。茶农大多是些妇女,年轻的,也有年纪稍长的,穿着随意的衣服,在绿的茶树丛中,点缀出许多色彩。她们灵巧的手上下飞舞,像歌里唱的那样,"姐姐呀,采茶好比凤点头,妹妹呀,采茶好比鱼跃网",将嫩绿的细小的卷曲着的叶子摘下来,扔进背篓,她们对我们提出的问题,笑眯眯的一一解答,她们的笑容和吴侬软语,就很像一杯清香的碧螺春茶。

同行中有一个人在说,从前释迦牟尼坐在茶树下悟禅,苦思冥想难以得道,释迦牟尼就摘了几片茶叶塞进嘴里咀嚼,茶的苦涩清香洗净了心肺的浊气,释迦牟尼顿悟。他说了之后,就有好些人,也将随手摘下的一两片两三片茶叶嚼了起来,品咂着未经烹炒的生茶的天然意味。

有一位朴实的老茶农,带领我们去看他的试验田,他试验的无根迁移栽培法获得了成功,使得碧螺春茶叶的产期提前了,产量也有所提高,他说,现在全村的茶农都早跟着他学呢。我们说,全村的人学你,那你又是跟谁学的呢,他说,我是看电视看来的,电视上的农业科学节目,讲的是其他地方,讲的是无根迁移栽培别的农作物,他就想,别的农作物可以,我的茶叶行不行呢,他就试了,试着试着,就成了。后来雨越下越大,我们纷纷跑回停在村口的汽车上,茶农就骑上了他的那辆破旧的自行车,沿着山路下去了。我不知道他姓什么叫什么,认不认识字,或者是文盲?我从车窗里看他的背影,看到他的套鞋上裤管上,沾满了泥巴。

看茶的活动继续着,我们还要去看最精彩的炒茶,去看炒茶前的拣剔,去看茶农的那一双神奇的手,怎么在180度的热锅里将茶叶搓揉成形,搓团显毫,然后,我们还要品茶,要谈一谈与茶有关的文化现象和经济现象,只是且慢,此时此刻,站在洞庭东山的山坡上,放眼望去,万顷太湖碧波浩渺,我们的思绪,也已经飘荡去很远很远了。

洞庭东山在太湖边,这个伸入太湖的半岛上,长满果树,掩隐着许多的明清古建筑,茶叶就生在这些果树下,古屋旁,所以它们悠久,又香,从前曾经被叫作"吓杀人香"。那时候它还是野生的茶树,就长在山壁间,农民经过的时候,闻到它的香味,惊呼地说:啊呀呀,香得吓杀人。后来康熙皇帝来了,当地的官员拿这种香茶请康熙,康熙喝了茶,大加赞赏,但是想了想,他觉得这个名字不雅,康熙说,别叫什么吓杀人了,你们看这茶叶,又是碧绿的,又卷曲如螺,又是早春时候下来的,我看就叫碧螺春吧。

据说,我们看到的,已经是明前的最后一次摘采了。茶树是非常慷慨的,仅明前的日子里,就能供茶农摘采好几批,而且,采得越多,它们就生长得越快也越多。过了清明,在雨前(谷雨前),也依然还能采好几次,再往后,茶叶老一些了,还能做成炒青,浓香,而且经久耐泡,所以有人说,虽碧螺春名闻天下,这里炒青,也是独树一帜的。

茶树尚是如此,我们站在茶树前,应该有人会想到,我们如何努力自己的人生,为自己也为他人多做一点事情呢。

感悟江南

　　江南是山水的江南。但是江南的山不够高不够险峻,江南的水也不是壮阔的,是秀水青山,是笼在雨水雾气中的,是细气的美,便孕育出柔软温和的江南性格来了。

　　江南是性格的江南。许多的江南人,他们性情平和,与世无争。明代画家沈周,就是一个很好说话的人。那时候他的画出了名,求画的人很多很多,每天早晨,大门还没有开,求画人的船已经把沈家门前的河港塞得满满的。沈周从早画到晚,也来不及应付,沈周外出,也有人追到东追到西地索画,就是所谓的"履满户外"。沈周实在来不及,又不忍拂人家的面子,只好让他的学生代画,加班加点,才能应付。但这样一来,假画也就多起来,到处是假沈周。沈周知道了,也不生气,甚至有人拿了假沈周来请他题字,他也笑眯眯地照题无妨。有一个穷书生,因为母亲生病,没有钱治病,便临摹了沈周的画,为了多卖几个钱,特意拿到沈周那里,请他写字,沈周一听这情况,十分同情,不仅题字加印,还替他修饰一番,结果果然卖了个好价钱。号称"明代第一"的沈周如此马马虎虎稀里哗啦好说话,按照现代人的看法,这实在是助长了歪风邪气,支持了假冒伪劣,但沈周就是这么一个生在江南长在江南充满江南味的江南人呀。

　　江南的男人尚且如此,江南的姑娘又是如何呢?我们看,一个江南的姑娘在树下等着心上人,可是她等呀等呀,等了很长时间也没有等来小伙子,她望眼欲穿,但并不生气,也不恼怒,她轻轻地念叨着:"约郎约在月上时,等郎等到月斜西;不知是侬处山低月上早?还是郎处山高月上迟?"焦急失望的心情都是那么的委婉感人,唉呀呀,找这般好脾气善解人意替人着想的江南姑娘做老婆,小伙子可是前世修来的福啊。

哪怕是在矛盾和斗争中,江南人也常常是宽容和宽厚的。苏州寒山寺的寒山和拾得,是唐代贞观时的两位高僧,一对好朋友,在传说的故事中,他们是文殊菩萨和普贤菩萨的化身,但即使是菩萨的化身,即使是高僧,他们在人间,也会有人间的烦恼,人间的种种矛盾,他们也要体验。有一天,寒山实在被搞得难过了,他去向拾得求教,说,拾得呀,我本来是想和人好好相处的,但是这世上的人,他们谤我、欺我、辱我、笑我、轻我、贱我、恶我、骗我,我怎么办呢?我如何对他们呢?拾得听了,他微微一笑,说,寒山呀,这不难,你只要忍他、让他、由他、避他、耐他、敬他、不要理他,再待几年,你且看他。寒山和拾得的对话,千古流传,苏州人骄傲得很,你看看我们苏州人,就是这样的,多么好说话,涕唾在脸上,随他自干了。

可能有许多人要跳起来了,要发怒了,要问一问了,难道我们江南人,就是这么个孬种的形象,这么懦弱,严重缺钙,甚至连骨头也没有了?江南就没有刚直的人?当然是有的,苏州的史书上有一段记载:弘治时,葑门外卖菱老人,性直好义,有余施济贫困,后与人争曲折不胜,自溺于灭渡桥河中。因为与人争,争不过人家,一气之下,投河自尽了。这般的刚烈,这般的激烈行为,使人怦然心动,为之肃穆,为之长叹。

只不过,这毕竟是苏州人中的少数。正因为少,才显得可贵,显得重要,显得特别,所以,一个默默无闻的卖菱老人,上了史书。

宽容和宽厚,创造出宽松的环境来,江南人在宽松环境中,节省了很多力气,也节省了很多时间,节省下来干什么呢?建设自己的家园。就拿苏州来说吧,大家知道苏州美丽富饶,经济发达,可这美丽富饶和发达的经济不是天上掉下来的,也不是地里自己长出来的,是苏州人创造出来的,苏州人省下了与人争争吵吵动手动脚的时间,辛勤劳动建设出一个繁荣的苏州。苏湖熟,天下足,这是说的苏州人种田种得好,农业富足,近炊香稻识江莲,桃花流水鳜鱼肥,夜市卖菱藕,春船载绮罗,这等等,是苏州的农民干出来的,当北方人在焐热炕头的时候,苏州的农民已经下地啦,从鸡叫做到鬼叫。苏州园林甲天下,苏州红栏三百桥,都是苏州人创造出来的,他们没有把精力和血汗浪费在无谓的争斗中,而是浇洒在土地上,使得苏州这块土地,越来越富饶,越来越肥沃。

江南人细致的地方很多很多,但江南的精细不是死板的,而是生动鲜活。就说苏州的刺绣,要把一根头发丝般的丝线,还要劈成二分之一、四分之一,最要求细的,甚至要劈成六十四分之一,比如绣猫的鼻子胡须,当然是越细越好,越细越生动,苏州人讲究这一套,苏州人追求高超的艺术,苏绣于是闻名天下了,精美、细腻、雅致,大家说,苏绣是有生命的静物。

江南是园林的江南。园林的江南,培养出了江南人精致而又平淡的生活习俗。

江南又是老宅的江南。许许多多经典的老宅,遍布在江南的城市和乡村;许许多多的江南人,都是在江南的老宅中长大起来。江南的老宅,为我们提供了独特优越的读书的氛围,潜心苦读和专心创造,江南人永远不会迷失自己的精神家园。

江南还有许多古老的小镇,它安详地浮在水面上,永远在流淌着,又永远地静止着。小镇上有一些深藏的古街,是清朝一条街,或者是明朝一条街,街面是用上等的青砖竖着砌成人字形,沿街有几家旧式的茶社,随便地进去,泡一壶茶喝,紫砂的茶壶,虽算不上什么极品上品,却也是十分的讲究,喝着茶,看着古街上经过不多的乡人,看他们的神情是悠然自在的,四周没有喧哗,没有吵闹,偶尔的蝉鸣鸡啼,有些世外桃源的意味。我们坐着,看着,也许奇怪这里的人怎么这么少呢,茶社的老板说,清早的时候,人是多的,现在都有事情忙去了。原来,在表面安静的背后,也有着一个忙碌的世界呢,那就是现代的当代的江南世界吧。

江南是让我们走、让我们看的,更是让我们感悟的。感悟着江南,我们为自己生于斯长于斯而庆幸。

永远的故乡

在1970年前后的两三年里,我们一家下放在吴江桃源公社新亭大队。新亭在桃源的最南边,桃源在吴江的最南边,吴江在苏州的最南边,苏州在江苏的最南边。从地图上看,桃源和新亭都陷入在浙江的包围之中,如果觉得这样说比较被动,反过来说也一样,桃源和新亭,是江苏伸入浙江腹地的一个尖尖。我就是在这个尖尖上,度过了从少年到青年的人生的重要阶段。农闲的时候我们也和农民一样要上街。离我们最近的街,就是桃源公社所在地戴家浜,但因为当时戴家浜的商业不发达,我们就向往了比戴家浜繁华一些而且稍有点名气的铜罗镇了。

那个时候大家并不管它叫铜罗,却是叫作严墓。我们上严墓的街,是摇船去的,去过多少次,不记得了,但第一次却记得很清楚。那时候我们全家刚刚下乡来,新亭三队的农民对我们十分友好,今天你送几个鸡蛋,明天他送几个团子,而且一形成了风气,还互相攀比,弄得我母亲手足无措了,说,这怎么好意思,这怎么好意思。母亲和父亲商量,要上街去买东西还礼,我们就去了严墓,在南货店里买了几十包红枣和柿饼,是用很粗糙的黄纸包的,扎上红绳,放了满满的一大篮子。父母亲还要在严墓办别的事情,就吩咐我蹲在街角上,守住那个大篮子。我老老实实地蹲在那里,过了不多久,有人走过,就朝我看,又有人走过,又朝我看,还朝我的篮子看,再有人走过,看过我和我的篮子后,他终于忍不住了,问我,你是卖什么的?那时候我们才下放不到一个月,我还不会说乡下的话,不敢开口,只是惶惶地摇头。人家也不跟我计较,就走开了。我就那样蹲在严墓的街角上,眼巴巴地朝父母亲消失的方向看着,巴望着父母亲及早过来带我回家。

到了1971年,我去震泽中学读高中,路途颇多周折,要先从桃源新亭大队走到铜罗,再乘船去震泽,于是在那一年多的时间里,便有了无数次的往返,往返于桃源和铜罗之间,一路金黄的油菜花,一路青青的麦苗,一路红色的紫云英,至今都还历历在目。

从桃源到铜罗,途中是不是要经过青云公社,我不太清楚,但是在震泽中学时,我有几个家住青云的同学,他们曾经向我描述他们家乡的种种情形,于是,青云公社也就和戴家浜、和严墓一样,留在我的记忆深处了。

这是近四十年前的事情。快四十年过去了,有一次我又站在严墓的街上了,我不知道这是人生的偶然还是生活的必然,但事实上我又来了,我朝街头一看,就看到了我自己,一个刚从城里下乡来的小女孩,茫然地蹲在异乡的街角,看守着那一篮红枣和柿饼,我已看不清我穿的是什么衣服,也看不清我梳的什么头,但是我清楚地看见,包红枣的纸,蜡黄蜡黄的。

那一天严墓街上人很少,街是旧的,房屋是旧的,人是安静的,有一些老人坐在街边说话,打牌,看街前小河的流水,他们的本来就很轻微的声音被安静的小街掩盖了,他们和他们所做的事情,对我来说,更像是一幅画。站在这幅画前,我没有多问一句,没有打听严墓有没有喧闹的新区或者发展中的工业园区,也没有打听严墓有多少历史和传说,我只是和严墓的老街一样安静地站在这里。

也许,严墓的名人故居正深深地隐藏着,严墓的历史遗迹正在悄悄地呼吸着,即使我们一时看不见它们,我们也知道,严墓是历史的,是值得我们流连忘返的。我看到的是许多普通的老宅民居,历史的沧桑落在它们的面庞上,时光的印记刻烙在它们的脊梁,我在这里与它们的交流,我觉得更亲近,更自然。走进名人故居,面对名胜古迹,我会升起敬意或小心翼翼,但走在这个普通的旧了的小街上,我收获的是自由和放松,拾起了自己的少年,就像在自己的家,不用肃然起敬,也不要用心听讲解员刨根追底的讲解。

这里没有很多的游人,也没有很多的旅游纪念品,甚至连他们的闻名的黄酒,也藏在深巷小街和村里乡间。但是酒香飘了出来,我们闻到了。从小街乡间飘来的酒香,让我深深感受到了安详和谐的气味。这种感觉,陪伴着我,温暖着我,一直到前不久,收到了桃源镇给我发来的《吴风越韵溢桃源》这部书稿,在这部丰润厚实的书稿中尽情徜徉,我再一次收获了我的桃源铜罗青云给我的心灵滋补,再一次享受了第二故乡给我的精神抚慰。

许多年以后,我才知道,"桃源"这个充满诗意的名字正是取之于"问津桃花何处去,为有源头活水来"的著名诗句;我又欣喜地了解到,在青云这片土地上,许多古桥保存完好,桥上的对联,比如"北望洞庭,山浓如翠东连笠泽,水到渠成"、"冰鉴一奁秋水影;渔歌两岸夕阳村"等等,宁静纯洁地品味,让我犹如置身在一个天然的文学氧吧之中;而铜罗和严墓的名称更替,更是别具意思:铜罗曾经是严墓的前称,后来因为发现了西汉严忌的墓,从此铜罗便改称为严墓。1957年严墓区划分为铜罗、青云、桃源三个乡,此时的严墓又成了铜罗镇所在地的地名。现在情况又发生了变化,严墓之称已经真正消失,而铜罗镇也已成为桃源镇铜罗社区。

桃源、铜罗、青云,虽然是三个不同的名字,但它们是相依相存的,它们的气息是相同相通的,它们有着同一样的肥沃滋润的土地,有着同一样的悠久灿烂的历史,有着同一样的丰厚的文化底蕴,它们共同扛负起这个江苏最南端地区的繁荣发展的重任。

历史可以变革,行政区域可以重新划归和变化,但这些都无法改变一个人对故乡的深情。

就说铜罗吧,许多年来,岁月流逝,铜罗消失了,变成了严墓,岁月又流逝,严墓又消失了,变成了铜罗,岁月再流逝,铜罗镇消失了,变成了铜罗社区。但是,我们知道,在这个世界上,凡有消失的,就必定会有不消失的。无论是铜罗也好,严墓也好,是镇也好,区也好,就像改成了桃源镇的戴家浜,就像改成了青云社区的青云公社一样,永远留守在我们的心底深处,家乡安详和谐的美好形象,在我们心里永远不会改变。

回到全家下放时的院子

开会时的笑容

今日相逢

几百年前,阳澄湖边,一个叫宅里的地方,一个小村落,小溪,石桥,三五古树,数间茅屋,那时候沈周已经烧好了泡茶的水,备好了温酒的壶,端正好了纸笔砚墨,站在自家的屋门口,朝门前的小河张望。

河水轻轻流动,他渐渐地听到了橹声。橹声近了,更近了,他的朋友们来了。

是唐伯虎,是文徵明,或者他们呼朋唤友一大群人起来了。日复一日,年复一年,隔三岔五,他们就要过来坐坐,好像不过来坐坐,心里就不能踏实,下面的日子就不知道怎么过了。春天,来听雨,秋天,来品蟹,夏天也可以来,冬天也可以来,一年四季,每月每日都有他们的话题,都有他们聚会的由头。

这是古代文人的生活,是他们休闲潇洒的日子,也是他们努力耕作的时间。他们在纸上耕作,在随随意意率率性性的谈吐间就播撒了种子。一幅幅的字画,一篇篇的诗文,就在这个角角落落的小村子里诞生出来了。这时候,沈周知不知道,他们的聚会,他们的文化耕作,将成为航行在未来海洋上的帆船?其实,知道或不知道,都是无所谓的,重要的是,他们创造了,他们写下了历史。

几百年以后的某一天,初春,阳光明媚,微有寒意,在忙碌浮躁的世俗生活中的这一刻,我们忽然间就站到了沈周的墓前,忽然间繁杂的心情就纯净起来,恍惚间就像遇见了沈周,走进了当年在宅里村的聚会,这是一次历史的相逢,是一个意外的惊动。他们的气息,历经数百年风雨的洗刷,仍然感染着我们,仍然振奋了我们。

此时此刻,站在沈周的墓前,我们在心里默默地感谢他,感谢他和他的朋友们,为我们留下了这么多无价之宝,给我们提供了如此丰厚的文化遗产,更是让生活在今天的文人们,不感到寂寞和孤独,在富饶的光怪陆离的物质世界里,不觉得文人生涯的贫穷和单调。这是因为许许多多的沈周们,极大地丰富了我们的精神世界。正如明代吴宽给沈周诗稿写序时说:"盖隐者忘情于市朝之上,甘心于山林之下,日以耕钓为生,琴书为乐,陶然以醉,倏然以游不知冠冕为何制,钟鼎为何物,且有浮云富贵之意,又何穷云?"

另一位明代诗人高启诗曰:"东津渡头初月辉,南陵寺里远钟微。主人入夜门未掩,蒲响满塘鸭未归。"沈周和沈周的家乡湘城镇,就这样在诗中在画中流传了下来。

镇子还是从前的模样,以济民塘河为中轴线,河岸两边就展开了湘城镇百姓千百年来的日常生活。和周庄,和同里,和许许多多的江南古镇老街,几乎是一个模子里刻出来的。据说湘城镇的这条老街的模式最早形成于春秋战国时代,这个说法到底无有考证,我没有去深究,也不想去深究。走在这条老镇的小街上,我第一感觉,它就是尚藏闺中的周庄和同里,它是一块未经开发和调理的处女地。许许多多的古镇老街,它们曾经是那么的相像,河为中心,沿河而筑。但是现在它们渐渐地离得远了,它们不太相像了。湘城镇的老街上有许多错落无致并且老化了的电线,有许多斑驳的老墙和透风漏雨的窗口,比起旅游热线的周庄和同里,湘城镇的这条老街,少了一点规整,少了一些人气,也没有大红灯笼和旅游团队,几乎还完全停留在那个朴素而单调的年代。唯一一幢稍有规模的房子,是建于七十年代的一座饭店,也是当地人永远不会忘记的镇上曾经在几十年里唯一拥有的饭店。水泥的墙面,老式的结构,为我们保持了一份朴素的感情,给我们留下一段亲切的记忆。

离得远一点,相差大一点,看起来它似乎没有踩在时代的节奏和步伐上,但却带来了另一种效果,它走着自己的路,它有着自己的节奏。

也许,过不多久,它也会改变,也会有导游挥着小旗,带着远乡的游人来了。我只是希望,能够让他们走一条和周庄和同里不一样的老街。从一样中找出自己的不一样,从相像中发现自己的不相像,保持住自己的东西,保留住应该保留的东西。这样,如果有朝一日,沈周回来了,沈周就不会因为找不到自己的家乡而苦恼,沈周会高兴地说,从前我就是住在这里的呀。

虽然现在宅里村改名为沈周村,虽然现在湘城镇改名为阳澄湖镇,但是一切的变也许都是为了一个不变,这个不变,就是对历史负责,这是一种自信,这是一种以不变应万变的风度。

走出老街,就到了水码头,莲花岛的村主任正在小艇上等着我们,他笑眯眯地跟我说,我知道你写过我们莲花岛,那篇文章叫《擦肩而过莲花岛》。想不到两年前的一篇小文章,他还能记得清楚。莲花岛确实是我向往已久却一直未能去到的地方,无数次想象着,秋风渐起天高气爽的那一天,和三五好友或和远方的客人去阳澄湖上的莲花岛品尝阳澄湖大闸蟹。但是那一年的秋天我还是没有去成莲花岛,也许我与莲花岛的缘分还未到吧。但是我相信我和莲花岛是有缘的,不必费心安排,也不用刻意组织。有缘就一定能够相逢。

果然,相逢的日子就这么不知不觉地来了。

莲花岛比我想象中更繁忙一些。这是一个不繁忙的季节,但家家户户都在做着养蟹养虾的准备工作,蟹笼虾笼铺得满地都是。

小艇安静而有序地停泊在河道里。到了金秋蟹肥时,它们就不再安分了,它们腾空飞跃破浪前行,到岸边,把客人接回来,安顿在自己家里,让他们饱尝螃蟹的美味,吃一顿农家餐,来一回农家乐,让他们的心情,让他们的思绪,回一趟童年。沈周写过一首《渔庄村店图》:"渔庄蟹舍一丛丛,湖上成村似画中。互渚断沙桥自贯,轻鸥远水地俱空。船迷杨柳人依绿,灯隔蒹葭火影红。全与我家风致合,草堂亦有此遇翁。"这就是莲花岛的从前和现在,这既是诗与画的莲花岛,又是现实生活的莲花岛。

初春的这一天,我们只在沈周的家乡湘城镇逗留了半天,离开的时候,大家都意犹未尽,这是一个值得来了再来的地方。

我们还会再来的。

唯见长江天际流

小时候住在一座古老的小城里,也曾经听说过长江,以为是很遥远很古老的故事,与自己是没有什么关系、也不会有什么关系的,更没有什么想象的能力和虚构的本事,即使知道世界上有一条江,叫长江,也无法在自己的心里或脑海里勾画出它的形象和模样,于是长江就这样从一个小孩子的一个耳朵里穿进去,又从另一个耳朵穿出来,流走了。

长到少年的时候,跟着家里的大人从城市来到了农村,这农村倒是个水网地区,湖荡沟渠遍布,水很多,不过那不是长江水,是江南的水,是江南的细细小小的水,是江南的青山绿水的水,所以,在江南农村的那些年里,虽然是被水浸润着的,虽然是被水抚育了的,但却仍然与长江无缘,与长江仍然相隔两茫茫。

然后长大,进入大学的中文系,忽然就在眼前打开了一个全新的世界,在图书馆在阅览室,我认识了长江,唐诗中的那些写长江的诗句,总是令人心动不已,吟诵不止。"孤帆远影碧空尽,唯见长江天际流";"两岸猿声啼不住,轻舟已过万重山"……我终于可以插上想象的翅膀,在文学的天空翱翔,去了解长江,去亲近长江,长江与我,不再是陌生的了。

但是,这毕竟还只是纸上的长江,诗中的长江,古人笔下的长江,自己与长江,还未曾谋面,还没有机会亲密接触,零距离相遇。

别急别急,无缘对面不相识,有缘千里来相会。这一天终究还是来临了。我与长江的结识,缘于一个小伙子,这个小伙子是正宗的长江北边的人,我在大学的篮球场上,看到他的身影,后来就谈恋爱了,当然是地下的,再后来,我就跟着他回家了。

那时候我对江北一点地理概念和方向感都没有,因此头一次去婆家就给了我一个大大的下马威,从前李白乘个小舟便能"千里江陵一日还",我们坐了四个大轮子的长途汽车,清晨五点出发,一直开到下午六点才到盐城,直坐得两腿发麻,两眼发直。

记得那是一个非常寒冷的冬天,我头一次见到了长江。说来惭愧,那一年我已经二十七岁了,但是革命不分早晚,认识长江也一样不分先后,二十七岁的时候,我和江北的小伙子,坐在肮脏破旧的长途汽车上,汽车开到江边的渡口,停下来,大家下车,空了身子的汽车开上停在江边的渡船,下了车的乘客,再逐一步行上船,浑浊的江水就在脚下,滔滔的波浪拍打着渡轮,水花一直溅到甲板上。

这个摆渡口,在长江的江阴段,是我们的必经之路。走在这条路上,不由得思绪就翻腾起来,想起电影《渡江侦察记》里国民党情报处长的"经典"台词:"报告军座,像这样坚强立体的防线,如果共军没有飞机和登陆艇配合作战,那是很难突破这长江天堑的……"话音未落,解放军的"经不起一发炮弹的木帆船"就冲过来,就在这地方,百万雄师过大江了。

上了船,虽然很冷,甚至有江水泼洒过来,我却没有像其他乘客一样急急地躲到车上去,毕竟,这是我头一次见到长江呀。

生于江南、长于江南、习惯了江南和风细雨的我,确确实实被这个长江震撼了,甚至震惊了,这尚且是一个风浪不大的冬天,江水便已是如此的雄壮而粗犷,如果碰上雨季风季,这个长江又会是怎么个样子呢?

那样的样子,有一回终于是给我赶上了。那是几年以后了,我们已经从地下转为地上,从恋人成了夫妻,却是一对两地分居的夫妻。于是,寒暑假里,逢年节时,你来我往,奔波于江北江南。一个深秋的日子,我在婆家住了几天后,独自一人回苏州,一上路就已是风雨交加,车到江边时,一眼望出去,真是长江滚滚向东方,那滚滚之势,让那样巨大的渡轮可怜得就像一叶小舟在风雨中飘摇。我们停在岸边等候渡船,渡船却在江上遭遇了危险,巨大的浪把船板打断,一辆停在船尾的汽车,差一点滑进江里。经这一惊吓后,有关部门立刻通知封江。这是我头一次听到封江这个名词,以后也再没有碰上过。封江了,所有的汽车都停在江边,排起了长得望不到底的车队。大伙儿似乎也不怎么着急,也没有见谁慌慌张张,到处打探的,不像现在,一碰上堵车,哪怕一个小小的堵车,大家都会烦躁不安,跳起脚来,到底时代不同了,速度也不同了,情绪也不同了。虽然大家很泰然,我心里却很不安然,长江南边,父母亲等着我早早归去,长江北边,丈夫也等着我到家后跟他联系,我却两头不着落地停在了江边。一急之下,便顶着风雨,下车去探听消息,可是除了风雨,哪里有什么消息,是呀,谁又能知道这风雨什么时候才肯停息呢。

结果倒是挑了江边的小食店,生意大好。我又冷又饿,又惊又慌,赶紧躲进一家小店,想喝点热水,却连茶杯也没有,借了一个碗,买了一碗热水,哆哆嗦嗦刚端上,还没送到嘴边,一阵狂风过来,打起了门帘,门帘又打着了我的手,碗就从我的手里摔出去,打到地上,碗碎了,水泼了,那卖水的妇女皱着眉头朝我看了看,又拿出一个碗来给我,倒上热水,可我竟然又犯了一个完全相同的错误,第二次将碗打碎了,将水泼光了。那妇女也急了,指着我连连说,你这个人,你这个人,你这个人。我没有听到她后面说了什么,她可能也确实没有再说什么,在这样的时候,出现这样的情况,用

"你这个人"四个字也就足够了。当然,最后我还是喝到了热水,也吃到了东西,吃的什么虽然忘了,但毕竟没有饿着自己。我虽然打碎了那妇女两个碗,但她还是给"你这个人"提供了喝的和吃的。我早已经忘记了她的模样,但我知道她是一个住在长江边的妇女。

封江一直封到第二天早晨。这一夜,乘客们在车上坐了一夜,车外风声雨声,车上大家却很安静,该睡的睡,该闭目养神的闭目养神,也有人细声交谈,我的烦乱的心情渐渐平静下来,最后就坐在座位上睡着了。

醒来的时候,风雨停了,渡轮也开始工作了,我们的汽车上了渡船,汽笛长鸣,朝着江南去了。

这真是我住长江南,君住长江北,日日思君不见君,隔着长江水。好在过了不算太长的时间,我们就结束了两地分居史。但我的公公婆婆仍然住在江北,所以,我们仍然是要过长江的,每年至少一次。在我儿子出生的当年,还未满周岁,就跟着我们一起横渡长江了。

和长江的交往,就是从这里开始的。后来与长江的联系,就渐渐的多起来了。记得在我留校工作后不久,来南京某高校参加教材修订工作,第一次看到了南京长江大桥,在雄伟的桥头堡那里留下了一张黑白照片,如今那照片已经发了黄,但还在我的相册里坚守着时光呢。

再后来,有一段时间,和江苏的几位作家同行,经常出去参加采风活动和各种笔会,常常乘坐江轮在长江上来来往往,打牌的打牌,聊天的聊天,观景的观景。当我们在长江上飘来飘去的时候,北京的作家朋友总是在天上飞来飞去,千里江陵,一个时辰就往返了,所以我们还被他们嘲夸为"饱览长江景色"。又记得一次,从重庆上的船,好像要坐好几天,都为船上糟糕的伙食发愁,叶兆言变戏法似的拿出几包方便面,大公无私地贡献给我一包,说,这个咸菜方便面,你肯定喜欢。何止是喜欢,弄热水一泡,一股鲜香扑鼻而来,简直馋煞了我。那可是我吃到过的最美味的方便面。

在长江上一走就是好几天,现在回忆起来,似乎从来没有什么情绪焦虑,心绪烦躁之类,也没有迫不及待火烧火燎的感觉,慢慢走,慢慢看,慢慢享受。只是不知道现在的人怎么了,一旦出门在外,总是急急地要返回去,恨不得就是早出晚归了,凡在外面住了一两晚以上的,就肯定归心似箭要逃走了,是家里有什么急事吗?不是,是外面的条件不够好、风景不够美吗?不是,是工作实在太忙离不开你吗?更不是。那到底是什么呢?是速度。

几乎是一夜之间,我们的速度就上来了,裹挟着时代的狂风,携带着世界的信息,领着我们急急匆匆往前赶。现代化了,现实快速度的条件越来越多越来越好,就说这长江上的桥,过去我只听说过武汉长江大桥和南京长江大桥,而现在仅江苏境内,大概至少也有七八座大桥,马上江底的隧道也要贯通了,有专家预测,到2010年,长江上的大桥将达到60多座。这真是一个惊人的数字。桥意味着什么,意味着一个字:快。快了,就方便,就简捷,就直接,省时省力,这是改革开放经济建设给人民带来的实实在在的好处。

现在再从江南到江北,从苏州去盐城,只需一个多小时,过长江有几座桥可以任意走,高速连着高速,大路通坦,但是去盐城的次数反而少了,觉得太近了,太方便了,随时可以去。结果,这个"随时"往往就变得不随时了。速度解决了我过长江的难题,但是我却再也找不到那个冲着我皱眉,连说几遍"你这个人"的妇女,喝不到她倒给我的热水了,也不再有机会馋着嘴讨吃叶兆言的咸菜方便面了。

就像对于今天的快捷便利生活,人人赞叹,个个感慨,可人们却又开始怀想起那慢的和不甚方便的时代了。想起从前一个人站在江边等候渡船时的心情,在渡船上摇摇晃晃跨越长江的心情,经过长途颠簸劳顿终于到达目的地的幸福感,成就感,似乎都在速度中消解了。速度让我们方便,同时也让我们变得急切,变得惶惶不可终日,变得沉不住气。速度是我们所渴望所需求所追求的,也是现代社会所必须的,现在在生活中,我们每天都看到很多的抱怨,都是因为慢而产生的,无论在什么地方,无论干什么,只要速度稍稍慢了一点,立刻抱怨声四起。

还好,今天我们能够在快快的生活节奏中,慢慢地回忆一些慢慢的故事,比如,回忆一些与长江有关的故事,这真是一件十分美好的事情。

一切都加快了,只有长江的流水,一如既往。比起人类来,长江似乎更有定性一些,它总是按照自己的节奏和规律,向着东方行走,既不更快也不更慢。

这真是唯见长江天际流啊。

人　生

除夕,天色将晚的时候,我在一个小小的菜市场转转。

天色阴沉沉,卖菜的已经零零落落,买菜的人也越来越少,大家都已经将该买的东西买妥,现在正热气腾腾地做菜,或者,也有越来越多的人家,自己也不动手了,合家老少,上馆子去,也已是正常现象,不以为奇,所以在除夕的这时候,菜市场不再热闹了,大家都回家了。

走着,看看,心里忽忽悠悠的,像是自己也有了些飘零的感觉。

走过卖葱姜的小摊,再走过卖鱼的摊,看到一位老人坐在小矮凳上,脚跟前摊着一张报纸,报纸上压着一只铜牛。

铜牛不很大,制作得很精致,半卧着,牛背上有小牧童,小小的孩子背着个大大的斗笠,生动,感人,小孩和牛都静静的,和老人一样。

我问老人:"这是什么?"

老人说:"这是铜牛。"

旁边有人说:"你听他,哪里是铜的。"

我并不想买铜牛。

我看看老人,老人对这话无动于衷,他只是静静地坐在除夕的寒冷里,目光平平淡淡。我不知道这只铜牛是不是老人自己制作的,或者是从别的地方买来,也或者,是家传的,我想,这都无所谓,让我的心灵有所动的,是这样的一幅情景:除夕,黄昏,老人,铜牛……

我问老人:"你的铜牛卖多少钱?"

"五十。"老人说。

"不值。"旁边的人又说。

老人仍然没有说话,没有说他的铜牛值五十或者不值五十。

我在老人身边站立了一会,我看着他的铜牛,我想说说话,但我不知道自己想说什么,也许我是觉得老人没有必要在寒冷孤寂的除夕傍晚坐在冷落的菜市场卖铜牛,犹豫了一会,我说:"要吃年夜饭了。"

老人好像笑了一下,但他仍然不说话。

后来,隔壁卖鱼的老板兴奋起来,来了一辆车,停了,下来几个匆匆忙忙的人,要鱼,看起来也是忙人,到一年的最后一天的下晚,才有一点点时间给家里买鱼,再忙,鱼总是要买的,年年有鱼(余),虽然时代进步到现在,但是中国的老百姓仍然有很多人喜欢传统,忘不了传统。

卖鱼的老板在兴奋的时候,没有忘记将鱼价再抬一抬,这是一年中的最后一次机会,很难得,买鱼的人虽然忙中偷闲挤出时间来买鱼,倒也没有把价格弄糊涂了,于是卖鱼的人和买鱼的人和和气气地为鱼的价格讨论起来,这是大年三十,大家心情很好,没有人吵架,也没有人不讲礼貌。

卖鱼的人和买鱼的人终于谈妥了价格,他们一起动手,抓鱼,他们的动作比往日更潇洒。

卖铜牛的老人觉得自己坐着有些碍他们的事,他慢慢地站起来,将小矮凳挪得远一点,将压着铜牛的报纸拖开一点,坐下,感觉仍然不够远,重又站起,再挪远一些,再坐下。

老人重新坐下后,也不看关于鱼的买卖,也不看站在他身边的我,我不知道老人他在看什么。

买鱼的人匆匆走了，一切归于平静。

　　菜市场的人越来越少。老人仍然无声无息地坐在他的铜牛前。

　　最后我也走了，我想，老人今天大概卖不掉他的铜牛。

　　但是这无所谓，老人坐在那里，其实并不是在卖铜牛。

思想的湖

那时候大寨人硬是把山劈开来,造成田,种上粮食,这是奇迹,是神话,这个神话惊天地泣鬼神,所以全国人民都向他们学习,把本来不是田的地方变成田。我那时候插队在太湖地区,赶上了围湖造田以及许许多多大大小小的水利工程,这些工程,虽各有不同,但大方向是一致的,就是把流淌了千百年的河道填了,又挖,挖了,又填,总之一句话,要多种水稻,多打粮食,折腾得人欢马叫。现在还能从我当年的日记里看到"战斗在工地上"的许多事情。我在日记中写道:"一九七四年的最后一天,上午雨大风狂,我和贫下中农一起坚持战斗在工地上。真是暴风雨更增添战斗豪情,雨越大,我们干得越起劲,雨水汗水浸透了我们的衣服,也浸甜了我们的心坎。"

那时候的水乡农村,每到冬春季节,到处都是工地,每个生产队,都要派出青壮劳力上工地填湖填河,红旗一插,就干起来,晚上睡的是通铺,一间大草棚,男男女女都住在里边。上级领导再三强调围湖造田的伟大意义,我们干活时也许没有想那么多的意义,只知道是要干活的,只知道湖是要填起来的,因为填了湖,湖就变成了田,明年它就长出粮食来了,多好,手中有粮,心中不慌,那时候都是这样想的,就算是思想了。

后来思想有了变化,不讲粮食有多么重要了,讲经济发展的重要,讲多种经营的重要,但仍然是要拿湖做本钱的,仍然对着湖下手,围湖开窑,围湖养鱼,围湖做其他许多事情,总之是拿湖不当湖。因为湖在那里,那么的大,它又不会说话,又不会发脾气,你要拿它干什么,你干就是了。大家的钱包渐渐地鼓了起来,欢欣鼓舞,说,改革了,开放了,我们的思想解放了,我们的收入增加了,真是靠山吃山靠水吃水。

又后来,无工不富的进步思想又来了,湖边林立起许多工厂,化工厂,造纸厂,皮革厂,什么赚钱造什么,靠湖吃湖,吃进去的是干净的湖水,吐出来的是有毒的污泥浊水,这中间当然还有另外一个口子,从那个口子里出去的,是令人振奋的经济增长的数字。

再又后来,钱好像越来越多,就更有条件讲究以人为本,重视人居环境。住城里的高楼大厦已不过瘾,嫌闷,什么地方最适合人居呢?当然是湖光山色之间,于是湖边就有了别墅,有临湖小区望湖花园等等,听到人们骄傲地说,我家就在湖边上住。

湖就是这样在人的思想和行动中默默地承受着。湖真的不会说话吗?湖早已经在说话了,湖一直在发脾气,只是我们听不见,看不到,我们的耳朵被堵塞了,我们的眼睛也被遮蔽了,何止是耳眼鼻舌,我们的心灵又到哪里去了?人真的很会思想,人一有了思想,湖就痛苦,湖痛苦的时候,就是人骄傲的时候。当我们骄傲湖为我用,我们听到了湖的思想吗?

许多年以后,我早已经离开了农村,但我知道,现在大家开始把填了的湖重新挖出来,把鱼虾蟹们请出去,把工厂关闭了,把豪华的住宅请到离湖一公里以外的地方,你就远远地眺望吧,你太近了,湖都害怕。可无论如何,退耕退窑退渔退什么都好,湖已经不是原来的湖了,专家说,要治理太湖,让它的水质回到五六十年代的水准,所需的投入,全国人民再咬牙干三个五个改革开放二十年都不够用。

我们曾经那么的热爱劳动,劳动还甜了我们的心坎,我们却没有想到我们的劳动不是创造而是一种残酷的破坏,我们曾经因为创造了财富而感谢我们的好山好水,当有一天我们发现山水已经不那么美好的时候,我们目瞪口呆,赶紧把挣回去的钱拿出来,再去换回本来的好山好水。这样我们又可以骄傲了,我们付出代价获得进步,我们把生态平衡挂在嘴上天天说,我们不再围湖造田,也不再围湖养鱼,瞧,我们的思想境界又提高了。但是,我们今天所做的一切,仍然是为了我们的思想,我们眼中,仍然没有湖。

不能以湖为本,哪来的以人为本?不能以地球为本,生活在地球上的人,又有什么资格和条件谈人谈本?今天我们又努力了,但不知哪一天,很可能又来一次更努力的退什么还什么,因为我们永远只思想着我们的思想,我们从来没有替湖想一想,我们不知道湖在想什么。

什么时候,人的思想能够和湖的思想走到一起去呢?

回家去

一个人一辈子会有好几个家,尤其是一些经历坎坷的人,人生几十年,待过的地方竟有七八个,甚至更多。常常在一个地方待了一阵子,人生中的许多重要事件在那里发生,个人的感情也投在了那里,心底里就会觉得,那就是"家"。所以有的人会有许多故乡,第二故乡,第三故乡,甚至更多。但如果要叫他说对哪个故乡感情更深,却不一定说得清楚,比较不出来,因为这地方有这地方的特色,那地方有那地方的重点,不好厚此薄彼。

如果从另一个角度看,比较正宗的家通常有两个,一个是人小的时候,与父母兄弟姐妹住的那个地方,或者加上爷爷奶奶辈的老人,那个房子,就是家,也就是歌里唱的"常回家看看"的那个家;然后,一个人长大了,成立了自己的家庭,与自己的配偶孩子生活在一起的,那也是家。这两种家的概念,与地域无关,与历史也无关,只与人物有关、与家庭的人物关系有关,所以,如果是站在这样的角度,那么,无论你一辈子曾经走过多少地方,搬过多少次家,真正意义上的家却只有两个。

只是,通常在大家的心里,还会有第三个家,除了父母亲的家和自己的家,还有一个家叫"老家"。老家也可能就是你父母亲的家,就是你小时候住过的家,但也许不是。也许别说是你,连你的父母亲都没有在那里待过。在后来的一些岁月里,你也许找到机会回过老家,也许没有,甚至因为许多年的大变动大变迁,使有些人连自己老家在哪里都不知道了。但是,无论老家对于你是遥远的还是近切的,也无论你对于老家是熟悉的还是陌生的,老家始终沉在你的心底深处,它会不时地泛起一些涟漪,让你平静的心变得不平静,让你的思绪向着那个地方飞翔而去。

比如我,从小在苏州长大,苏州当然是我的家乡,但到了十三四岁的时候,跟着父母下放到农村,在江浙交界的某个村落里,离茅盾的故乡乌镇不远,在那里我从一个女孩长成一个女青年,学会了插秧割稻犁田挑担,也体会到艰苦和朴素,它应当算是我的第二故乡。从第二故乡出来后,我又有了第三故乡,那是我在县中高中毕业后,又独自去插队的地方,是江苏吴江县的湖滨公社红旗大队,有一片水面,叫庞山湖。虽然这个公社现在已经没有了,但在我心里,那也是我永远的故乡。二十多年后,庞山湖的一位农民企业家陈金根在那里建起一座静思园。有一天我在静思园碰到陈金根,聊了当年的事情,陈金根说,我老婆就是红旗大队的人呀。

另外还有一些地方,待的时间并不长,比如有一个叫震泽的小镇,我在那里念过一年高中,后来我也有机会重新回去看看,在我的一些小说和散文中,它们也经常出现,我的一些小说作品,像《杨湾故事》《洗衣歌》《片段》等,都是以震泽中学为背景的。甚至包括我出生的上海松江县,虽然记忆中没有留一点点印象,但那个学校,松江三中,我父母结婚和生我的地方,我也回去过。那是在相隔了整整四十年以后,由我母亲当年的一个学生带我去的。我们家从松江搬到苏州后,住在苏州五卅路,有一天大学生徐惠德从这里经过,就听到了我外婆的声音。一个外地来的大学生,在一个陌生的地方,突然听到了熟悉的声音,像找到了亲人一样高兴。徐惠德虽然不是南通人,但我外婆的南通话,对他来说,竟是那么亲切。他和许多同学都很想念我母亲,我母亲走后,他们失去了联系,猜想可能一辈子也见不到了。可是,突然间断了的线索又突然地续上了。大学生徐惠德带我到他们的学校去玩，二十年后，我也进入了这所大学，徐惠德已经是大学的领导，我叫他徐老师。人生真是变幻莫测，又过了一些年，徐老师带我来到松江三中参加我母亲工作过的学校的校庆。不然我将永远不知道我出生在哪里。当年的房子已经不在了，但是地方还在，感觉还在，我看到一排平房，看到母亲坐在家门口，我父亲正在门前的球场上打球。我去松江三中的时候，我母亲已经去世多年。

我曾经待过的一些地方，我的好几个"故乡"，许多处"家"，我都回去过，但是有一个家却始终没有去过，那就是我的老家，真正意义上的"老家"，我父亲出生的地方，我爷爷奶奶生活的地方。许多年来，我只知道在这块大地上有个范家庄，但是我的脑海里勾勒不出范家庄的模样。

我从来没有见过我的爷爷和奶奶，在我出生的时候，他们都已经不在人世间，从我父亲那里，也较少得到关于爷爷奶奶的一些事情，因为父亲也是个少见的糊涂人，有一阵子，他甚至连自己的母亲的名字都给忘了，后来过了些日子，不知怎么又想起来了。也可能因为很小的时候，他就从家里出来了，他的家乡留给他的印象，是零碎的，一些片段，是不连贯不完整的。

尽管如此，尽管对于我的老家对于我的爷爷奶奶不甚了解，但是我的生命是从他们那里开始延续出来的，我的血液里流淌着他们的因子，这是无可改变的事实。

我知道范家庄在江苏省的南通，在南通乡间的某个角落。南通离苏州并不遥远，现在交通好了，就更方便了，苏州到南通，只需两个小时多一点。就这么一点距离，难道这么多年里就没有能忙里偷闲跑一趟？抓紧一点，当天打个来回都来得及，但偏偏就一直没有抽这么一点点时间出来。一直到今年初夏，南通的一家少儿文学刊物《绿洲》邀我去南通的几个乡镇的小学讲课，第一站到的就是我的老家通州刘桥镇。

走在老家乡间的小路上，一路打听"范家庄"，打听我父亲仅记得的几个亲戚的名字，但一路上的乡亲们，有人知道，有人不知道，有人说在这里，有人说在那里，我并不慌张，我知道肯定有范家庄，因为没有范家庄就没有我，我走在路上，这条路一定是通往范家庄的，它也许比较弯曲，也许比较狭小，但它是一条路。

见到范招荣的一瞬间，我忽然觉得她的脸我很熟悉，她是我父亲的堂妹，七十多岁，我肯定没有见过她，在父亲提供给我的几个亲戚的名字中也没有她，但我又确确实实地觉得自己是认识她的。后来同行的人跟我说，你们长得太像了。我有些恍悟，也有些恍惚，我是看到了未来的自己？

与生俱来的亲热从心底里升起来，弥漫开来，我不知道怎么表达自己对老家亲人的感受，唯一的办法，就是掏了一点钱出来，可是范招荣和她的儿媳妇两人一起拼命拒绝，三个人推推让让，我扔下钱就走，她们抓起钱又追上来，三番几次，最后范招荣说，你要是留下了钱，我心里会难过的。就这一句话，打动了我，最后我收起了钱，留下一张名片，走了。

在我的另一个堂姑妈范玉珍家的后面，我父亲出生时的屋子还在，很旧了，也没有人住，里边有一张床和一只马桶，是我奶奶当年用的。这房子和父亲的回忆也对不上号，父亲总是说，他家的房子是沿街的店面房，但是那个地方没有街，怎么谈得上沿街和店面呢？是我父亲记忆错误，还是范家庄的面貌发生了较大的改变？这件事情，以及还有许许多多曾经发生在老家的故事，我都没有来得及向我的堂姑妈打听，我不知道以后还有没有机会再去老家坐一坐，聊一聊。我父亲嫡亲的兄弟姐妹有七八个，先先后后都走了，现在只剩下住在杭州的我叔叔。

我去过老家后，大约过了半个月，忽然收到一个短信，说，阿姨你好,我是范炳均的儿子,范炳生是我的伯父。我父亲和我伯父让我到苏州来看看你们,我明天来苏州。你名片上的地址嘉宝花园是办公室还是家庭地址? 我回短信告诉他,嘉宝花园是我家的地址。第二天下晚的时候,他的短信又来了,说,阿姨,我现在在苏州汽车南站,本来想去看你的,但是天要下大雨了,我要赶回南通去,下次再来吧。那时候雷声隆隆,大雨将至,他回南通去了。他在几次的短信中都没有提及自己叫什么,所以我不知道他叫什么名字,但我知道他是我的一个亲人,一个来自老家的亲人。我在我的电话本上记下了他的手机号码,姓名栏里,写的是:"范炳均儿子"。

灵山的夜晚

这是初秋的一个夜晚。

是过去和未来的许许多多的初秋夜晚中很普通的一个夜晚。

天气渐渐起了凉意,没有月亮,傍晚的时候还下了点雨,平添了一些"空山新雨后,天气晚来秋"的寂静清幽。

那时候,在灵山景区,我们从梵宫出来,坐着电瓶车,穿过斜风细雨,回到精舍,回到了自己的宿舍。

事先并没有相约,也没有沟通,几分钟以后,我们不约而同地走出自己的宿舍,每一个都换上了为修禅准备的衣服,是棉麻质地的,深咖啡色的,有点像汉服,宽松柔软,朴素大方。穿上以后我照了照镜子,一下子看到了两个字:安静。

这是一种很奇怪的感觉,仅仅是换了一套衣服,你的心情就起了变化,你纷乱的情绪就平静下来了?

真的就是如此。

我没能有机会确定或确认一下,我们换上的这个服装它应该叫什么,禅服?修禅服?居士服?我也没有机会了解它到底有没有专设专用的名称。我只是在想,叫什么也许并不太重要,重要的是,换上这样的服装,就给我换上了完全不同的一种心境。

其实,在宿舍里穿上它的时候,我脑海里曾经掠过一丝疑虑,我不知道其他人,他们会穿吗?

结果，当我们在走廊里碰面的时候，发现每一个都穿上了。

我们共同的，觉得，应该换上，这是我们的内心，存有某种需求、存有某种念头？那是什么需求、什么念头呢？

一堂名曰"禅悦我心"晚间修禅课，就要在灵山精舍开始了。

这是我平生以来头一次有机会体验禅修课，在通往禅堂的过道上，我们不由自主地降低了语调，放慢了脚步，轻轻的，又很庄重，怀着敬畏的感情，和求学的心愿，在门口排队，顺序而进，净手，再到堂内盘腿坐下。

已经有先到的人，在禅修开始之前，他们大多已经进入了一种境界，双手合十，双目微闭。还没有人指导或要求他们这么做，这是一种自觉的行为，似乎进入到这个地方，就身不由己地会产生一种自我要求。

一位年轻的相貌清秀的法师，给我们讲禅，也许我记不住他讲的那些内容，也许我不能完全理解或十分明白他讲的那些禅理，但是这一堂课，却是真真切切实实在在地印记在我的生命中了。

法师让我们做了三次功课。

第一次，法师让我们抄写心经，我抄了这么一段：般若波罗蜜多心经：观自在菩萨行深般若波罗蜜多时，照见五蕴皆空，度一切苦厄。舍利子，色不异空，空不异色，色即是空，空即是色。

因为没戴老花镜，我抄得很慢，抄得歪歪扭扭，就是在这个慢慢的过程中，感觉自己的心境愈加平和了。只是因为盘腿坐的原因，腰腿有些酸疼了。忽然就听到法师说，可以不用再继续盘腿，直接坐到凳子，也可以继续盘腿坐。

这是方便法。盘腿打坐是方便，直接坐到凳子上也是方便。

接着就是第二次的功课，法师说，你们闭上眼睛，什么也不要想。

我们闭上眼睛,试图什么也不想,但是做不到,不仅做不到什么也不想,脑子里的东西反而比平时更多更乱,多得吓人,乱得出奇,乱七八糟的念想纷纷涌了出来。

我们向法师诉说自己的心很乱,静不下来,并且为此感到惭愧不安,法师却告诉我们说,这说明你们已经进步了,因为你们已经意识到你们的意识,比起一些心乱而不知乱的人,你们已经开始靠近禅了。

第三次功课来了,法师说,你们仍然闭上眼睛,用心默念南无观世音菩萨。

我们又遵照着做了。这一次念头集中起来了,在几分钟里,除了偶尔走岔一下,瞬间又回来了,回到南无观世音菩萨上来了。

那一刻间,一屋子的人,心意一致。

这是一种力量。

无形的,却有力,能够让人心安静下来的力量来之于禅,那么,禅又来自于哪里呢?

来自于人心。

是我们通过修禅这种方法,用自己的心让自己的心静下来了。

我们这一些人当中,好像没有真正意义上的佛教徒,但是为什么我们都愿意在这个初秋的夜晚,来到灵山精舍的这个禅堂,在这里静静地打坐,什么也不想。

因为我们已经想得太多了。

因为我们已经拥有和获得太多,我们的脑子里塞满了信息,我们的心里堵满了事情,还须臾离不开手机、电脑。

白天里,我们乘坐着提速又提速的高速列车,我们行进在一往无前的高速公路,我们安排了一场又一场的热烈的活动,我们走过了一座又一座的喧闹的城市;

夜晚降临的时候,我们聚集在酒店饭馆,我们以最快的速度干

徐莉萍、方方、林白、作者、舒婷、魏微

在海南(叶兆言、作者、苏童、范小天)

掉一瓶又一瓶的高度白酒,我们以最美好的胃口吃掉一盘又一盘的高蛋白高脂肪高热量的食物;

深夜了,我们还在引吭高歌,声嘶力竭,灯红酒绿……

我们在高节奏超负荷的旋转人生中已经转晕了头脑,转迷了方向。

所幸的是,虽然我们晕了,虽然我们迷了,但是我们还保持着最后的一点清醒,我们还留有最后的一点疑问,这真的就是我们想要的终极生活吗?

就像法师说的,我们已经意识到了我们的意识,我们已经进步了。在我们的平常生活中,我们也已经意识到了我们的节奏,意识到我们的失度,意识到我们在哪里出了一些问题。

于是,我们来到了灵山。

于是,我们能够看到,从青铜大佛,从九龙灌浴,从梵宫,从精舍,从灵山的每一处,渐渐地升腾起两个字:静和净。

这两个普普通通的汉字,是我们这个时代,是我们这个社会,最渴望最需要的两个字。

我们站在灵山的任何一个地方,放眼望去,无论是看到大佛,还是看到千树万花,无论是看到梵宫,还是看到连绵山峦,我们看到的都是静和净,因为它们早已经弥漫在灵山的每一处丛林,每一块砖石,它们渗透了灵山的每一寸土地,每一个角落。

于是,我们的身心,就被静和净浸染了,包裹了,融化了。

于是,我们忽然明白了,我们到灵山来干什么。

"万籁无声添佛像,一尘不染证禅心。"

这是我在灵山梵宫的妙行堂抄录下来的。

在灵山,将这一个普通的夜晚,变得那么的不普通,将这一个每天都有的平常夜晚,变得特殊而又难忘。

夜渐渐地深了,且让我们既怀着满满的敬畏之心,又放空心里的一切,睡觉去吧,明天一早,我们将要参加另一次体验:过堂。

那必将是又一次的学习,又一次的历练,又一次的洗涤。

从善卷洞出发

　　头一回知道宜兴这个地方,是在1979年年初。那时在江苏师范学院上学,因为经历了"文革"和插队,再上大学时,年纪倒也不小了,二十大几了,却是十分的闭目塞听,孤陋寡闻。之前没有听说过宜兴,更不知道有善卷洞、张公洞等等。因为从小在苏州长大,插队之地也是苏州的农村,就是一只苏州之蛙,苏州以外的什么什么五彩,什么什么缤纷,一概不知,一概不见。

　　但我们班有见多识广的同学,他们早就知道宜兴,知道宜兴的洞,于是,那一年的春天,同学间互相传递,互相鼓动,决定到宜兴去春游,去看善卷洞。

　　记得我们分头到处借车,我也想了许多办法,但是没有借成。最后肯定是有车的,是哪位同学建功立业,已经记不清了,反正我们坐上大客车,往宜兴出发,恰同学少年,书生意气,十分挥洒。

　　一个眼睛和思想都十分茫然的大龄青年,到了宜兴,到了善卷洞,忽然睁开了眼睛,忽然接通了思路,那真是用得上一个惊字。惊讶,惊叹,惊艳,惊为仙境。

　　这才知道什么叫山外有山,天外有天,这才知道了什么叫大开眼界。善卷洞,三万多年的一个洞,简直难以用形容词来形容,也难以用通常的感慨来感慨,鬼斧神工,大自然的造化,在这里尽情施展,恣意绽放,老天爷对宜兴,真是十分十分的厚爱,十分十分的眷顾啊。

记得我们在这个神奇的洞里走了又走,看了又看,流连忘返,我们竟然穿越了数万年,从洞里出来的时候,我忽然想,我长大了。

前不久,去年的某一个时间,我也去到某处的一个溶洞,从知名度,从面积,从其他各方面,可能都与善卷洞不相上下,但是物是人非,我们走进洞去,第一个念头就是想快快地走出去,身上黏黏的,又闷,地上又湿又滑,光线又暗,腿脚也大不如前,所以只是闷着头高一脚低一脚地往前赶,根本就没有欣赏奇迹的心情,等到看到洞口的光亮时,心里一阵庆幸,终于出来了。这哪是旅游呀,分明是在完成一次十分不情愿的任务。

庆幸的是,我在那个对的时间,到了那个对的地方——1979年春天的善卷洞。

那算是我的人生的第一次远足。虽然从苏州到宜兴,到善卷洞,距离不算太远,但是我从心理上从精神上走出了可贵的第一步。这第一步,跨到了宜兴,宜兴就是我的启蒙老师,从此以后,宜兴就在我的人生道路上常来常往,在我的心里常驻常守。

在后来的许许多多的日子里,我会经常到宜兴去,是因为文学,因为茶和壶,因为竹海,因为宜兴的更多的滋养和内涵。

紫砂,让宜兴走向了世界;

竹海,让世界走向了宜兴;

宜兴的古迹,遍地珠玑,熠熠生辉;

宜兴的文章,千古流传,常读常新。

许多年来,我们一趟又一趟地来宜兴,像走亲戚,像回娘家,像到邻居家串门,我们在宜兴有了许多难忘的经历,我们在宜兴收获了许多珍贵的记忆。

就这样,宜兴的特有的魅力,宜兴的神奇的气息,沁入了我们的心灵深处,吸引着我们继续一趟又一趟地到宜兴去。

我最近刚刚写了一个短篇小说,题目是《下一站不是目的地》,写一个现代的人,每次外出开会或者参加活动,都是火急火燎,匆匆忙忙,总要提前逃会,逃到哪里去呢?逃到哪里去干什么呢?结果就是,逃到另一个会上去,逃到另一次活动中去,并且在另一个活动中继续火急火燎地策划提前离会。

其实这个人就是我自己。

但是唯有在一个地方,我是想留下来,是不想即刻就离开的,那就是宜兴的竹海宾馆。

竹海宾馆有什么特别的呢,难道它窗外的蓝天比别的地方更蓝吗?难道它门前的竹林比别的地方更绿吗,难道它不远处的山峰比别的山峰更峻美吗?也许是,也许不是。但无论是与不是,一到这个地方,我就想,这真是一个值得驻足、值得待留的地方。

我的想法其实也很朴素,并不难实现,我只是想在这里多住几天。

虽然第二天我还是走了,但我的想法依然在,一直在,所以,我也相信,我应该能够实现自己的意愿,在宜兴的那个地方,多住上几天,关掉手机,享受宜兴。

可能吗?

可能的。

三十多年前,我到善卷洞去,认识了宜兴;三十多年来,我从善卷洞出发,一次又一次和宜兴相遇,一次比一次喜欢宜兴。

这是我和宜兴的缘分。

老　街

在春夏之际的一个早晨,我们来到姜堰溱潼镇,更确切地说,是来到了溱潼镇的一条老街上。

从车上下来,这条老街就扑面而来了。

扑面而来的是一条街,更是一股久违了的亲切的气息,是一阵似曾相识的熟悉的气韵,让我们立刻地沉浸在一种欢乐而又宁静的气场中,我们的心一下子就被打动了。

其实我是头一次来到溱潼,头一次踏上这条老街,它对于我,应该是陌生的,互不了解的,像是初次相会的一个朋友,应该还有一点拘谨的。但奇怪的是,就在我一眼看到它的长长的望不到尽头的身影的那一瞬间,我就知道,我来过这里,在过去的许许多多的日子里,在上个世纪,甚至在上辈子,我可能无数次的来过这里,我认识它,我喜欢它,它的神韵一直就在我的心里弥漫着,舒展着,终于,有一天,就是这一天,我站到这条街上,和它零距离的接触,和它全方位的融合,和它一起,见证它的历史和文化的写真。

我们就这样把自己当成了溱潼的老乡,怀着乡亲般的感觉,沿街而行了。

我们走进一座老宅,然后走出来,接着我们又走进另一座老宅,溱潼的老宅与老宅之间,隔着一条小巷,或者隔着几堵墙,但是给我的感觉,它们是紧紧连接,是互相搭配的,它们互为一体、呵成一气地成为这条老街的框架,成为这条老街的顶梁柱,这里的老宅,既有江南民居的精致,又有北方院落的气概,它们是历史留给溱潼的最珍贵的记忆。

在一个僻静的院落里,靠院墙斜倚着一株800多岁的茶花,鼎盛时期能够开花万余朵,我们虽然来得晚了一点,错过了花期,但仅仅是开花时节留下的照片,已足以让我们惊叹震撼,站在这棵茶花面前,我甚至连话都不敢随便多说,我无声地体会着岁月在它身上留下的力量,心中充满敬仰。

再往前走,我们看到了一棵古槐树。经历了千年的磨砺,已经不是当时模样,它的主干分作了两半,一半直立,另一半伏靠在院墙上,这种形态,尤其让人不能忘怀,它的独特的形象,显示出它的独特的经历和独特的性格。关于槐树,在溱潼,在这条老街上,流传着许多的故事,还有诗人专门为它写下诗作,方圆数十里数百里的乡亲,纷纷来向它求婚求子求喜求福,千年的古槐,早已经成为乡亲们追求美好生活的精神寄托。

随着老街的延伸,我们还要继续往前走,我们会在这里流连忘返,这里的气味会留住我们,老宅的温厚,茶花的红火,古槐的神奇,屋檐上那些精致的瓦片,脚底下那些沉静的麻石,无不与我们意气相投。

其实,即使我们不曾沿着老街往前走,即使我们不曾走过老街上的一处又一处的景点,那也无所谓,哪怕那一天,那个半天,我们就坐在溱潼的街头上,什么也不做,就看着街上的不多的老乡,不急不忙地行走在老街上,听着他们的乡音散发在清澈的空气中;或者,我们看到一个旅游的队伍,由导游带着,跟着那一面小红旗,穿街而过,他们的小喇叭,暂时地打破了这里的清静,有一点噪声,但等他们一过,一切又恢复如常了;也或者,我们没有看到有人经过,我们就看着身边的那个小食摊,一个妇女正在现做小酥饼,热腾腾的,香喷喷的,另一个地方,做的是鱼饼虾球,你看着那个过程,无疑就是一种艺术享受。

无论你来或不来,老街就在那里,无论你走或不走,老街就是那样,这就是一条古老的历史街区的功力,它能 hold 住时光,hold 住世间的一切变更,hold 住人类的一切幻化。蓦然回首,那人却在灯火阑珊处。

有些可惜,那一天我忘记问一问这条街的街名了,所以我一直不知道它的名字,但是我想,我虽然疏忽了它的名字,却没有疏漏它的许许多多的内涵,这许多内涵告诉我们,它不仅是溱潼的一条老街,更是我们的心灵归去之处,是我们的精神向往之地。

那一瞬间,我不知道我思绪走了多远,但至少我知道,我回到了自己的童年、少年、青年时代。

那一天,我们到达的时候,这里人还没有多起来,也许,等一会,人会多起来,或者等一些天,或者,再等一些时光过去之后,终究会有一批又一批的人来到溱潼的,终究会有有缘的人,千里寻觅来到溱潼,那时候,你会和我们一样,感叹踏破铁鞋无觅处,原来你要的东西就在你的眼前。

老街,古树,旧宅;文化,历史,传奇。这是让人敬重的一个地方。

溱潼,一个精彩而独特的千年古镇,一个普通而平凡的水乡集镇,我会永远的把这个地方留在记忆中。

在水开始的地方

一个人朝着某一个地方出发,因为目的地的不同,行前的心情自然也是不一样的。今年春夏交际的时候,也是今年的第一拨热浪来袭的时候,那一天,我出发到宜兴去。

宜兴是江苏西南部的一块地方,往宜兴去,一切的燥热,一切的烦乱,就被关在车窗外了,心中已经满是青绿,满是清凉,满是宁静,一片惬意。

进入宜兴地界,那活生生的青绿和清凉就扑面而来了,在不高的山区群落中,我们拐了一个弯,又拐了一个弯,再拐一个弯,每一个新的弯头,都是赏心悦目的清新,都是耳目一新的变化。

就在清新的变化之中,我到达了我要去的这个地方。

其实我要去的这个地方,既是宜兴,又不是宜兴,它是宜兴的一个镇,也就是我要写的这个地方。

我怎么老是绕来绕去,还没写到这个地方呢?

因为我要写的这个地方,这个地名中的一个字,字典上找不到,电脑里找不到,手机里也没有,什么地方都没有,我又不会造字,所以,我无法让它呈现出来。

这个字的结构却是很简单明了、很容易说清楚的:父字加上三点水。

因为打不出这个字,这篇文章就写不起来,为此我纠结了很长时间,差一点想放弃它,或者想用另外一个名字替代它,但又于心不甘,所以一直没有动笔,直到有一天,我无意中在一个茶叶包装盒上,看到他们用"父"字替代了那个字。

那一瞬间,我释然了。

于是,我开始写湖父镇了。

我们的一生中,可能会去到很多乡镇,就像我们会遇到很多人一样,我们也许早晚会忘了他们,就像我们忘了许多我们曾经去过的乡镇一样,但是我想,这个湖父镇,可能是你想忘也忘不了的。

因为它有一个独特的字,一个我们到处找不到、用不上它的字,这个字,因为它不出现,无法给人留下它的印象,却恰恰又因为它的不出现,给人留下了深刻的难以磨灭的印象。

恰如这个地方本身,在它的100平方公里的范围之内,居然有着数十近百的溶洞,其中,有名扬四海的江苏最长水洞张公洞,有奇峰突起、鬼斧神工的灵谷洞等;更有60多个尚未开发的溶洞,这些溶洞,无数的朝朝代代以来,一直深藏闺中,始终未曾向世人展露出它们的姿态。

我们曾经看过了湖父的张公洞,看过了湖父的灵谷洞,于是,会对这些不曾显现的溶洞更有一种向往,更有强烈的探视的欲望,你看看这些溶洞的名字,落户洞、克漏洞、耳朵洞等等,就已经在我们的眼前,施展开了一幅幅远古的、原生态的、既生动朴实又神奇神秘的画卷。

这些未曾露面的溶洞,它们存在于我们的想象中,存在于我们内心的再创造中,它们的影响力,就像那个找不到、写不出的字一样,已经深深地刻印在我们的心中了。

湖父,就是以它独特的魅力和吸引力,征服了我们。

就在湖父镇的一个会场里,镇长和几位老师向我们介绍湖父,介绍这个三点水加一个父字的字,与我们望文生义的义是一样的,它就是水的父亲,或者换个说法,是水的源头,是水的开始。这时候我忽然想,无论是谁,来到了湖父,头一件要做的事情,恐怕都是围绕这个字展开的,人们会认真研究起来,互相询问和探讨,表达疑惑和表达理解,引经据典或旁征博引,经过这个过程,最后的结果是一样的,我们都知道了,湖父就是这样的一个地方:

溶洞、竹海、水、茶、壶、禅……这都是和我们的习性最相吻合的、也是许许多多现代人在繁忙操劳中内心最渴望的东西。于是,我们来到了湖父,于是,许许多多的人来到了湖父。我们就这样与湖父相遇,湖父就这样走进了我们的世界。

虽然这一次在湖父待的时间并不长,但是这里的一切,和那个找不到的字一起,已经成为我心中长驻不衰的记忆。在湖父的时候,我又想到了父亲,父亲给我们依靠,给我们力量,给我们未来,无论父亲在还是不在了,父亲都会鼓励我们踏踏实实地去飞扬。这也正是湖父这个地方给我的感受,湖父是踏实的,又是飞扬的。可以长居长住长相守,也可以永远地藏在心头。

水的源头是隐秘神奇的,它不要轻易地显现;水的父亲是广阔博大的,它无处不在无处不有。

湖父就是这样的一个地方。

坐 火 车

我曾经写过一个小说,题目就叫《火车》,写的就是几个人晚上上火车早上到站的事情,途中没有发生任何奇怪的惊悚的意外的好玩的刺激的事情,却一口气写了几万字,真是"小青式的唠叨"(评论家语)呵。

这和我经常坐火车肯定是有关系的。

其实我的乘火车史开始得并不算太早,那是在 1982 年初,我大学毕业留校后,由我的导师带着,去扬州和南京的两所师范学院商量改编教材的工作。第一站,我们从苏州上火车坐到镇江。我和我的导师,都没有座位,是站票,火车十分拥挤,要想站稳一点都不容易。那是我有生以来头一次乘坐火车,那一年,我二十七岁。

有许多孩子小小年纪就跟着父母家长坐着火车东奔西走,跟他们比起来,我的火车处女乘,算是比较晚的了,但是和同样多的一辈子都没有乘过、甚至没有见过火车的人来说,我又算是早早地登上了开往时代的列车了。

我只是没有想到,在我的人生后面的那些日子里,会和火车有这么密切的联系。

在上世纪八十年代和九十年代的相当漫长的时间里,我们出远门,基本上以火车为主,因为那时候的会议邀请上,常常会有"请勿坐飞机"的要求。我还记得,我到广州、到重庆、到成都、到哈尔滨等等,都是火车,一坐就是十几小时、几十小时,还坐得有滋有味,有情有趣,一点也不着急,从来也没有觉得几十个小时有多漫长。

现在肯定是不行了。现在的人,出了门就着急着想返回,好像家里或单位里有什么要紧的事情等着,其实根本就没有。

于是,火车就一步一步地提速了。

比如在沪宁线上,这几十年,我不停地不断地来来往往,亲历了火车的一次次提速。从绿皮的慢车、红白色相间的普通快车,发展到加了速的双层游车,后来又有了动车,现在是高铁,尤其是沪宁城际高铁,真就是在我的眼皮底下,一天一个样地建设起来的。

现在我从苏州到南京,一般只要一个小时多一点点,快一点的和慢一点的,相差最多不过一二十分钟,但就是这个"一点点",我在买票的时候,如果条件允许,我还是会挑更少的"一点点",哪怕只快几分钟也是好的。

为什么这么着急呢?

因为这是**现代社会**呀。

你还能想象你去乘坐几十个小时的长途火车吗?现在接到会议邀请,首先看交通方不方便,然后才决定去不去。一切都在飞速向前,人类似乎已经不能忍受"慢"了。

从慢到快,似乎只是一眨眼的事情。

再用一眨眼的时间,大家又都已经感觉到太快了,快到控制不住了,快到心慌意乱了,所以,人们又开始提倡慢生活了。

只是,我们知道,提倡归提倡,又有谁不想快一点到达呢。

我们这是要快快地到达哪里呢?

火车速度越来越快,这就意味着,从出发点到目的地的距离越来越近。可是我们人与人的距离呢?

我从前乘坐慢车、在漫长的旅途中,经常会有一些美好的或不美好的际遇。有一次我在火车的过道上和一个采购员说话,这个人是这条线上的常客,哪一个小站有些什么特产,哪一段线路情况如何,他都了如指掌,说起来头头是道。我们正聊得来劲,一个卖盒饭的列车员推着小车过去,他在那采购员身后朝我做手势,又是摇手,又是眨眼,我明白他的意思,是让我不要和那采购员多接触。我不知道他是否了解那个人的什么底细,还是仅仅是出于关心我,我只是感受到那一份真切的关怀,那一种没有任何代价的呵护。

当然也有不愉快的经历,有一次我带了一套武侠小说上火车,睡了一夜,上册没了,我一直希望能够有人还来,可是一直到终点,也没有人来还书,就这样,一边拿了上册,一边带着下册,就各奔东西了。

那时候的座位,是面对面的,长时间这样坐着,大眼瞪小眼,一句话不说,真会被憋坏的,而且座位与座位之间,没有扶手隔断,是连成一体的,所以人与人的距离很近,倒杯水啦,递个东西啦,不小心碰着脚啦,都能成为开始聊天的起因。有一次我坐夜里的火车从南京到苏州,车到镇江,上来一些人,其中有一男一女,坐在我对面,从他们的谈话中,我知道他们并不是一起的,男的是无锡某企业的职工,女的是扬州某专科学校的学生,他们一起从扬州渡江过来,又一起上了这趟火车,就认识了。上车不久男的就买了饮料小吃,那女生也不客气,两人边吃边聊,我大体听出来,男的在给女生介绍无锡,并希望女生跟他到无锡下车,他陪她在无锡玩一天,到明天晚上这时候,他保证将她送上火车继续赶路。看得出来那女生有点动心,又有点犹豫,就在犹豫中,火车很快就要到无锡了,那男的攻势越来越强,那女生的脸则越来越红,奇怪的是,我的心也跟着紧张起来。最后,无锡站终于到了,那男的站起来等女生,女生终于红着脸说我不下去了。我长长地出了一口气,看着那男的快快地下车了,我心里居然踏实了。

我这样的想法也许很多余,很老派很老土,会令人发笑,但无所谓,那就是我坐火车的真实感受呀。

现在没有这样的事了。现在的火车座位和飞机一样,都是朝着同一个方向排着的,你坐下来只能看到前排的椅背,不用面对面地看别人的脸,这是时代的进步,人性化,保护了你的个人自由,不让你的脸老是暴露在别人的盯注之中,于是,互相的影响减少了,骗子也很少得逞,情感也很少交流。上了火车,大家的脸色都是刻板着的,神情或紧张,或淡漠,几乎人手一个手机或一台电脑,坐下来不等开车,就旁若无人地进入了与火车车厢完全无关的另一个世界。只是偶尔在假期里,有家长带着孩子坐火车的,才会给车厢里带来一点生气。

有一个女孩带着一个巨大的红色箱子上车了,她没有力气把箱子扛到行李架上,行李架恐怕也承受不了它的重量,列车员让她推到车厢门口的行李专设处,她不放心,怕被人拿走,就搁在了自己身边的走道上。于是这个箱子引起了众多人的不满,不爽,皱眉,冷眼相看。食品小车推过的时候,女孩赶紧将箱子挪到自己腿前,将两腿蜷起来,小车走后,她又挪出来,有乘客上车下车的时候,她又得挪动,整个旅程,她几乎没有停歇过,有个妇女经过,碰着了箱子,嘀咕说,这么大的箱子,怎么能放在过道上?女孩也不是好惹的,回嘴说,关你什么事。幸好那妇女走得急,没有听见,否则不知道会不会吵起架来。

难道这就是现代社会,火车快速地奔向时代的前方,同时,一张无形的大网罩住了我们,让我们无法摆脱。

前些时看到一个纪录片,片名好像是《摘棉工》,河南民权县的农村妇女到新疆去摘棉花,她们排着长队,携带着行李,互相拉扯着,上了一列在中国大地上已所剩无几的绿皮火车,每一节定员108人的车厢,都卖出了二百多张票,还是不能保证想去新疆摘棉花的妇女都能上车。

那个车厢,就像一个大集市,坐的,站的,挤着的,蹲着的,完全是浑然一体的,妇女们兴奋,紧张,茫然,也许还有一点点慌乱,但唯独没有焦虑。她们对即将到来的日子充满耐心的期待。

这趟行程五十多小时,到郑州还要转车。

在美国

在西班牙

一个人的车站

经常一个人坐火车。有时候是出差,更多的时候是回家。因为回家,所以所有有关赶车坐车的焦虑、疲惫、倒腾、麻烦、不确定、不安定,等等,都无所谓啦。

我是个很怕迟到的人,开会的时候,每次都提前到会场,有时早到工作人员连席卡都没放好呢,他们朝着我笑,我很难为情。可下次会适度一点吗,不会的,又早了,脾性就是这样的。如果真的早到不好意思的话,就说,哎呀,怕堵车呀,提前出来了,结果它又不堵了。

至于赶车,那更是要超量提前了。且不说性格如何如何,人到了这年岁,可不敢把自己赶得像条被追打的狗一样吐着舌头喘气。我有位同事每次出差都最后一个出门,最后一个赶到车站,掐着最后的检票时间进站,还从来没有误过车,真是大将风度,淡定一哥。学不来的。

于是,我就可能会比别人有更多的时间待在车站。

于是就有了一个人的车站。

车站可不是只有一个人,车站的人太多了,逢到高峰,比如节假日,比如民工回乡或返城,或者学生放假或开学,人会多到候车大厅连站的地方也没有。

我就在许许多多的人中间,感受着独自一人的感受。

我坐着,或站着,脚边搁着简单的行装,看或不看眼前来往往熙熙攘攘的人群,因为我知道在我身边,几乎人手一机,不是手提就是平板,没有平板,也一定有手机,前几年还可见MP3,这两年连MP5都已绝迹。

欣赏影视剧,听音乐,发微博刷微信,玩游戏打扑克,也有的抓紧时间在办公,有的发邮件,总之不亦乐乎。

我知道他们在享受着。

我也享受着。

不过我的享受不是来自于电子产品,我一般不带电脑,也没有平板,手机是有的,但基本只用来打电话和发短信,最多就是查一查火车时刻,或者查一查下一次出差的线路以便确定下一次回家的时间。

我其实并不是在看周围的人,此时此刻我应该是目中无人的,我的享受来自于什么也不看,什么也不做,什么也不听,什么也不想,我在我自己的内心享受着自己的内心,相比身边的人,此时此刻的我,享受的是虚无、空白、空洞,享受两眼茫然。就这样。

一个人的车站,还有许多事情可说的。比如吃饭。我喜欢在车站吃饭,如果时间允许,我才不会吃过饭再去车站,相反我会提前出发,留出在车站吃饭的时间,我到永和去点一份套餐,偶尔也会开一次洋荤,吃个汉堡,或者二两白菜猪肉馅大娘水饺,哪天方便面馋虫爬出来了,我也会到水炉子上泡一碗面,过个瘾。方便面其实很好吃,只是平时被大家说的,不敢多吃,在车站吃方便面,天经地义地哄哄自己。

开水炉的水很烫,一冲下去,香味就腾起来了,腾起来的可不仅是香味,那也是一种幸福的感觉。

有一个很大的话题叫作你幸福吗?我也想过这个题目,觉得幸福可能更是一瞬间、片刻间或某一时段,因为它是一种感觉,感觉这东西,那可靠不太住,也坚持不了多久,它可是随来随走的。

在我住处的大门外一侧,有一扇绿色的小门,门非常窄,这是一个火车票代售点,每每走向这里,或经过这里,心里总是倍感温馨温暖,因为在漫长的日子里,那个小门不断地传递出一张又一张让我回家的车票。

幸福其实就是这么简单。

也有的时候,不知为什么忽然就心烦意乱,忽然就情绪不佳,这时候恰好要去参加一个枯燥冗长的会议,进入会场,悄悄地找到自己的位子坐下,忽然间的,一下子心情好起来了,心生欢喜,心生宁静,一切烦恼皆已出窍飘走。感觉就是这样,说来就来,说走就走。

有一个人的车站,就有一个人的会场,一个人的闹市,一个人的世界。

你站在桥上看风景,看风景人在楼上看你。

当我进入一个人的车站时,一定有一个人在某个地方看着我。

以花之名,幸会武进

知道武进是许多年前的事了。大约在八十年代初期的某一阶段,有一个文学会议,在武进柴油机厂召开。早已经记不清是谁组织谁联系的,也记不得是一个什么样的活动,不知道文学的会议怎么会开到了柴油机厂,到场哪些人,说了哪些话,有哪些闲闻乐趣,真的一点也想不起来了,几乎全部的记忆,都丢失在时光的长河中了。

印象中唯一留存的,是武进柴油机厂的大门,它在一条窄窄的巷子的顶头。

偶然想到,多年后的今天,它一定不再叫这个厂名了吧,它的大门,也一定挪到开阔的地方去了吧。每每念及,光阴似箭岁月如梭的感叹就油然而起了呀。

在以后的漫长的岁月里,也经常有机会去到武进,但多半是来去匆匆,谈几句文学,聊一点和写作有关的事情,又离开了,就这么去了又来,来了又走,一晃就是几十年过去了。

再次来到武进的时候,正值酷暑,烈日当头,骄阳下的武进,街道宽阔,高楼耸立,处处射发出耀眼的光彩,时时提醒着人们,这是一个全新的世界。

从前的旧街陋巷,从前的杂货小铺,从前的石库门,从前的平常百姓小桥流水人家,已经和我们的记忆一样,逐渐逐渐地消失了。

不过,且别急着下出结论,别以为武进就这样剥离了传统,就这样脱开了历史的轨道,恰恰相反,今天的武进,正是建立在深厚的历史底蕴之上,发展于丰腴的人文氛围之中,依靠着"吾乡多异才"的人才优势,凭借着"家家会吟诗"的文化积淀,古往的名士和今天的建设者,共同创造了武进的新天地。

就在高楼的背面,一座近3000年的独一无二的城池遗址,无言无声地存在于此。淹城,它用它的无言无声,告诉世人,武进曾经是怎样的一个独特而又神奇的地方。

淹城的建筑形态,在古城遗址中是绝无仅有的,它被里外三道河流围环,从里向外,子城、子城河、内城、内城河、外城、外城河,三城三河相套。"扁舟何所往,言入善人邦",奇特的淹城,出现在武进,并非偶然,它和武进的地理环境,和武进的人文积累,和武进作为吴文化发源地之一的文明历史,都切切相关。

作为目前我国最古老的、保存最完好的地面城池,春秋淹城吸引了无数的后来人。

当然,淹城有足够的"定力",武进有足够的"定力",你来或不来,它都在那里。

其实武进还有力,除了"定力",武进还有"活力"。如果说古城遗址是一个地方的定海神针,那么千万朵鲜花,必定就是一片波涛汹涌的花的海洋,时代的航船在这里扬帆远行,破浪前进。

即将开幕的第八届中国花博会,将把今天武进的欣欣向荣、积极进取、鲜活生动的形态推到极致,推向全球。

你也许会问,在一个古城池的遗址旁边,升腾出一个崭新的花博园,会感觉突兀吗?会感觉不适吗?其实你只需要感受一下你脚踏着的大地,你就会知道,你的脚下,就是花博会最合适的地点。这里原来就是一片花木的世界,这就是武进花木之乡,武进的花农们,曾经在这里洒下汗水,种下勤劳,"桃之夭夭,灼灼其华",这片肥沃的土地滋养了花木,花木也用它们的努力,回报了这片土地。

所以,今天我们看到的花博会新址,是新的,却不是凭空而新,它不是从天上掉下来的,它是从地里生长出来的。而这片土地,曾经就是花木最茂盛、花香最浓郁的地方。所以,崭新的花博园,它是滋润的,它是丰泽的,它是有根有底、有情有义的,它的钢筋水泥,都带有花香,它的楼台场馆,都是为花而设,天高任鸟飞,海阔凭鱼跃,花博园的3000亩方圆,是千万株鲜花尽情怒放灿烂辉煌的最潇洒最理想的空间。

于是,古老的淹城,和崭新的花博园,一远一近,亦古亦新,比肩并立,遥相对望,携手打造出今天的武进。

人与人的相遇,相识,相知,是有缘分的,花也一样,没有缘分的花,它们开放在不同的时期,一辈子、数辈子、永远都不相见,但是今年武进的花博会,将会创造一些奇迹,出现一些奇观,让十大名花,同期开放。谁都知道花开有期不等人,但是在花博会期间,不同时期开放的花会在那里相遇相识,比如九月的腊梅,比如十月的牡丹。难怪乎,早在百多年前,杭州人龚自珍就夸赞这里的人:"天下名士有部落,东南无与常匹俦"。

将有一场花的盛会,更是一场人的盛会,人看花,花养人。

人喜爱花,是因为花是有精神的,它能够养人心脾,教人以理,花是赏心悦目的良药,花是人类心灵的鸡汤。

花的精神,其实就是人所向往的精神,它灵动而又淡泊,它高贵而又朴素,它雅致而又活泼。

我们看到,今天武进的文人们,继承了"吾乡文儒甲天下"的优良传统,为花作诗,为诗写花。我们看到《百花诗事集》《百花吟》等等,我们也都愿意为花而作。在这里,花就是诗,诗就是花。在这里,人就是花,花亦是人。人与花相融,我们不把花当作花来写,因为每个人自己就是花,或者,至少,人是花的亲人,是花的恋人,是花的学生,是花的知己。

因为花,我们相聚在武进。

感谢武进,给我们一个花的盛会;感谢花,给我们了解武进的机会。

深 呼 吸

终于熬过一个漫长的干枯的苦夏,在惬意秋凉中一个美好而滋润的日子里,我们来到了一个美好而滋润的地方——泗洪洪泽湖湿地。

没有钢筋水泥,没有高楼大厦,没有扬尘飞土,也没有车水马龙。

满眼是水,满眼是润,满眼的青绿,满眼的鲜活。

就在那一瞬间,湿地的沁人的气息,湿地的独特的魅力,湿地的令人艳羡的生态,湿地的所拥有的一切,已经弥漫了我们的身心,我们用力地呼吸,空气是清甜的,我们四处寻望,大地是生动的,宁静的,我们庆幸,在这样一个对的时间,来到这样一个对的地方。

不知不觉中,我们已经被她俘虏了,降服了。

真是不得不服的。

穿过长长的弯弯曲曲的建在水上的木栈道,就到了我在湿地的家——一座架在水上的小木屋,朴素而温馨,居家的感觉油然而生。

水在屋下静流,水在四周环绕,水在近处低吟,水在远处跃动,本就来自水乡的我,竟被苏北大地上的这片水打动了,迷惑了。

其实,关于水,关于泗洪湿地的许许多多,还刚刚开始呢。

天气是湿润的,湿得有些沉闷,似乎晚上应该有一场大雨。

这场大雨在半夜时分真的来了,来得那么猛烈,来的那么巨大,下得那么长,下得那么透,几乎整整一夜,在城市里,从来没有听到过如此之大的雨声,打在木屋上,打在雨棚上,打在水面上,从水开始,又到水中去。水融入水,是一个现实的水世界。

听着雨声入梦,那梦也做得和平时不一般了,依稀中,我仿佛回到童年,又仿佛飞向了未来。

难道水是人类的童年吗?难道水是人类的未来吗?

在我们童年时代,水就是这么的自然,那么未来的水呢,也还会那样清澈吗?泗洪洪泽湖湿地用她的现实的水,无言地告诉我们,会的,只要人类明白了一些道理,未来就会是一个纯净的世界,就像现在的洪泽之水。

雨终于停下来,天也亮起来,我们迎来了一个既湿润又凉爽的早晨。

竹船在湖边等着我们,竹船上有小竹椅,坐在小竹椅上,像是回到了曾经的农村生活的日子,我们在湿地里漫游,看到水车,看到渔网,看到农耕的气象。

船在河道里拐了一个弯,我们的视线中,就只看到芦苇了。望不到尽头的生长茂盛的芦苇,在这块湿地中,多达7000多亩。闭上眼睛想象一下呵,7000多亩的芦苇,不是迷宫也迷人呵。

我们知道这里还有千荷园,虽然没有赶上荷花盛开的季节,这个时节已是接近残荷的日子了,但是我们完全有能力想象在广袤的泗洪湿地之中,88亩荷园,10万株荷花,8条共计8.8公里的荷花观光带,那是何等的壮观,何等的惊艳。

船一路前行,鸟在船前飞翔,鱼在船尾腾跃。低头看水,水是清绿的,透明的,看见鱼在水中畅游,想这泗洪,有着166万亩的水体,那真是水阔凭鱼跃啊。

抬头看鸟,看见各种水鸟在近处,在远处,在小憩,在飞翔,姿意悠然,好一派田园风景。

忽然间,一处景象吸引了我们,远望过去,某处停留着一大群种类不同的鸟,好些个大型飞鸟,姿态相同地用独脚站立,一动不动。大家哄然议论起来,这真是煞风景,在这么美的景色里,在这么多的活物生存的地方,竟然做一些假鸟,假动物,这是多大的败笔啊——不过,千万别着急,就在我们为这个"败笔"惋惜不已的时候,那些假鸟们,动起来了,飞起来了。

湿地的鸟们,用它们的行动,告诉我们,它们是真的。

这真是一个大乌龙。假作真时真亦假。因为假的太多了,以至于当人们看到真的,也以为是假的,但是在泗洪洪泽湖湿地,190多种鸟类,那可是如假包换的。

泗洪是一块古老的土地,有着许多古老而美丽的传说,有着内涵丰富的文化遗存,今天的泗洪洪泽湖湿地,是泗洪人民用自己的辛勤努力在泗洪的史册上写下的新的辉煌的一页,它既是现象中的大氧仓,又是人们追求心灵慰藉的精神氧仓。

在泗洪洪泽湖湿地行走,面对这一大片生态净土,我们唯一能做的事情就是:深呼吸。

我们到李市干什么

  李市,隶属于苏州常熟古里镇的一个小村落,既普通到不能再普通,又典型到不能再典型,小桥流水人家,老街旧檐古墙,年轻人外出了,留下少许不愿离开的老人在村子里继续着他们平静而漫长的生活。
  有一天,我们一群人,忽然来到了这个小村子,但是并没有打乱这个安静的世界。这个世界有它自己的气场,这个气场,我们打不乱它的。
  有零星的鸡叫狗吠迎接我们,"蝉噪林愈静,鸟鸣山更幽"。我们走在李市的老街上,我们走进李市的一些旧宅老屋,说话声音都放低了,连脚步都是悄悄的。我们交头接耳,窃窃私语,生怕惊动了什么。
  那是什么呢?
  那是用"真实"沉淀下来的生活,那是用"朴素"积累起来的氛围,那是经过时间过滤、经过历史洗礼的一幅长轴画卷。
  现代社会的快节奏,使得我们的心,也悬浮了起来,对生活对人生对世态,常有一种不真实感,不确定感,于是,我们来到了李市。
  进入这幅长卷,我们的心,闲定下来了,我们的情绪,安稳起来了,这里的一切,都是那么的踏实,那么的确定,游离我们而去的真实感,一下子回来了。
  细细长长的老街上,很长时间,一个行人都没有,一眼望过去,这里像一座被废弃了的村庄,又像一处森严壁垒的临战的阵地,有些空旷,又有些阴郁,有些神秘,似乎隐藏着许多奇特的故事。

既然街上没有人,将注意力转移到沿着街巷的一扇又一扇的窗和门。这一扇扇的门,没有一扇紧闭上锁的,大都半开半掩,于是,我们轻轻的推一下,"吱呀"的声音起来了,这美妙的声音,抚摸着我们的精神和灵魂,召唤着我们去寻找些什么。

才知道并不神秘,也没有奇特的故事,我们推开的是一段平常的日子,推开的是一个正常的生态,有年老的妇女正在灶间烧煮,有老先生坐在院子里看天,他们家的墙壁倒是有点特别,有些零碎而仍然精致的砖雕嵌在中间,这是劫后剩余的历史,村民舍不得废弃,拣起来,在砌墙的时候将它们砌了进去,打造出一道特殊的风景。

一位老太太站在家门口朝我们微笑,她已经八十六岁,清爽干净,说话也很清晰,她的孙子在镇上当干部,其他的小辈也都住到外面了,只有老太太自己愿意继续留在李市,这是她生活了大半个世纪的地方,她的根,早已经深深地植入李市的泥土中了,她不能把自己的根拔起来重新栽种,哪怕栽种到一个美丽的大花园里去。对她来说,李市就是她的一辈子。

一位年逾七十的老先生,在自己的小铁铺里打铁,打造一些简单的农具和生活需要的小铁具,打一件铁器可以有二十元左右的收入,但他不是为了这二十元才打铁,他打铁只因为他从前就是个铁匠,现在仍然是铁匠,好在还有许多和他一样上了年纪的村民需要他的工作,老铁匠的心愿是收一个徒弟,但是他不可能实现这个心愿,没有人会来李市做一个小铁匠,于是,打铁的老人,就成了最后的一道风景线。

我们继续往前走,一直走到了村的尽头。人,仍然很少,村,仍然寂静。虽然人少,虽然寂静,生活的烟火始终在这里弥漫,历史的回光依然在这里升腾,这是我们儿时的生活场景,这是中国社会曾经的写照,我们来到李市,重温了许许多多的东西,足够我们在今后的漫长路途中慢慢回忆,久久品味。

就这么一路走着,走在一个旧了的村落,我们忽然就使出了乡音,忽然就降低了智商,忽然觉得,一个粗糙的淘米箩,一个开裂的小板凳,都能够激荡起内心的细微的情感,是不是因为,这些年来,我们将这些普通而又朴素的情感丢失了,遗忘了。

那一天,那一个下午,我们在李市流连忘返,我们在这里找人说话,我们在这里拍照留念,其实,那是我们自己在和自己的童年说话,那是我们自己留给自己的自我抚慰。

天色有些阴沉,飘过几滴小雨,愈发的使李市散发出李市应有的气味,就使劲地闻着这熟悉而又亲切的气味,忽然想:

古里从前叫作菰里。

李市明天还叫李市。

生田游园如梦

题记:在苏州黄桥生田村,有一座小园,在一个阳光普照春暖花开的日子里,我们踏进了这个小园。一时间,以为是走进了苏州的某个园林,或者,是苏州老街上的某座老宅的后花园,景廊,曲桥,鱼池,垂柳,亭榭……一时间,似梦似醒,竟有些不知身在何处的疑惑和迷茫。

梦之一

从张庄村到生田村。

上个世纪八十年代的一天,我父亲对我说,黄桥有个张庄村,张庄村有个支部书记姚根林,无论是那个村子,还是那位村支书,都值得我们去看一看。我就跟着父亲去了张庄,在后来我们父女俩合作完成的长篇报告文学《虎丘山后一渔村》中,我们这样写道:"沿着虎丘山脚向东,汽车颠簸着开向张庄。是的,去往张庄的路是不平坦的,正如张庄这许多年走过的道路一样不平坦……"

这部作品出版于1987年,距今已经整整二十五个年头。

二十五年后,我又来到了黄桥,我虽然没有再到张庄村,但是我到了生田村。从地理位置来说,生田村和张庄村应该是很近的,但是当年我从张庄出发,今天走到了生田村,用了二十五年的时间。

二十五年,如梦如幻。

二十五年,黄桥发生了多么大的变化,我应该用很多很美好的形容词来形容,来衬托,美好的形容可以让人们产生无限的遐想,也可能会激起人们亲眼目睹的愿望。

我也可以用数字来说明,来佐证。数字表面看起来是枯燥的,是死板的,但其实数字里有温度,有感情,也充满了无数的鲜活的故事。

但是我既没有用形容词,也没有用数字,我用的是自己的脚步,从张庄走到了生田,从二十多年前的一个典型,走到今天的另一个典型。

正如我们在二十五年前对于张庄的描述:"张庄村不是一夜之间富起来的。张庄村是一天一天富起来的。张庄不是暴发户,张庄是殷实富户。"

这应该也是今天的生田村的写照。这里曾经是苏州的北大荒,是苏州这片富庶土地上的一个几乎被人遗忘的角落,田穷水瘦,粥少僧多,因为水网交织,导致长期交通落后,生田人出门,无论到哪里,都得摇一只船,都得在河道里缓缓而行。

这样的速度,怎么赶得上现代化建设的步伐?

但是生田人硬是凭着自己的艰苦努力,赶上了时代的步伐。

这中间的千辛万苦,是留给后人的宝贵财富,是社会发展的宝贵经验,已经牢牢地刻录在黄桥、生田的历史史册上了。

现在,我们穿过高大的石牌楼,就进入生田村了。我听到身边有个人在说,现在不是生田,都是熟地了。

生田熟地,这是时代大变迁的鲜明标志,是社会大发展的真实写照。果然的,在这片成熟的土地上,生田村处处展现出它的欣欣向荣的景象,这是一个独特的花园式的新农村。在看过村民的文化活动中心,污水处理站,看过了村民的居住和日常生活后,我们看到了建在乡村的那个园林。

难怪生田村的村民会说,我们的日子,就像从前生活在园林里的大户人家,开门有景,推窗见美。

他们说得不错,生田的园林虽然不大,却让生田村的村民过上了过去做梦也不敢想的日子。

梦之二

唱歌的妇女是我吗?

一阵歌声和乐曲声惊醒了我的痴想,有人在小园的亭榭里风雅弹唱。

他们不是达官贵人,不是才子佳人,是一群土生土长的村民,他们衣着朴素而洁净,面色黝黑但健康,他们的神态,闲适而又饱满,淡定而又积极,凡有感受者,无不动心。

这是一群上了年纪的村民,他们操持着各种乐器,一位妇女在唱《苏州好风光》。

"苏州好风光,春季里杏花开雨中采茶忙,夏日里荷花塘琵琶丁冬响,秋天里桂花香庭院书声朗,冬天里腊梅放太湖连长江……巧手绣出新天堂。"

我忽然想起,就是在这个地方,几百年前,一个小村落,沈周烧好了泡茶的水,备好了温酒的壶,端正好了纸笔砚墨,然后,状元吴宽来了,宰相王鏊来了,奇才文徵明来了,或者他们呼朋唤友一大群人一起来了。日复一日,年复一年,隔三岔五,他们就要过来坐坐,他们信手涂鸦,他们借酒吟诗,他们的相似相同的意念,顷刻间已融化于他们的画作之间、体现在他们的诗书之中了。

如果说沈周们的吟诗作画,全为吐露自己的心声,而眼前的这位妇女,更是唱出了生田村村民的无尽无限的心情和感慨。

一时间,我又有些迷离了。

我驻足观望。一直看着那位唱歌的妇女。

其实对于歌声,听就可以了,为何我如此直逼逼地盯着她的脸仔细看呢?

因为在那一瞬间,我忽然觉得,她和我长得很像,她就是我的一个亲人,一个同乡,一个从小一起长大的姐妹,也许,她就是我。

怎么不是呢。

早先我在农村插队的时候,参加过文艺宣传队,虽然我不擅长歌舞,只负责编写小脚本,却有很多农村的女孩极有文艺天赋,就在简陋的乡村舞台上,施展她们的艺术才华。我们摇着一只船,到东到西演出我们的节目,那一幕一幕的往事,此时此刻,就鲜鲜活活地浮现在我的眼前了。

我沉浸在自己对往事的追忆中,我没有上前去询问这位唱歌的妇女的经历,但我相信,当初,她一定是农村宣传队中的一员。即便她不是,我也愿意相信她是。

我这才意识到,今天在生田村,最打动我的,不仅是村里的新楼,不仅是干净的河水,不仅是衣食不愁的生活,不仅是这样一座精致的游园,更是他们精神上的富足。

生田村所在的黄桥,就是这样一个地方,它跟别的商业气息浓厚的喧嚣的古镇古村不同,它的美,不仅在于风光,不仅在于环境,更迷人的是它内在的气质和意韵,那种渗透在地方文化血液里的元素,渗透在百姓精神生活里的情怀,不经意间就成了这个地方的符号和灵魂。

忽然就想起一句诗:面朝大海,春暖花开。从明天起,做一个幸福的人。

对于生田村人来说,幸福就是每一天的日子。

后记：

梦里水乡。

生田村不是孤立的。

黄桥这地方到处都是水。即使一个小小的生田村,也是水网遍布,水路四通八达,更有一条后泾港河,绕着整个村子蜿蜒伸向远方。

水网交织,曾经是困扰这个地方的最大的难题,水多,路就少。要想富,先修路,在没有路尽是水的地方,怎么富得起来?

但是现在不一样了,现在的水,就是宝。

就在生田村的周围,有生态植物园,有荷塘月色湿地公园,不远处,又有虎丘湿地公园,梅花园等等,无一不以水为主题。就在黄桥的这片土地上,有三分之一的内容是湿地。

它是苏州的肺,苏州的呼吸,因为这块土地而舒畅。

今天,我们行走在黄桥,行走在生田村,接了地气,受了洗礼,吸纳了大量的空气中的负离子和精神上的负离子,我相信,今天晚上,我做梦,一定是一个五彩的梦,一定是一个滋润的梦,就像花卉植物园怒放的郁金香,就像荷塘湿地千朵万朵含娇欲滴的荷花。